开元室序跋集

李一　著

江西美术出版社
全国百佳图书出版单位

图书在版编目（CIP）数据

开元室序跋集 / 李一著. -- 南昌 : 江西美术出版社, 2025. 4. -- ISBN 978-7-5802-0158-4

Ⅰ. I267

中国国家版本馆CIP数据核字第202539LP74号

出 品 人　刘　芳
责任编辑　朱丽平
责任校对　彭地强
责任印制　汪剑菁
书籍设计　私书坊_刘　俊

开元室序跋集

KAIYUAN SHI XU BA JI

李一　著

出　版：江西美术出版社
地　址：南昌市子安路66号
邮　编：330025
电　话：0791-86565506
网　址：www.jxfineart.com
经　销：全国新华书店
印　刷：江西千叶彩印有限公司
版　次：2025年 4 月第 1 版
印　次：2025年 4 月第 1 印刷
开　本：889 mm×1270 mm　1/32
字　数：320千字
印　张：14.125
ISBN 978-7-5802-0158-4
定　价：68.00元

序

悟读开元室主人“艺舟双楫”观

本书所辑李一先生序跋文章的时间跨度逾二十年，收入210余篇。这些序跋虽大多是为师友、弟子的著述及创作所写，但已较全面地反映出先生的学术旨趣和主要理念。作为开元室弟子，能得先读良机，不啻比同门学子更增多了一次从师受教的经历。

书中文章为“序”“跋”体裁，实际多具有精到的学术思想，以传统形式所作的文言题跋尤为文思双美，当代独步。约略而言，先生的序跋兼具学术思想之富、情感蕴涵之厚和文章创作之美，其中有一条观念性主线，则是“艺舟双楫”理念。

一

先生所作序跋，倘以内容分类，为美术与书法两方面，读者可能首先关注其中的书法篇章。

进入21世纪后的二十余年，先生在书法方面，除个人研究、创作之外，还致力于召集同道对“当代书法标准”进行商略和制定。

在《〈当代书法标准〉序》中，先生列叙对此标准的七项观点，如果说排在第三至七位的“神通气畅”“笔法精到”“妙用墨法”“结体自然”“布局整体”诸项要求是其他理论家、书法家会集体关注的内容，但排在前二位的“活写汉字”和“文质相辅”这两项（特别是后者）大抵会被集体性忽略，在先生这里则是最用意强调的两项。“文”指作品的外观形式，“质”指作品内在的精神、气质、意境、思想，也就是说，评价书法应关注作品的“内美与外美相互生发，高度和谐和统一”，“既要注意作品的可视性，看其视觉空间的形式美，又要注意作品的可读性，包括文辞和笔意的表达，二者不可偏废”。二十三年前沈鹏先生为《李一楮墨编》所作序文就是以“‘文’‘质’相辅”作为篇名，十年前出版的第二部《李一书法评论集》也以文质相辅为旨归。回顾先生近二十年来的主要创作，包括在中国美术馆、浙江美术馆、江苏省美术馆等数次大型展览，在山东、重庆的五山摩崖书写，以及十余部作品集，所创作内容全为自作诗文。与这些“我手写我心”的翰墨力作相晤对，我眼前常会浮现出先生逸气挥翰的形象，其中的根本底色正是文质相辅。

对于序跋的阅读，一方面是读被评价的作者、作品，另一方面则借以领略序跋作者的学术品格与文章精神。先生的序跋文章正可从多种层面深读和悟入。

文化艺术各门类相互融通的理念，在先生的序跋中多有体现，其中主要体现为书画相通的理念，以及书与诗、画与诗相通的理念。先生在《〈黄永玉全集·书法卷〉序》中指出，当代“一些画家忽视了书法的学习，丢掉了艺舟双楫的书法一楫，变成单楫划船了。所幸有一批画家尤其是老画家仍然坚持书画双楫的传统并发扬光大，在新中国书坛形成了画家书法这一方面军”。先生在《共和国书法大系·书史卷》中也专门列出“画家书法”一节，为画家书法在当代书法史上安排一席之地。先生在《中国古代画家画风·虚谷》一书序中，指出虚谷“深于诗词意境，观察事物又精细深入，使小幅山水也能以意取境，以境发意，二者相辅相成，故能简远冷逸”。同时，先生的文笔更由笔墨意趣而进入人生的意趣，并且多方勾连，将所研究的书画作品与文学作品乃至人生体验贯穿而论。如写虚谷的画境，先生说：“就冷隽而言，我有时觉得虚谷的画风与鲁迅的文风有相似之处：表面冷隽而内显炽热。……在海派画家中，任伯年以技巧娴熟取胜，吴昌硕以苍雄浑朴见长，而虚谷以‘冷隽’立面目，如同画坛的‘一声清磬’，冷冷地几声，韵调特别幽远清越。”这是写画家的画风境界，又何尝不是涉笔成趣，直达其人生境界？

二

先生是书法家、画家和美术理论家，至于本职工作，则以专业学术刊物的编辑为平生志业。在《美术观察》杂志社的二十余年，先生由编辑、副主编到主编，从青年到中年到退休，孜孜矻矻，将个人治学的精神全然贯注到刊物的选题策划与领导。本书中，“刊物书耑”是一组独特的存在，内容为先生在《美术观察》杂志主编任上开始写、一直写到退休的96篇“卷首语”。

《美术观察》作为当代美术领域重要的中文核心期刊，“卷首语”

不仅代表着刊物的主导思想，同时也对国内美术研究起到风向标的作用。细读这部分文章的过程中，油然感觉先生在搦管注墨之际（先生的多篇卷首语是以小笔行、楷书写成）存于胸中的使命感。正巧，先生在为《〈美术观察〉学术文丛》所作序中也讲到了使命感："始终坚持正确的舆论导向，始终贴近现实，牢记观察美术的使命和职责，始终坚持'用观察家的眼光审视美术，用美术家的眼光观察世界'的办刊宗旨，始终站在学术前沿，敏观锐察各种美术现象，从文化发展战略高度，紧紧抓住事关美术发展的重大问题和焦点问题进行分析评判。"

我在初读全部文稿过程中，将长达八年的"卷首语"的题目抄下来，并记录下重要的思想片段，为其所包涵思想之丰富、全面而感震撼。"卷首语"包含着相当丰富的美术思想，其中既有关注当下正在进行中的话题，如"美术馆与公共教育""当代少数民族美术的生态""手工艺的品格""发掘中国动漫的原创力量""新视域下的美术与影视""实验艺术与学院生态""摆脱浮夸：当代建筑的诉求是什么？""失去乡土情境的民间美术"，也有对当代一个时段美术建设的总结，如"十年美术教育反思""十年美术出版反思""十年美术研究反思""威尼斯双年展中国馆十年回顾""十年艺术创意产业反思"，更有关注美术理论和实践的长久建设话题，如"中国美术观""美术家，你读书了吗？""建构当代书法评价体系""建立当代美术评价标准""当代主题性美术创作前瞻""再论书法的当代标准""人工智能与艺术的未来"等。因为"卷首语"篇幅所限，文章均在千字以内，大多开宗明义，置身现实的"大美术"学术环境，十分清晰地呈现出先生注重融通、重视文脉及重视体系构建的立体性发展理念。特别是先生立足高远，既发现当下亟须解决的问题，也有一些属于长期的存在，多篇提及的许多美术现象至今仍是关注的热点，这正是这部分文章的长久价值所在。

在“卷首语”系列中，与使命感相伴的是先生的“问题意识”。问题意识也是先生衡量同道专著、弟子论文的一个显著理念，先生为祝帅《从西学东渐到书学转型》一书所作序中，主要表彰的是著作所凸显的学术研究的“问题意识”；在为弟子聂国强、杨家伟的博士论文所作出版序言中，先生指出作品各自优长，同时特别指出作者在论文写作中的“问题意识”，以及在这一意识引领之下所能够完成的充实而努力趋于完美的研究水平。

三

牵涉到实践层面，先生倡导“技、道并重”“学、艺相成”的理念，而并重、相成的两者又往往成为一体，这在《美术观察》“卷首语”中也有明白的揭示（《美术观察》2013 年第 7 期“卷首语”标题便是“当代书法的技与道”），先生在多种场合强调“艺舟双楫”，“正如走路需要两条腿，艺舟游海需要学艺之双楫”，“学与艺”“技与道”的双楫正是从事美术书法事业之人所必不可缺的两项主要课题。

在先生个人实践中，“学、艺相成”更多体现在书法艺术领域，本书中主要呈现为古代碑帖的题跋。先生有关古代碑帖考证的文章，可视为这一领域的时代代表之作，如《莱子侯刻石跋》《东汉永和六年画像石题记跋》《汉校官碑跋》《高道悦夫妇墓志跋》《兖州金口坝佛教题名残石跋》等，均包括考证的功夫；《邹城岗山摩崖刻经跋》中阐述“吾国隋唐前释教刻经略分三期”，并论述各期情况和代表作品，极具精深之致。

先生下笔并不止步于考证，更多的是令人感发深思之语。如《西汉禳盗刻石跋》写道：“石之刊刻去今二千年，出土面世亦经三十二载，桑海变易，曷胜尽言。人之修短随化，各具本末，而终难踰金石之寿。昔贤‘人寿非金石，年命安可期’之叹，良有以也。”如此文笔置于古人雅逸小品，亦不遑多让，笔墨之间既包含对古代诗文经典隐含形迹的化用，又呈现过人的文言写作功夫，这也是我多年来与有着同嗜的师友们对先生文章的共同评价。

这就不得不提到先生的文章之美。对多数学者、艺术家来说，下笔为文往往以表达观点、思想为主要目的（大多也是唯一目标），先生的序跋之作（以及诗词、信札等）对于文字的讲究在当代堪称独步。

一些短小的序言，包括先生为几位“老学生”所作的画集序，如为《溪山选梦：周进生山水近作》所作序，由有待画家去领略和体会的“大山大水的磅礴与氤氲，笔墨交融的纯净与华彩，天地意境的恢廓与苍茫”，引到钱锺书先生《谈艺录》所推崇的李贺之“笔补造化天无功”和“宝枕垂云选春梦”，钱氏认为“作梦而许操‘选’政”，“则人自专由，梦可随心而成，如愿以作”，先生续笔写道：“当今山水画坛济济多士，欲造极峰，谈何容易。但只要心中有梦，一路攀缘而上，自能乐其所乐。触目所遇，无非风景，佳谛当前，会心不远。选梦的人有福了。”一路读来，风致窅然悠然，虚实呼应，令人击节叹赏。这类十分精妙的短序短跋，本书中所在多有，都可以古人文集中的小品去感受。

对于收藏物件的题跋，对象虽为小物，但先生系以长诗，写得尽情尽意，淋漓尽致，此中可以《青谿、知白二砚跋》中的两首长诗为代表。短文如《嵩云拓境：齐鲁嵩山摩崖》序中所书："临朐处古齐鲁分界，沂山为五镇之一，帝王将相拜祭者纷至沓来，端然海内名岳。嵩山高略逊之，而有七宝之名。俨若处士怀璧，昂头天外，野逸峥嵘，不邀声名，免与流俗等量齐观。此入山第一境也，回首万顷桃林绚烂如海，而下方又有龙泉寺，日长无人，钟磬在耳。桃海闻钟，艳中寓寂也。"记载历史、地理和自然环境之美，直有一唱三叹之美。

先生极擅古诗古文写作，在白话文章中也有相当美感的呈现，如先生为学生王桂勇所作的画集序中，先生发出深喟之语："三十年弹指一挥间，挥去的是岁月，却挥不去他的情怀和理想。"字字通俗，写来平白如话，与先生有相似经历者不难有所会心。

如果说短文相对易于写出古人味道，若干以文言著成的长篇更让人欣赏到先生过人的古文功力。如《晋永和砖跋》一文，由"永和四年""永和九年"的两块晋砖入手，写到《兰亭序》在明代以前的光荣史，以及清代以后学者对此序是否果为右军所作的争论，特别详述在当代书史上影响深远的"兰亭论辩""由康生首引厥绪"，从而引发郭沫若、高二适对立双方的文墨争鸣。先生的观点在文末有清晰表达："高舒凫之说或未必尽是，然万马齐喑之际，以一布衣而据理抗言，风骨崚嶒，正士心折。"认为以陈寅恪赞王国维之"独立之精神，自由之思想，历千万祀，与天壤而同久，共三光而永光”赞语“移赠高氏，亦足当之而无愧”。“至《兰亭》之果出右军手耶，楷法之成于晋耶抑成于梁陈之际耶，又其末事矣”之断语，并不以主观揄扬遮掩理性判断。全篇三千余言以纯文言写成，在文字老到、古韵丰富的同时，凸显出先生论文论书首重人品风骨的理念。

对当代书家的评价，很多都需要读者在了解所评对象、社会背景及世情人情的基础上，才能读懂先生的文字背后的意思。如先生对黄苗子先生的评价："公之一生，可谓左支右绌，先以国民政府之官员趋于左方阵营，后以右派之身而为左倾者所使。旧日朋侪，多为异物，皆自冰炭相煎中度生涯。举止无非伪饰，言动不由衷肠。深罪苗子，讵为平情之论？要之为吾国文化史留此一叶痛心记录存照耳。”这样的文字，充满着先生知人论世而兼悲悯与同情心意。

四

能够最先读到《开元室序跋集》，是跟随李一先生求学的多重幸运之一。在开元室弟子中，我与先生结识最早，开端于 20 世纪 70 年代初期。当时社会久已不闻“名士”说法，但先生在高中时期，已是孔子故里事实上的名士。由彼至今已半个世纪，先生作为鲁地的骄傲，每次艺术创作与学术出版活动都牵动着鲁地文化界和故人关注、钦敬的目光，书法、信笺更为世人珍爱。在新世纪的第二个十年，我有幸跟随先生攻读博士学位，在受到先生言传身教的同时，更欲接受和践行先生秉持的“艺舟双楫”理念。

“艺舟双楫”是先生一向力行的治学与实践理念。微信公众号“李一书屋”有两行表达艺术学术理念的文字:“持艺舟双楫,求学艺相成;探翰墨大道,写时代心声。”可以说,此语将“双楫”的内涵做了更周到的阐发,《开元室序跋集》中的文章则是具体的范文演示——这是我作为这部文集的第一位读者的真切感受。

以我的理解,“艺舟双楫”在先生这里应是十分复合的框架式概念。从大的层面而言,理论研究与书法创作可为最上一层的双楫;向下依次分开,在美术理论领域,个人学术研究(多部专著与论文)与主持《美术观察》编务又为双楫;在书法艺术领域,碑帖考证、书家评论属于理论一楫,书法创作则为实践一楫;在文体写作层面,先生的律绝体为韵体创作一楫,碑帖题跋为古典散文创作之楫,其中百首“论书绝句——李一评近现代书法名家系列”以二十八言绝句加对书家及书风、成就的文言体评论,则是韵体与散体的完美合作。如此种种之外,先生更兼传道授业教师一楫——身为资深博士研究生导师,所带博士、硕士学生众多,桃李芬芳,花璨满园。每回学生出版专著、举办展览,先生总欣然赐序、题墨,弟子参展获奖,先生往往在“开元室师生”微信群不吝赞许、勉励。

书中有一篇先生和三位弟子联手题就的《金石缩刻版浩然之气合跋》,读之跃然联想《论语》“侍坐”一节所载的师生怡然论学情形。作为一介“老弟子”(年龄最大而入门实晚),我曾写一篇《开元室中日月长》发表于《书法报》,表达的也是师生之间切磋、琢磨的深层感应。

先生大著将交付出版，命作序文，学生勉力完成，诸多不当，敬请先生和广大师友垂教。

王　谦

于 2024 年教师节

王谦，山东艺术学院教授，研究生导师

目 录

第一编　序文

第一辑　学术著作序

第二辑　诗书画集序

第二编　跋文

第一辑　碑刻画像跋

第二辑 当代著作、书画跋

第三编　自序自跋

第一编

序文

第一辑

学术著作序

《当代书法标准》序

在20世纪大部分岁月都很冷寂的书坛，到了20世纪末端，突然由冷寂变为热闹，兴起了“书法热”。令人惊奇的是，“书法热”非一时心血来潮瞬间即逝，而是方兴未艾经久不息，这次“书法热”可谓众人添柴火焰高，火焰越高越添柴。大幕一经拉开，就显示出它旺盛的生命力和持久的热情。从20世纪70年代末到21世纪的今天，30年来，“书法热”一直在持续升温，而且从发展的态势看，还要继续热下去。

从中国文化发展战略的角度看，“书法热”是好事，是壮举，是当代中国人在世界文化竞争中自觉对民族文化的认识和重视，是中华民族文化自信心的表现。一个民族对其自身独有的原创艺术表现出极大的热情和复兴的愿望，说明这个民族是有希望的民族。近百年来，中国原有的其他造型艺术遭遇西方文化迅速“他化”，沦为西方文化“副本”，而书法基本上还有着原汁原味，还保留着中国文化的内在精神和本原特征。它的存在和发展关系到传统艺术在全球化语境下独立性和文化身份的问题。“书法热”是文化复兴的征兆。书法，曾有人认为是雕虫小技，但在今天它不是雕虫小技，而是民族传统文化的重要组成部分，对它的热爱实际是对民族文化的热爱。

从历史的角度看，30 年的“书法热”不过是短短的一瞬。在几千年书法史的长河中，30 年可用“弹指一挥间”来形容，就是这弹指一挥间，却在几千年中国书法史上留下了光辉的一页。社会人群的广泛参与，书法社团的层层建立，书法展览大赛的频繁举行，书法教育的学科化建设，书法的专业化与民间业余性的互动都值得研究。受众人数之多，普及地域之广，自发热情之高，持续时间之久，都足以彪炳史册。特别是书法由实用走向审美，由书斋走向展厅，由文人走向大众的变化，在历史上是惊人的也是空前的。

但是，这 30 年书法出现的问题又最多。在书坛冷寂时，书法的问题被冷藏；当书坛热闹时，问题则暴露出来。与过去相比，书法从未有今天这样热闹，也从来没有今天这样问题重重。且不谈书坛心态浮躁，利欲熏心，你争我抢，占山为王等弊病，单就书法自身而言，古人遇到的问题，诸如格调问题，雅俗问题，用笔结体章法问题，今天依然存在。古人未遇到的问题，诸如现代观念的渗透，“艺术创作”和“时代创新”“社会转型”和“书法的现代性”等新问题日益突显出来。不妨这样说，当前的书坛是一个充满生机活力的书坛，又是一个问题重重的书坛。

最大的问题莫过于标准的混乱和缺失。什么书法好，什么书法不好，在过去是有着明确的标准的。但在今天，由于标准的混乱和缺失，好不为好，差不为差，优与劣颠倒或不分。更有甚者，由于标准的混乱，连什么是书法什么不是书法都成了问题。打个不甚贴切的比喻，如果把书法比喻成一个小姑娘，在过去人们千方百计打扮她，使她更美更动人，可能会因手段的高低，被打扮的小姑娘在美的程度上有差别。而在今天，有的人不是去打扮小姑娘，而是要肢解她，千方百计使她妖魔化，又把这种妖魔化的过程说成新的创造。

这并非危言耸听，近年来书法已成为行为艺术的飞地，谁都可以在这个飞地上玩上一把，利用书法的传统资源，或借书法的名义来进行行为艺术装置艺术的试验。这些试验者心知肚明书法是一个广阔的天地，是最具有中国特色的艺术，心知肚明书法历史的悠久和接受群体的广大。所以用书法传统资源的要素诸如汉字、书写方式来搞行为艺术以吸引观众，以为这样在中国本土能引人关注，在国外与西方的现代后现代艺术相比，又具有特色，在国内打所谓“现代创新”牌，在国外打“中国文化”牌。对这样的现代后现代艺术如何评价另当别论，问题是这样的艺术是书法吗？恰恰在这一点上，有人认为这样的艺术是书法而且是创新的书法，并用貌似玄而又玄的理论来论证是书法并且是好书法。

标准的混乱和缺失影响着书法的健康发展。当一门艺术的是与不是，好与不好成为问题时，就容易混淆视听颠倒黑白。我们常看到的现象是，明明是借书法的资源和名义搞其他艺术，却说成是书法创新；明明是败笔连篇错字连篇，却说成是佳作；明明是缺乏书法的基本素养、偶尔玩玩的初学者，却被吹捧为大家。由于书法当代创作标准、批评标准、欣赏标准的迷失，被所谓前卫派乘虚而入，肆意诋毁书法传统，肆意蔑视书法名作，肆意拿古代书家开涮，肆意用行为艺术歪曲书法，肆意把非经典当做经典，把经典当做垃圾。这种现象至少使一部分人面对书法，充满困惑无所适从。在书法热潮兴起初始，出现这些现象并非偶然。正如改革开放初期各种思潮的出现一样，书坛也有着各种各样的观念，各种各样的尝试。在一段时期内，整个艺术领域曾出现了反传统的倾向，美术界出现了“ ’85 美术新潮”，其特点是用西方现代艺术观念反传统。与美术界相比，书法界的反传统思潮不算强烈，有点“犹抱琵琶半遮面”。上面所说的一些现象，不是书坛的主流。虽然不占主流，却颇有影响，严重扰乱着书法的健康发展。

这应该引起注意。本来，在民族艺术中，书法是最具恒常性的，也颇能经风雨。20 世纪初的新文化运动和 20 世纪中叶的改造艺术运动，对书法都没有很大影响。但到了“书法热”阶段，原来的书法标准似乎过时，当代标准又未建立起来。于是各类人等参与其中，借书法搞其他名堂，所以显得混乱。要根治混乱，书法必须建立当代标准。有了当代标准，就乱不了根本。

然而，建设书法当代标准并非易事，标准要达到共识也需要时日。其难首先是对“当代”的理解和把握。从时间上说，“当代”指的是现在，但现在又是从过去走过来的。如果说其他艺术的现在和过去发生过断裂，曾另起炉灶，而书法则没有也不可能另起炉灶，只能在传统基础上发展。当代书法和古代书法写的都是汉字，使用的媒介材质和书写工具也没有大的变化，古人所发明的笔法章法等艺术语汇仍然被今人使用，古人所创作的诗词歌赋仍然被今人书写。当代书法想与古代断裂，想凭空出世是不可能的，除非已不是书法。也就是说，讨论当代书法标准，必须和古代联系起来。但从另一方面讲，当代又不同于古代。如果当代和古代一样，我们就没有必要讨论当代书法标准，用古代的书法标准来套用就行了。事实上书法是不断发展变化的，从古代就不断变化，各朝各代都有差别，都有新因素出现。书法发展到当代，变化更大一些。一方面，以现代工具和技术为基础的书写方式冲击书坛，一方面传统书写方式与社会生活价值关系发生了变化。书法仍然是书法，但要切合当代社会需要。社会环境变了，也要求书法随之而变。今天书法的创作环境、展示环境、创作心态、创作观念与古代确有不同，比如“展厅效应”“创作提高班”的出现，就是古代所没有的。如果说每个时代都有自己的审美追求和独特表现的话，那么，当代的审美追求和独特表现则更为强烈。就作品而言，篇幅形式、笔墨表现、章法处理等方面当代确有一些值得肯定的探索。讨论当代书法标准，必须考虑当代出现的一些符合艺术发展规律的新因素。

其次，难在对标准“度”的把握和确定。标准是社会性的，针对的是群体。标准不是空洞的理论假设，而必须具备可操作性，又要经受实践的检验。标准应该有一定的高度，它既是一个坐标，又是一个目标，鼓励学书者向高度攀登。但又不能过高，高到高不可攀就失去了标准的作用。标准还应该有底线，底线即书法和非书法的边界，在边界之外打着书法名义的行为艺术，应排除在书法之外。也就是说，书法的当代标准既要考虑群体的可接受性，又要考虑实践的可操作性，既要有一定的高度，又要有基本的底线。如何合度合适是关键。

还应该注意的是，建立书法的当代标准是为了促进书法的发展，而不是人为地设定清规戒律束缚书法前进的脚步。标准是积极的而不是消极的，是开放的而不是封闭的。书法繁荣的标志之一是多种风格流派的共同发展，各种风格流派都有自由创造的空间。当代的书法标准不是限制风格流派，而是为了促进风格流派的发展，为正在前行的探索者提供参考。标准是规范和准则，没有规范和准则谈不上标准。标准又是启示和提醒，启示创作者向高目标高品位迈进，提醒创作者少走弯路。历史常识告诉我们，古代书画的一些标准，诸如“六法”“三品”“九品”等是在书画大发展时提出的。这些标准没有限制书画的发展，而是为书画水平的提高起了促进作用，更重要的是呵护着书画的文化品位。艺术是自由的创造，但自由创造不是胡来，仍有其法度。即便探索到一定的高度，仍然有法，正如石涛所说：“无法之法，乃为至法。”至法是大法，大法仍是法。

书法的当代标准，不是哪一个人能确定的。针对书法群体的标准，需要大家共同商议，集体约定。当然，个人是可以提出建议供大家参考的。关于书法的当代标准，就书法作品而言，以下几点是应该考虑的：

一是活写汉字。书写汉字是书法的底线，是低标准，这在过去不成问题，但今天应该强调。书法艺术可以有多种多样的创新，但不能丢掉书写汉字的传统。如果丢掉了这个传统，书法就丧失了自身。书法之所以成为中国独特的艺术，最重要的一条是它与汉语汉字密不可分。它丰厚的历史积淀、文化特色，它的代代相传，它的千百年的创造和接受、推广和普及，都与书写汉字密不可分。书写汉字这一点，今天和将来都要坚持。书写汉字这个底线，还区分了书法与西方抽象艺术的根本不同。书写汉字包括两个最基本的方面：一是书写性，即书法是书写出来的，其创作的过程是书写的过程而不是其他过程；二是书写的对象是汉字而不是其他东西，两个方面是连在一起不可分割的整体。

汉字要强调活写，“活”指灵活、活脱。书法是艺术，书写汉字是为了创造艺术，如何把字写活是关键，把字写活了，才是艺术。无论是写楷、行、篆、隶，都应求一个“活”字。

二是文质相辅。“文”指作品的外观形式，包括用笔、用墨、用纸、装潢等物质载体及书写的文辞，“质”指作品内在的精神、气质、意境、思想，二者应该是相辅相成的，即内美与外美相互生发，高度和谐和统一。书法既是可看的，又是可读的。看，欣赏其视觉美；读，品味其思想性。作品的外在形式是重要的，但要看它是否有内在的特质，看两者之间的关系处理得如何。既要注意作品的可视性，看其视觉空间的形式美，又要注意作品的可读性，包括文辞和笔意的表达，二者不可偏废。

三是神通气畅。前人就很强调这一点，今天仍然要强调。无论何种风格流派，作品都应该神通气畅。神指神采、精神、风神，神要贯通。通篇有神采、有精神、有风神，才能感人。气指气息，气息要通畅。无论是金石气、书卷气、高古气、静气，还是行与行之气、字与字之气，都贵在通畅。

四是笔法精到。这是针对用笔而言的，古代讲笔法，今天更要讲笔法，因为书法的语汇最重要的是笔法。笔法的精与不精，到位不到位，决定着作品的高低成败。要看其用笔的苍润、刚柔、虚实、奇正、断连、轻重等对立统一的掌控，线条的丰富性、质量感、力感和节奏感的把握，以及在前人基础上有否新的创造。

五是妙用墨法。墨法是书法的重要语汇之一，前人讲笔法多，讲墨法少，这给后人留下了发展的空间，近年来借鉴画法对书法的墨法探索很有成果。墨的浓淡干湿及涨、宿、渴墨的运用，可增强书法的韵味。关键是妙用，墨法和笔法巧妙结合起来。

六是结体自然。书法结字有真、草、隶、篆、行书体之规定，前人有向背、相让、救应、大小以及以侧映斜、以斜附曲等法则，今天仍可参考。关键是生动自然，结体不能死板，不能生硬造作。

七是布局整体。章法布局难在整体效果，整体效果好，才能达到神通气畅。要观其整体的开合聚散、点画呼应之能力，观其计白当黑、虚实相生的空间关系。

八是当代特色和时代气息。当代书法是今天的“我”在写而不是过去的“他”在写。“我”要写出时代气息和今天的特色，应该有新的艺术语汇，不同于前人又要高于前人。

在具体评判作品时，特别要重视那些切合变化的社会审美需要和书法发展规律的创新因素。要看其是否在前人的基础上有新的创造。对既符合书法艺术发展规律又敏锐表现时代审美需求的作品要敢于肯定，还应注意到不同的材质、不同的展示环境、不同的装裱也会对作品产生不同的视觉审美效应。

在艺术多元共生的今天，能提出一些书法的当代标准并不难，每个关心书法的人心里都有一杆秤，谁都可以提几个标准，难的是对标准的共识和建立。为了建设书法的当代评价体系，身处学术前沿的《美术观察》杂志先后于2006年和2007年两次专题探讨书法的当代标准，约请了国内20位专家发表了意见。应该说，各位专家的态度是坦诚的，敞开胸怀，各抒己见，思考是深入的，均发表了建设性的高见，都认为探讨书法的当代标准意义重大，但对书法的当代标准各有各的看法，甚至有相左之处。这一方面说明学术上的百家争鸣是正常的，没有争鸣，就没有真正的共识，争鸣是共识的前提；另一方面说明对此问题的共识还需要时间。即便专家对此问题有了共识，从社会的角度看还远远不够。标准是社会群体的准则，只有众多书法家和广大书法爱好者通过讨论达成共识，标准才能发挥它应有的作用。

艺术标准的共识不能靠行政命令，靠的是众人的自觉认识。正如“书法热”的兴起，不是因行政命令，而是由中华民族在文化浩劫之后对民族文化价值重新认识的结果那样。随着中华民族的伟大复兴，随着书法的进一步发展，书法的当代标准问题会越来越引起社会的重视。我深信，书法当代标准的共识一定会有的，因为大家在期待。

2008 年 2 月于中国艺术研究院

李一、乙庄主编:《当代书法标准》，江西美术出版社 2009 年出版

《朱复戡艺术研究文集》序

虽无缘拜见朱复戡先生，但几十年来，这位老艺术家的形象和作品一直活在我的心中。早在曲阜一中读书时，我就听老师们讲有位擅长刻印的大书法家朱复戡，住在泰山脚下，老师们还讲过这位大书法家的种种生活趣事。曲阜与泰安仅百里的距离，当时曾有爬泰山时拜见大书法家的想法，尽管没有实现。后来在济宁求学工作时，常看到朱复戡先生的书法篆刻作品原作，其卓然独立的艺术风格深深吸引了我，又常听朱复戡先生的几位弟子谈到老师的人生经历和艺术特点。离开山东到北京读研究生从事艺术研究工作后，尤其是在主编《共和国书法大系》和撰写《新中国书法六十年》期间，朱复戡先生一步步进入我的研究视野，成为研究对象之一。近日，有幸主编《中国书法全集》的“沈曾植、王蘧常、朱复戡”分卷，通过阅读朱复戡艺术研究会诸位专家的专论和朱复戡艺术馆提供的大量资料，对朱复戡的艺术道路和艺术成就有了进一步的了解和认识。随着时间的积累，朱复戡先生的形象在我心目中越来越高大，越来越丰满。我越来越感到朱复戡的人生是大写的人生，朱复戡的艺术是大写的艺术；越来越认识到朱复戡存在的价值和他在现当代书法史上的重要意义。

朱复戡与20世纪同龄，90岁的人生经历可称为世纪老人。这位世纪老人在艺术上出道早，影响大，是20世纪中国书法篆刻史的杰出人物。无论是民国时期，还是中华人民共和国初期和改革开放时期，朱复戡都留下了可圈可点的艺术业绩。作为现当代海派艺术的代表人物，朱复戡更是研究海派艺术绕不开的话题，其分量甚重。今天我们研究朱复戡，不仅仅是对一个艺术家的个案研究，而且是由个案到百年艺术脉络，由点到面，涉及中国现当代书法篆刻发展和海派艺术发展的许多重大的问题。因为朱复戡的人生经历、艺术特点、书学思想、社会交游、师法传承等问题，与中国现当代书法篆刻进程息息相关，与海派艺术的发扬光大息息相关。从另一方面来说，朱复戡艺术研究是可以从多方位、多方面展开的，事实上许多专家也已从不同角度发表了高见。我以为研究朱复戡，应该充分注意到齐鲁文化、儒家思想对这位海派艺术家的影响。尤其应注意朱复戡先生谢世后，孔孟之乡济宁为传播推广这位先贤的艺术业绩所付出的不懈努力。

朱复戡生、卒于上海，学艺于上海，首先扬名于上海，是地道的海派艺术家，但与其他海派艺术家不同的是，朱复戡多年栖身于山东，其晚年基本上生活于山东。从50余岁到80余岁，近30年的光阴是在济南和泰安度过的。他的诸多代表作，诸如诗文方面的《济南行》《雏雀吟》《关于印章发展问题》《书法与碑帖》，书法创作方面的《秦始皇泰山刻石》《峄山刻石》《草书千字文》，篆刻创作方面的《海岳双栖》等都产生于山东，其青铜器的研究和设计是在山东，书法篆刻的传道授业也是在山东。可以说，山东既是朱复戡晚年的栖身之地，更是其艺术全面发展攀登高峰之地。从某种意义上说，齐鲁文化的博大精深滋养了攀登艺术高峰的朱复戡，山东人的朴实厚道款待了这位来自上海的老艺术家。尤其是多年居住在岱庙汉柏院，与泰山朝夕相伴，物与神游，是其自我修行、自我完善的好机会。诚如他自己所言："此地何雄伟，不思海上春。""人生几回来岱岳，此山一入忘人间。"壮美的居住环境使其"开襟饱饮河山秀"。泰山的雄伟气象开阔了朱复戡的胸襟，使其接地气、添底气，为其创造雄伟刚强的艺术增添了动力。朱复戡鲜明的艺术风格与早期儒家的雄强精神和泰岱的雄浑之气有着密切的关系。读朱复戡晚年之作，无论是诗文还是书法篆刻创作，如同读《孟子》，如同爬泰山，感受到的是博大的浩然之气，雄伟的泰山气象。

如果说五岳独尊的泰岱是生前的朱复戡攀登艺术高峰之地，那么，孔孟之乡的济宁则是身后的朱复戡的艺术发扬光大之地，是研究、展示、传播朱复戡艺术的重镇。在朱复戡谢世十年之际，济宁建立公益性朱复戡艺术馆，稍后又成立朱复戡艺术研究会。朱复戡艺术馆和朱复戡艺术研究会以收藏、保护、展示、研究、传播朱复戡艺术为己任。近20年来，先后在冯广鉴、齐开义先生带领下，克服种种困难，一次次举办专题展览，召开全国性研讨会，编辑出版《朱复戡墨迹遗存》《朱复戡篆刻集》《朱复戡艺术馆馆藏作品选》《朱复戡艺术研究文集》等十余部著述。桃李不言，下自成蹊。朱复戡艺术研究会经过持久不懈地努力，取得了丰硕的研究成果，赢得了艺术界的信任。可以毫不夸张地说，济宁是名副其实的朱复戡艺术展示中心、研究中心和传播推广中心。若朱复戡先生在天有灵，得知他的大量遗作、遗物长期陈列于济宁，得知众多专家一次次会聚济宁研讨他的艺术，定会感谢孔孟之乡对他的厚爱。

本集为《朱复戡艺术研究文集》的第三辑，收录专题论文六十余篇，内容丰富，涉猎广泛，讨论深入。每篇各有侧重，或论其书学思想、审美趣尚、交游师承、风格演进，或论其书法、篆刻、诗歌、绘画、题跋等，林林总总，各有创见，可谓各陈其见，百花齐放。与第一辑、第二辑研究文集相比，第三辑研究文集讨论的问题有所深化。尤其是讨论朱复戡其诗、其书、其画、其印关系的综合性研究，讨论地域文化与艺术风格的关系的论述，颇有创见和新意。就我个人阅读的感受而言，读有创见、有新意的论文是享受，阅读的过程是享受的过程、收获的过程。近日的阅读使我对朱复戡艺术又有了一些新的认识。感谢朱复戡艺术研究会给我先读为快的机会。现夏至已过，盼望如期在金秋送爽时节与同道诸君在济宁握手相会，促膝长谈。

2021 年 6 月 27 日子夜于京华开元室

朱复戡艺术研究会编:《朱复戡艺术研究文集》第三辑，上海书画出版社 2024 年出版

《中国历代绘画理论评注》序

已入耄耋之年的汤麟、杨成寅先生命我为《中国历代绘画理论评注》作序，实在诚惶诚恐。在老前辈面前，藐予小子，何敢喙一辞。但汤、杨二老情真意切，如不从命，则有违老前辈之意，恭敬不如从命，于是斗胆放笔，写点学习的心得体会。

这是一部沉甸甸的丛书，其中凝结着多位学术前辈的心血。拜读丛书清样，可谓百感交集。首先想到两位已故的老前辈王朝闻、程至的先生。

王朝闻先生是新中国美学和文艺理论的奠基人之一。今年四月，中国艺术研究院举办了王朝闻先生百年诞辰纪念活动，众多学者一起回忆了一代宗师的丰功伟绩。王老在晚年领衔的最后一个大课题即是《中国历代书画理论评注》。十年前，九十高龄的王朝闻先生亲自约我到他家中，面命我参加此课题的编撰工作，当时情景至今历历在目。一贯重视民族艺术传统的王老，愈到晚年，愈重视传统书画理论的研究，亲自担任《中国历代书画理论评注》的主编，一次次给课题组成员面谈或笔谈研究传统书画理论的重要性以及研究的方法。我至今珍藏着王老关于《中国历代书画理论评注》的信件，每次重读，都被王老“朝闻道，夕不甘死”的治学精神所感动。尽管今日，王老谢世已五年，丛书并没有按王老最初的设想和规划面世——只出绘画理论方面的评注，而且截止于五四运动时期，且丛书易名为《中国历代绘画理论评注》，但王老的治学精神一直影响着原课题组的每一个成员。

程至的先生病逝也已数年，按照王朝闻先生的分工，程至的先生与我共同承担明代卷。程先生负责画论部分，我负责书论部分。因同为一卷，接触较多。说着一口温州话的程至的先生早年从事木刻创作，是一位优秀的版画家，同时又是一位很有见地的美术理论家，生前发表过许多有影响的论文。2004 年，被中国美术家协会表彰为“卓有成就的美术史论家”。程先生生前曾亲自来我书房共同切磋明代卷的有关问题，他的温州话我有时听不明白，但他实事求是的治学态度很让我感动。他去世前在中日友好医院住院，我前往看望时，他仍然与我谈明代画论的有关问题。现在程先生的《中国历代绘画理论评注・明代卷》出版了，遗憾的是他没有看到。

这是一个跨世纪的学术工程，从 20 世纪 90 年代被列为全国艺术科学“九五”规划国家资助的重点课题开始编撰，到今日出版已历十几个春秋，可谓十年磨一剑。十年磨剑者，不是刚出道的青春少年，而是多年从事美术研究卓有成就的美术史论家。承担先秦汉魏南北朝卷和宋代卷的杨成寅先生，承担隋唐五代卷和元代卷的汤麟先生，都是中国美术家协会隆重表彰的“卓有成就的美术史论家”，都是著述颇丰的学者。杨先生的《石涛画学本义》《美术范畴概论》《新编艺术概论》，汤麟先生的《维纳斯的启示》《大众美学》等著述在美术界广有影响。承担清代卷的潘耀昌先生，与汤、杨二老比是年轻人，但也已年过花甲，潘耀昌先生中西美术史兼治，是改革开放后首批研究美术史论的研究生，现任博士生导师，其专著《走出巴贝尔——融合中的冲突》《中国近现代美术史》一直摆在我的案头。几位先生花十几年时间精心打磨这部丛书，其精神一直感动着我。尤其是汤麟、杨成寅先生已是耄耋之人，学术已卓有成就，欣逢盛世，本可封笔颐养晚年，然而为美术学建设，仍不辞劳苦爬格子，以他们丰富的人生阅历、深刻的学术见解为美术学大厦添砖加瓦。

这是一部图文并茂、系统评析、深刻阐述中国古代绘画理论的丛书。120 万字可见其规模，500 幅图可见其丰富多彩。将大量相关名作作为配图加以印证，读文可以观图，印证文字之要点；观图有助于读文，可加深对画论精义的理解。中国绘画，一向有着理论与创作实践相结合的传统，既是画家又是理论家者多矣，如荆浩、董其昌、石涛等。读其文赏其画，相互印证，有助于深刻理解其美学思想。与以往出版的纯文字画论辑要相比，图文并茂是这部丛书的特色之一。

更可贵的是这部丛书对历代画论的系统评析和深刻阐述。中国古代画论著述，汗牛充栋、浩若烟海，既有经典之作，也有泛泛之论，首先碰到的问题是如何选择。几位编著者从先秦到清代，选取历代经典性、代表性画论分卷评注。其编撰结构为：作者及原著简介、原文精选、重点注释、整体评析，每卷前有各朝代画论综述。可谓有经典，有重点，有整体鸟瞰，有局部分析，交给读者的是一部较完整的绘画理论史。

对中国古代画论的梳理，此前已有一些学者做了许多基础性的工作，与同类的著述相比，我认为《中国历代绘画理论评注》最突出的特点是整体评析分量重，其闪光处主要在评析方面。汤麟、杨成寅、潘耀昌几位先生学术视野开阔，“两脚踏中西文化，一心作宇宙文章”，除对中国古典艺术有深入的研究外，对外国美术史、美术理论也有专门的研究。杨成寅、潘耀昌曾有多部译著。有着这样的学术背景，对古代画论评析起来，就不同于一般的就画论而画论了，而是旁征博引、中西交叉、古今对照，以古代画论为对象，评析古人的同时，系统阐述自己的学术观点。许多观点既有传承，又有新意；既系统深刻，又简明易懂；既翔实，又切题。读几位先生的评析，与字里行间的思想火花相碰撞，感到很惬意，可以寻找到古今对话、中西对话、作者与读者对话的快乐。

改革开放三十年来，中国美术界发生了许多惊人的变化。在经历了各种各样的事件，看遍了各种各样的展览，引进了各种各样的观念，阅读了各种各样的著作之后，人们越来越重视民族传统文化了。人们越来越认识到，建设当代的艺术评价体系和评判标准，古代书画理论是重要的参照。那些经典性、代表性、原创性的书画理论，在今天仍有其重要的作用和意义，对它们的阐释、解说、论证、评析仍然是最重要的基础性工作。从这个意义上说，《中国历代绘画理论评注》的出版，有利于今人重新认识经典、创造经典，功莫大焉。

祝汤麟、杨成寅先生健康长寿，祝潘耀昌先生事业大成。

是为序。

2009 年 8 月于中国艺术研究院

汤麟、杨成寅、潘耀昌等编著：《中国历代绘画理论评注丛书》，湖北美术出版社 2009 年出版

《〈美术观察〉学术文丛》序

岁月匆匆，《美术观察》忽焉已至发刊第200期。“200”即“双百”，是一个大吉祥数字。记得在发刊第30期和100期时，曾举办过纪念活动，今逢发刊200期，同样需要纪念。这200期的《美术观察》来之不易，它跨过了一个世纪的门槛，风尘仆仆，又展露新姿。那么，一个由学人办刊，以学术为立身之本的杂志如何纪念这不同寻常的“双百”呢？我们首先想到的是编辑出版一套《〈美术观察〉学术文丛》，精选自创刊以来的各期内容，分类汇辑，以此反映《美术观察》与当代美术进程之大脉，献给关心支持《美术观察》的朋友。这一想法得到了文化部副部长、中国艺术研究院院长王文章先生的首肯和支持，得到了三位前主编邓福星、龙瑞、吕品田先生的鼓励和指导，同时得到了《美术观察》全体同仁的积极响应。大家一致认为，编辑出版学术文丛，是对《美术观察》出刊200期最好的纪念。回顾以前瞻，其意义小而言之，有益于《美术观察》今后的发展；大而言之，有益于读者了解当代中国美术发展的进程。

有了共识，于是就立即动手编撰。当我们面对等身高的《美术观察》合订本，当我们再次捧读曾经编辑的杂志时，可谓百感交集，浮想联翩，思绪一下子又回到以往的岁月，回到创刊初期的上世纪 90 年代，回到当年的编辑部旧址，那古色古香的北京前海西街 17 号恭王府。我们仿佛又听到了名誉主编王朝闻先生语重心长的教诲，仿佛又见到已谢世的第一任副主编翟墨先生、第一任编辑部主任黄远林先生……那些曾经过去的情景又一幕幕回放到眼前。《美术观察》创刊迄今 17 年，年年往事可追忆；出刊 200 期，期期都有甜酸苦辣可诉说。我们永远铭记为《美术观察》艰苦创业的前辈，永远铭记作者、读者的关爱和支持。我们更知道 200 期的里程碑是几任编辑、几代学人所共同铸造。在此，谨借文丛编辑出版之际，我们向所有为《美术观察》的成长付出心血的同仁和朋友致以深深的敬意。

作为国家艺术类核心期刊和大型综合性美术月刊，《美术观察》创刊的时间不算长，出刊 200 期的数字也不算惊人，但它的学术含量和社会影响不能低估，它在读者心中的地位无法代替。它对当代中国美术进程的推动，对美术创作、美术理论、美术教育、美术市场、美术交流和传播等方面所发表的建设性意见，特别是对各种美术现象的敏观锐察、分析评判，曾产生极大的社会反响，促进了当代中国美术的健康发展。近来，学界已有人对这本创刊时间不算长的杂志进行了专题研究，也可见它的魅力所在。客观上讲，它也确有一些特点，譬如每期有明确的热点选题，集中观察分析评判某种美术现象，体现了编刊的主动性和策划性；譬如它是学人办刊，编辑队伍由中国艺术研究院美术专业研究人员组成；譬如它率先实行“栏目主持制”，充分发挥编辑的能动性；譬如它多次与高等院校、科研机构合作举办高端美术论坛，主办美术学论文评奖；譬如它每期介绍一位卓有成就的美术史论家……虽然它创刊还不到20年，目前还在行进的路途中，但200期的历程，已有一些闪光点，已初显特色。正如研究者所评:《美术观察》个性鲜明，有其志趣；精诚问道，但不囿书斋；侧重建设，却不懈批评；着意前瞻，亦勤于反思；力求全面，也力避浮泛；尊重客观，更崇尚良知；基调严肃，又饱含热情。已出刊的200期《美术观察》在反映中国美术进程风云变幻的同时，也以自身的风格与品质确立了它在中国美术事业中的重要地位，成为中华民族伟大复兴进程中推动美术事业与文化建设蓬勃发展的一支活泼而有朝气的生力军。

从上世纪90年代中期一路走来的《美术观察》，曾经历过一些风雨，道路也有曲折，但总体而言，是在不断探索中前进，在平稳中不断提高，在开拓中向前发展。其发展稳中有变，变中有常。就编辑队伍而言，十多年中人员有很大的变化和流动，主编和栏目主持曾几易其人，栏目设置曾有调整，选题内容也随着时代的变化而变化，装帧设计和印张规模等也有更新。但变中有不变，办刊的大方向没有变，办刊的宗旨没有变，研究人员办刊的特色没有变，栏目的主体结构没有变，栏目主持制度没有变，学术至上的编辑原则没有变。每一次的“变”都是对“常”的进一步完善。如编辑人员的变化，70后、80后青年学者的加入，为编辑队伍增加了新鲜血液和活力。栏目的调整变得更丰富更有看点，如本世纪初的一次变动调整，是在大栏目不变的前提下，在“观察家”“美术家”“美术学”“国际视野”（初名“域外观”）四大版块内增设“批评”“前沿报道”“现象”“时代人物”“案边点滴”等二级栏目，调整后，增加了刊物的信息量和可读性，增强了刊物的学术张力。印张的增加和装帧设计的几度“换装”，也体现了刊物的进一步丰富、完善和提高。

在美术刊物越来越多，艺术媒体种类越来越多，竞争越来越激烈的当下，《美术观察》之所以能立于艺坛学林，不断发展壮大并形成品牌，最为重要的原因是它有着一以贯之的办刊思想和学术品格，大致表现在以下几个方面：

一是始终坚持正确的舆论导向，始终贴近现实，牢记观察美术的使命和职责，始终坚持“用观察家的眼光审视美术，用美术家的眼光观察世界”的办刊宗旨，始终站在学术前沿，敏观锐察各种美术现象，从文化发展战略高度，紧紧抓住事关美术发展的重大问题和焦点问题进行分析评判。顾名思义，《美术观察》就是要及时敏锐地观察美术现状，及时发现问题和设法解决问题。自上世纪 90 年代以来，随着国家改革开放和社会转型的深化，当代美术领域呈现出许多新的现象和问题，为了美术的健康发展，急需从理论和实践的研究角度对新出现的现实问题做出分析、阐释和判断。《美术观察》不辜负时代重托和人民的期望，积极而负责任地承担起观察美术的重任。从创刊号开始，就紧密联系当代美术的实际状况策划选题，既突出审时度势的现实针对性，又从学术层面进行分析判断。面对纷繁多变的美术现象，既能找到正在普遍关注或应该普遍关注的问题点，又能从学术层面深入探讨；既能充分反映人们对这一问题的看法，又能把编者的学术把握渗透其中；既能以生动的形式引起普遍关注，又能用深刻的论述导出学术判断。虽然编辑人员屡有变动，但敏观锐察美术现状的编辑思想不仅没有变，而且越来越强调美术发展的现实关怀。

二是始终以“大美术”的宽阔视野展开创造性的工作，始终以开放的胸怀、包容的心态，与时俱进地对“大美术”以学术揭示或思想渗透，并因此形成自己的风格特色、品质魅力和社会影响。早在创刊之初，《美术观察》就把包括工艺美术、民间美术、建筑等在内的传统美术形态以及其他体现人们审美理想和创造精神的造型艺术作为观察的对象，将古今中外美术作为观察的对象。在后来的办刊过程中，又进一步扩大视野，多次把非物质文化遗产保护承传及美术与其他姊妹艺术的关系作为观察的重点，既重视自律与他律关系的探讨，又重视本体与跨界的研究。“大美术”的定位，使其观察的视角更为灵活，视野更为广阔，开放性和包容性更为明显。“大美术”的学术定位，也促使办刊者从更高更广的角度观察美术现象，促使办刊者不断学习和提高，力求超越成见，拓宽视野，尽力捕捉每一个新动向；总揽全局，以大观小，从整体上把握美术的走向；高瞻远瞩，襟怀博大，以建设姿态对当下美术现状的意义和价值做出学理判断。《美术观察》栏目的四大版块，从创刊一直延续到今天，充分体现了“大美术”的品格。四大版块内容清晰，功能明确，起到了贯穿中国与世界、理性思考与创作经验、敏锐观察与睿智深思、现状梳理与历史钩沉的作用。《美术观察》200期的历程，是一以贯之地用“大美术”视野观察世界，审视美术的过程，也是以此不断完善自身，扩大影响的过程。

三是始终有着鲜明的中国文化立场，始终把美术领域的学术思考与国家的文化发展战略紧密联系。《美术观察》始终清醒地认识到，作为国家主流的艺术媒体，应该在众说纷纭中表明立场，发出强音。创刊之初，就对后现代艺术，对艺术的价值取向，对批评的标准展开过充分而深入的讨论。进入新世纪以来，进一步强调了“中国文化立场”上的学术建设和发展实践，进一步提出了“致力于有中国文化立场的现代美术形态的建设和繁荣”，提出了“走向文化自觉，建构中国美术观”的明确主张。通过“艺术的国家形象”“美术展览与国家文化策略”“国家重大历史题材美术创作工程”“书法的当代标准”“发掘中国动漫的原创力量”等一系列选题和学术论坛专题讨论，力求自信地表达中华民族的审美见解和审美情怀。在包括美术理论和美术创作实践在内的整个美术领域，破除西方中心主义影响，克服文化上的不自信，全面建树贯通中华民族文脉、扎根现实生活基础、与时俱进和开拓创新的当代中国美术文化体系。力求努力切合国家在新世纪实现民族伟大复兴的宏观战略目标，关注当代情境中发展艺术事业的新需要和新问题，力图把国家发展的文化战略和宏观精神指向创造性地体现为美术学科方面的具体追求，以期对当代美术的整体格局和态势、对艺术政策和学术研究取向产生积极的影响。

四是始终坚持学术至上、质量第一的编辑原则，充分发挥学者办刊的优势。身为研究人员的《美术观察》同仁，深知学术质量是刊物的生命，编刊时始终将学术质量放在首位。多年来，《美术观察》形成了一个优良的传统，即在学术面前人人平等。选题会上人人畅所欲言，不分长幼，不论资排辈，而是集思广益，始终以学术性为根本。在编稿过程中，各位栏目主持更是坚持学术至上、质量第一的原则。正是如此,《美术观察》自创刊以来发表了许多论之有据、观点鲜明的学术论文，扶持了一大批年轻学者。更应该指出的是，创刊伊始，整个编辑队伍，包括主编、编委和栏目主持，都是由正副研究员及具有博士、硕士学位的研究人员组成，他们多是在美术史论研究上有专攻和成就的学者。作为学者型编辑，他们热情而敏锐，能够结合国家发展的战略目标和文化建设的现实需要，就美术的焦点问题或基础问题，展开兼顾学理性和实践性、现实性和前瞻性、严肃性和活泼性的讨论和评述。因此，所关注的问题、组织的讨论和编发的有理论深度的文章，每每在美术界引起反响。学者办刊的优势在于把学术精神渗透到办刊思想与方式中，刊物成为其参与社会实践、施展才情智慧、阐发学术思想的平台。持之以恒的“学者办刊”，使《美术观察》的学术性获得了坚实的基础和保障，以至 17 年来，一贯地保持着自己的风格和品质。

正是持之以恒的敏观锐察、始终如一的“大美术”视野、一直持有的中国文化立场和坚持不懈的学术至上原则，形成了《美术观察》自己的特色。细心的读者阅读这套文丛，在了解《美术观察》与当代美术进程基本面貌的同时，也可以观察到《美术观察》的这些编刊特色。

《〈美术观察〉学术文丛》集时代性、学术性、文献性于一体，共分六卷:《美术史论卷》《批评卷》《创作研究卷》《学人档案卷》《时代人物卷》《外国美术研究卷》，总计约 360 万字。需要说明的是，此前我们曾与江西美术出版社合作出版的《中国当代美术战略研讨文丛》集中选编了《美术观察》的部分热点选题，已出版五册，因此本套文丛基本未收入热点选题的内容。又由于篇幅所限，本文丛确有好文章忍痛割爱之憾，敬请作者、读者谅解。文丛的编选，为体现《美术观察》的学术历程，各卷基本以发表时序编排；除原发表时所出现的技术性错误予以订正外，不再进行内容方面的改动；作者署名和简介也一并遵照原样。另外，需要特别提出的是，本文丛的出版，得到了中国长安出版社黄少平社长的鼎力支持，并得力于编辑部李多、张渊两位先生的辛苦工作，以及张吉霞女士的热情帮助，在此一并表示诚挚谢意！

《美术观察》发刊200期和本文丛出版之际，正值壬辰之春“龙抬头”的日子，《美术观察》又要开始新的腾飞了。此时，不免想起开国领袖毛泽东的诗句：“雄关漫道真如铁，而今迈步从头越。”我们真诚地再次约请一向关心支持《美术观察》的朋友在春天里同行，走向更美好的未来。

2012年2月

李一、赵权利总主编：《〈美术观察〉学术文丛》，中国长安出版社2012年出版

《走向文化自觉　建构中国美术观——中国美术观·重庆论坛（2010）论文集》序

《美术观察》自创刊以来，一直用观察家的眼光审视美术，用美术家的眼光观察世界。无论是审视美术还是观察世界，都要靠眼光。眼光包括视觉但不仅仅限于视觉，更重要的是心觉，心觉的深浅决定眼光的长短。正如常言所说，心明才能眼亮，而心明眼亮才能准确而深刻地观察五光十色的美术现象。在审视美术和观察世界的过程中，我们感到最重要的是美术观问题。美术观既涉及文化立场、文化态度和艺术观念，又涉及审美价值评判尺度；既涉及美术研究的史、论、评，又涉及美术创作的各方面和诸形态。它既宏观又微观，既抽象又具体，并且无时不在地牵动着美术的脚步，影响着美术的发展进程。在有关方面和专家的支持下，《美术观察》从2010年第1期开始，发起了“中国美术观”的讨论。

之所以讨论中国美术观问题，是因为历史和现实的需要，说到底是为了当代中国美术的发展。中国美术有着辉煌的历史，汉风晋韵、唐态宋意至今仍令人一唱三叹，既有一以贯之的文脉，又有各时代的不同特征，继承和发扬优秀的传统，包括20世纪引西惠中的新传统，都是必要的。深厚而悠久的传统，一以贯之的文脉，既是建构当代中国美术观的资源宝库，也是中国美术特色的根基所在。有着几千年光荣历史的中国美术走到今天如何发展，历史先贤在冥冥之中观察着我们，而现实的状况更为紧迫。经过30余年的改革开放，中国经济迅速崛起，综合国力大大增强，中华民族正处于伟大复兴的关键时期。民族复兴最重要的是文化复兴，美术作为精神文化的重要组成部分在文化复兴中担负着重要的使命。在向西方学习了一个世纪，了解了形形色色的西方艺术之后，在民族自信和文化自觉逐步增强的今天，面对全球化的语境，为了使中国美术更加彰显于世，在世界艺坛和国际交流中发挥更大的作用，建构包括价值评判体系在内的当代中国美术观，既是一个紧迫的重大课题，也是时代赋予我们的不可推卸的职责。

因既涉及古今，又涉及中西，建构当代的中国美术观的难度是可想而知的，也正因其难，方显出其意义。我们提出“走向文化自觉，建构中国美术观”，提出问题虽然不等于解决问题，却是解决问题的第一步。令人十分感动的是，许多专家学者和广大美术家朋友对建构中国美术观的学术课题进行了认真的思考，发表了真知灼见。在此，对参加讨论的每一位同道表示深深的感谢。“中国美术观 · 重庆论坛”即将开幕，相信通过山城论道，百家争鸣，大家会逐步向真理靠近。

美术观察杂志社、西南大学美术学院编：《走向文化自觉 建构中国美术观——中国美术观 · 重庆论坛（2010）论文集》，文化艺术出版社2010年出版

吕品田《美术观察卷首语》序

疫情阻隔，滞留未归，忽接品田兄来信，嘱我为他的新书写几句话，百无聊赖中总算承担了一件有意义的工作，既感荣幸，也觉快慰。我与品田兄共事多年，编《美术观察》时，在他领导下工作；后来他升任中国艺术研究院院领导，直接分管《美术观察》，我仍在他领导下工作。他虽在领导岗位，却毫无官架子，提起这一点，艺术研究院的众多同仁无不交口称赞。我与品田兄相交三十余年，久而相知益深。在我心目中，他首先是一位正人君子，然后是一位有理想有建树的美术理论家，最后才是一位不辞劳苦、勇于任事、耐心细致、一丝不苟的领导。我，还有其他单位同仁乐意与之交往，这是主要原因。

这本书是以品田兄任《美术观察》主编时写的卷首语为基础编排而成的。中国艺术研究院主办的国家级艺术类核心期刊《美术观察》自创刊起，即将“用观察家的眼光审视美术，用美术家的眼光观察世界”定为办刊宗旨，力求“弘扬民族精神，建设先进文化”。品田兄接手主持《美术观察》编务后，特地增设了“卷首语”一栏，由主编直接命笔，开宗明义地介绍当期的编辑思路和主要内容，旁及相关的美术现象、社会文化思潮等，既是指引阅读的导语，又反映了编者的心声。卷首语是各种理论信息的高度浓缩，千余字间吐纳风云，纵横评述，非才思敏捷、学术功底深厚不办。记得当年每期临近发稿，有时甚至已完成了排版，品田兄才奋力从繁杂的事务中抽身出来，闭门运思，没多久，新的卷首语便脱稿而成。卷首犹如人首，一本杂志的灵魂首先在此闪现。品田兄的卷首语短小精悍，言短意长，一定程度上塑造了刊物的精神面貌，也框定了刊物的发展方向。

2002 年初品田兄接掌《美术观察》，2009 年底离任履新，八年中，连两期增刊在内，共写了 98 篇卷首语。每期出刊前我往往先睹为快，深为他的洞察和睿智所折服，也为其中的热诚和深情所感动。今日重温，往事历历重上心头，不禁忆起昔年与品田兄在恭王府促膝长谈、在惠新北里新院址编刊论学、到名誉主编王朝闻先生寓所请教、往印厂车间查看版样的种种情景。当年的编辑部同仁想也不会忘记，当年如何在品田兄带领下挑灯夜战，赶时间，拼速度，为按时出刊齐心协力，尽职尽责。工作虽劳苦，大家却感觉愉快充实。想到这些，我脑海里顿时涌出两句诗："当年字字可追忆，重读犹闻镗鞳声。"品田兄和我虽早已离开了《美术观察》，但这本在美术理论界有着很大影响的刊物至今仍在以自己独特的方式探讨着中国乃至世界美术的现状和未来，音声洪亮，镗鞳不绝，我想品田兄该是很欣慰的。

品田兄学有专攻，是民间美术、工艺美术、非物质文化遗产方面的大专家，治学之严，著述之丰，皆在人耳目，世有定评，他的学术思想在这本书中同样有很鲜明的展示。有人或许会问，十几年前的文字，时过境迁，今天辑录出版还有意义吗？仔细翻看一下便知，书中篇章均作于21世纪的第一个十年。品田兄主持《美术观察》时一再强调，学术期刊必须成为理论研究的前沿阵地，应全方位、多角度地观察各种美术现象，组织专家学者围绕热点问题展开述评。他重视研究者的家国情怀，提出要在自己的文化中安身立命，努力探求有中国文化立场的美术理论形态和实践方式，希望编辑同仁直面现实，找到问题，提出建设性意见。在这种思想指导下，《美术观察》讨论的内容十分广泛。从国家文化发展战略到全球化文化反思，从文化主权到人文关怀，从国家形象的艺术表达到国家重大历史题材创作工程的实施，从美术理论到创作实践，从城市规划到公共艺术，从对建筑的忧思到设计伦理的探讨，从国服到国色，从文化产业到非物质文化遗产保护，从美术学科建设到学术规范，此外还包括对美术教育、美术批评、民间美术、当代艺术、新文艺群体等的深度分析和评判。由于思想敏锐，观察准确，书中各篇提及的许多美术现象至今仍是关注的热点，有些问题至今也未有定论。品田兄的卷首语见解卓越，切中肯綮，而又简明扼要，成为每一期整体讨论的画龙点睛之笔，除美术外，还涉及文、史、哲等多方面内容，精巧深刻的短文如同钥匙，帮助读者打开了艺术的大门，对他们全面了解当代美术动态、审视现代美术现象、提高认识能力、把握艺术规律大有裨益。无论是置身前行之路的中国美术家，还是当代文化的研究者，都能从中获得可贵的参考和启迪。

富于前瞻性是品田兄所写卷首语的又一重要特点。《美术观察》是最早提出并主动探讨构建中国美术评价体系问题的媒体，2009

年第 1 期的卷首语明确指出："美术核心价值体系建设，要从梳理美术价值开始，首先要辨析、权衡、判断各种美术思潮和实践对于我们的意义。"同时指出："建设中国美术核心体系，对外有助于塑造国家和民族的艺术形象，构成国际对话基础，强化中国艺术影响世界的力量和导向性；对内可增进不同社会阶层和利益群体间的相互认同，确立社会普遍崇尚的审美理想。"最令我难忘的是，品田兄率先提出要关注书法的当代标准，希望在充分讨论的基础上，建立书法标准并达成社会的共识。他认为当代书法应该"立书以法"，要"重估法度"，强调"汉语书写与民族文化认同"。在他主持下，《美术观察》分别于 2006 年第 11 期、2007 年第 10 期、2008 年第 6 期以先后三期的篇幅专题讨论书法的当代标准问题，从这三期的卷首语中可以清楚看到品田兄对相关问题不断深入的思考。像这样具有文化发展战略眼光的理论工作，逐渐引起了国家有关方面的重视，相应政策和措施接踵而至，为美术研究的创新发展开辟了崭新的道路。

"理义之悦我心，犹刍豢之悦我口"，众论并妙的文集犹如百味杂陈的盛筵，希望见者皆能欣尝快啖而去，说明这不只是我一己的偏好，虽然未见得"口之于味也，有同耆焉"。

2020 年 5 月 4 日于美利坚西海岸

袁有根《顾恺之研究》序

20世纪的美术史学研究，通史多于专史，泛泛而谈多于专题研究。对唐以前画家的个案研究形成专著者尤少。同行们常说："古人难找，今人难挑。"研究古代画家，首先要从古籍中查找材料，查找材料颇费工夫，对材料进行梳理甄别不仅费时间，而且颇有难度，没有水平不成，有水平而坐不住冷板凳也不成。从功利的角度看，研究古人远不如评论今人实惠，以至于许多科班学美术史的，到后来都转入对当代美术的评论，或者干脆告别研究领域，改作他行了。

在我所接触的美术史家中，袁有根先生是一位潜心于古代美术研究且成果突出的同道。我是在20世纪末的"首届美术学论文评奖"活动中初识袁先生的。袁先生是获奖作者，论文受到了评委的好评，人很朴实，对学问津津乐道，在治学上很有点颜回的一箪食、一瓢饮而乐在其中的精神。近年来又陆续读到他的有关吴道子、有关《历代名画记》的专著和论文，很为其潜心治史的态度所感动。

近日又读了袁有根先生与苏涵、李晓庵合著的《顾恺之研究》

初稿。这是一部全面系统研究顾恺之的专著。内容包括顾恺之的生平履历、绘画艺术、画学理论、文学作品、美学思想以及顾氏在中国文化史上的地位和作用，读后受益匪浅。提起顾恺之，大家均知他是一位大画家，历史上称其为“画圣”，然能知其详者甚少。正如人人都知孔子是“圣人”，但真正能说透“圣人”者又有几人？这部书是否说透了顾恺之，还要由广大读者特别是美术史家同行来检验。我个人的感觉是，读了此书，我原来心目中的顾恺之，由平面变成了立体，由单薄变得厚重，由模糊变得清晰起来。应该说，这部书是我迄今为止所看到的关于顾恺之研究最深入的一本专著。

袁有根先生以考证辨析见长，关于传世的几幅顾恺之作品，通过考证辨析，提出了自己的独到见解，如认为伦敦本《女史箴图卷》当系顾恺之真迹；辽宁本《洛神赋图卷》当系六朝真迹；乾隆所看到的白描本《洛神赋图卷》亦系六朝真迹；北京故宫本《列女仁智图卷》很可能是比顾恺之稍晚的谢稚的真迹；《斫琴图卷》绝非顾恺之作品。这些见解发前人所未发。另外，对顾氏画论也进行了认真的考辨。袁先生的考辨，既涉及古人，又涉及今人，行文旁征博引，特别是与几位美术史家对同一问题的商榷，尤为精彩，读之不免击掌。奇文共欣赏，疑义相与析，学术研究正是在相互商榷中向前推进的。

辨章学术，考镜源流，是清代以来学人所遵循的主张，也是学人安身立命的生活状态。在这种状态中，袁有根先生得到了学术的快乐，读者也将从《顾恺之研究》中分享学术的快乐。

与袁有根先生相比，真是惭愧。十年前曾想做唐代书法理论家张怀瓘的个案研究，当时曾收集了一些资料，但因《美术观察》编务及美术活动等琐事缠身，一直没有做成。袁先生命我为《顾恺之研究》作序，诚惶诚恐。友人之托，不敢违命，见贤思齐，催我奋发。以上数语，谨表祝贺。

是为序。

2003 年 12 月 23 日于青岛旅次

袁有根、苏涵、李晓庵著:《顾恺之研究》，民族出版社 2005 年出版

陈佐、姜洪《姜立纲书法文献研究》序

与陈佐君相识于十几年前，本世纪初始，他带着温州罗峰艺社的几位同道到我的工作单位中国艺术研究院相见。陈佐告诉我罗峰艺社是自发的艺术团体，意在发扬乡贤人文精神，继承先贤遗韵，他们几位把书画习作拿出来让我提意见。当时的陈佐很年轻，那种对艺术的虔诚态度给我留下了很深的印象。

后来见面不多，从报端看到过陈佐及罗峰艺社的一些活动，感觉到了温州青年的韧劲。最近接连收到陈佐编著的两本书，一本是已出版的《姜立纲书法集》，一本是待出版的《姜立纲书法文献研究》，读了这两本书，很让我这个专业的艺术研究者感动。陈佐是基层的公务员，公务繁忙，而在繁忙的公务之余搞艺术研究，拿出了很扎实的学术成果，令人敬佩。更为重要的是对陈佐认识上的变化，多年不见，原来的艺术爱好者今天已是硕果累累的书学专家了。

拜读《姜立纲书法文献研究》一书，感觉有许多亮点和学术兴奋点。最突出的感受有两点：

一曰：文献翔实赅备，全面立体。该书将明代书家姜立纲的著述、诗文、年谱、家族史料及皇帝敕谕、历代集评、学苑集锦、媒体视角、民间传说等一一收集整理，汇于一书。文献所表达的信息是多方面的，姜立纲的人生轨迹、书法历程、诗文成就，姜立纲的家族状况，以及姜立纲与乡邦文化的关系，与皇帝朝臣的关系，在朝野的影响，明、清及近现代对姜立纲书法的评价等种种文献复活了已谢世五百多年的姜立纲，让读者看到了一个鲜活立体、有血有肉、有爱有恨、有褒有贬的姜立纲。学术研究的前提是对文献资料的掌握，文献资料是基础，是学术观点见解的根据，尤其是书家个案研究，首先要通过文献资料掌握书家生平经历，了解其作品风格的变化，知道他的审美爱好，同代人及后代对他的评价。掌握的文献资料越充分越翔实，越能论之有据、言之成理。在文献资料的整理上，又有“古人难找，今人难挑”之说，姜立纲是五百多年前的古人，属于“难找”的一类，陈佐君花十几年之心血，追寻其足迹，搜找其吉光片羽，编著三十余万字，真不易也！其中甘苦，同道自可体会。姜立纲如地下有知，定会感谢陈佐这位同乡兼知音的。

二曰：研究有得，逐步深入。在这本书里，陈佐对姜立纲的书法艺术进行了详尽的客观的述评，提出了自己的见解。陈佐对姜立纲的述评不仅有利于读者全面了解“一代书宗”姜立纲，更有助于全面了解明代书法史，重新认识台阁体书法的价值。近30年来，书法史研究硕果颇丰，但确存在着一种倾向遮蔽另一种倾向的弊端。比如明代书法史研究，人们乐以谈论的是浪漫主义、是创新、是狂怪，喜欢谈徐渭、张瑞图、王铎等所谓创新派，而往往贬斥端正的台阁体，忽视或遮蔽姜立纲等书家，视台阁体书家为保守，用创新和保守二元对立的思维解说书法史。实际上，书法的创新和保守并非对立，台阁体书家和创新派书家也并非你死我活。陈佐的研究已用诸多史实纠正了当代书法研究的一些偏见。台阁体作为重要的书法现象，也有其个性，自有其价值。姜立纲方圆兼备、气象雍容的书风很值得肯定，他不仅是明代重要书家，而且是当代书法学习的重要参照。陈佐君的研究的可贵处是，把被遮蔽的一面敞开，使我们了解到书法史的丰富性，其学术价值是不言而喻的。

更令我感兴趣的是对耸立在曲阜孔庙的《成化碑》的研究。我少时家与孔庙一墙之隔，放学后经常去孔庙里玩耍，《成化碑》最高大，龟趺螭首最好看，是我和伙伴最爱爬上爬下的地方，碑上的字大而又方正，觉得好看，时常用柏枝比划着学写一下，但因《成化碑》没有注明书丹者，所以一直不清楚书丹者是谁。多年前王学仲先生曾猜测是姜立纲书丹，又说也可能是明宪宗亲自书丹，模棱两可。陈佐君经过深入研究，从姜立纲的职责及其与宪宗的关系，还有同时期姜立纲所书的其他碑刻比较，推断书丹者是姜立纲。我认为宪宗皇帝亲自书丹《成化碑》的可能性不大，在同意陈佐君推断的同时，又十分感谢，因为陈佐君的研究解开了我心中多年的一个谜。

是为序。

陈佐、姜洪著：《姜立纲书法文献研究》，浙江文艺出版社 2016 年出版

胡文善《名碑名帖诗文通解》序

学习书法，要以历代书法为范本。我的学习体会是对名碑名帖要知其然，更要知其所以然。书法不是单纯的视觉艺术，在其视觉的表层之下，有着深刻的文化内涵。这文化内涵又非常中国化，有很强的民族特点。具体到某一碑、某一帖，又涉及特定的时代，书家的心态，尤其是书写的文字内容与书法风格之间的关系。如果不了解这些，仅仅就形式而形式，就不可能深刻地理解学习的范本。范本之所以成为范本是有其原因的，不知其所以然，就很难学到真谛。

众所周知，书法艺术是以中国文字为载体，以抒情达意来表现个性的艺术，这门艺术又与诗文歌赋联系在一起，历史上留下来的法书，都不是单纯的书法，即便是教人识字习字的《千字文》，里边也有天文地理，有历史故事，读起来又押韵。至于被人广泛称颂的《兰亭序》，本身就是一篇美文。尽管书法的内容不等于文字的内容，但二者是有关系的。唐代孙过庭《书谱》中，有一段对王羲之作品论述：“写《乐毅》则情多怫郁，书《画赞》则意涉瑰奇，《黄庭经》则怡怿虚无，《太师箴》又纵横争折。”由此可知，书写的文字内容与书法风格有一定联系。因此，作为一个学书者，应该对名碑名帖的文字内容，作者的简历，创作的年代背景，书写者的情绪心态和艺术风格有较全面的了解，深刻领会，吃透作品，领会精神，这样才能把字写好。

但目前对书法范本的学习，得其皮毛者多，入其神髓者少，“习书乏文”的现象有增无减，有的人对所写碑帖文本内容不甚理解或全然不懂。这种现状何以会如此呢？一个重要的原因，就是名碑法帖年代久远，文字内容艰涩障碍。古今文字语言习惯涵义差距很大，今人很难理解名碑法帖中的思想内容，由于知之甚少，学书者也就难以达到与创作者精神上的相通交流，亦不能充分激发欣赏情趣，这样去临习名帖名碑如同雾里看花，终隔一层。对此人们应该有足够的重视，切实做到写碑要识碑，临帖要懂帖，只有深化对书法作品的全面理解，才可有利于对碑帖的临习和书法的创作。

要解决学碑不识碑，临帖不懂帖的问题，首先要有一本对碑帖内容进行通解的书，这样的书籍目前还不多见。可喜的是胡文善先生写出了这本《名碑名帖诗文通解》。胡文善先生多年来潜心于书法艺术事业，努力执着探讨，不避数年的寂寞之苦与翻捡之劳，从大量的有关资料中收集并结合多年的教学实践，初步整理出一套比较系统的我国古代名家经典碑帖诗文解读书稿，对其中十四种碑帖的诗文内容及作者简历、碑帖产生的时代背景、词语注解、句读译文，及书艺特点等多项条目，都做了详细叙述与阐释。全书内容丰富，材料翔实，言必有据，有史可考，文字简练生动，有较强的知识性，可读性。相信《名碑名帖诗文通解》一书的出版，将会对许多青年学习书法或欣赏阅读碑帖名迹，具有一定的启迪帮助作用，同时对从事书学研究或从事书法教学的老师也会有一定的参考价值。

丙戌夏于中国艺术研究院

胡文善著:《名碑名帖诗文通解》，华夏文化艺术出版社 2006 年出版

张桐瑀《影响中国绘画进程的100位画家》序

为了贴近读者，普及美术史常识，两年前，我与海南出版社黄明雨、汤万星先生共同商议，编辑一套通俗易懂的美术丛书。商议的结果，是每本书选取100名推动美术进程的艺术家及其代表作，以历史先后为线，艺术家为点，采用文图并茂的形式，使大家读后既熟悉了艺术家和作品，又了解了美术史的发展脉络。

这一想法是受传统美术史学启示而来的。传统美术史学善于用最简练的文辞阐明深刻的道理，如“画龙点睛”“外师造化，中得心源”“胸有成竹”“读万卷书，行万里路”都是深刻的艺术哲理。传统美术史学又善于删繁就简，从众多的美术家中挑出几个人物概括某一阶段的美术史现象，如“书坛二圣”“画坛四祖”“徐黄异体”“元四家”“明四家”“四王”“四僧”“扬州八怪”等。这样的做法虽然简单了一些，却抓住了美术史发展的环节，且令后人易记。

《影响中国绘画进程的100位画家》从传神论者顾恺之写起，直到谢世不久的李可染、陆俨少。纵跨魏晋南北朝、隋唐、宋元、明清、近现代一千多年的历史。选取的100位画家都是在中国绘画史上取得杰出成就者。阅读此书，不仅能了解历史上杰出画家鲜明的个性和艺术特色，而且可通中国绘画史发展之大脉。中国人物、山水、花鸟画之变迁，工笔、写意之变化，文人画的来龙去脉，书卷气的形成以及中国画由传统走向现代的过程，均可从此书中品读体会。

以点成线、以人带史、文图并茂、夹叙夹议是此书的特色。作者在“引子”中将中国文化、西方文化和日本印度文化分别以泥土、金石、竹木为喻，也甚有趣。读者如不同意，可与作者争鸣。

本书作者张桐瑀君，多年来专攻中国书画创作和研究，曾随我攻读硕士，其硕士论文《黄宾虹引书入画之研究》是迄今为止对黄宾虹书画关系研究最深入者。读研期间，桐瑀君还写了一本黄宾虹书法的专著。回忆三年相处，相互切磋，留下了许多美好的记忆。我们之间与其说是师生关系，还不如说是师友关系更为恰当。桐瑀君能吃苦、勤钻研，对一个问题喜欢追根问底，确是一个认真而出色的研究者。为了看古代书画真迹，他自费跑遍了国内的博物馆，在字画鉴定上多有心得。当今社会，机遇多多，诱惑多多，但除了书画研究之外桐瑀君均不心动，很有些“风雨不动安如山”的精神。噫！吾生无他好，书画娱生涯。愿与桐瑀君共勉。

是为序。

2003 年夏于中国艺术研究院

张桐瑀著：《影响中国绘画进程的 100 位画家》，海南出版社 2004 年 6 月出版。

孙江宁《影响西方绘画进程的100位画家》序

为了贴近读者，普及美术史常识，两年前，我与海南出版社黄明雨、汤万星先生共同商议，编辑一套通俗易懂的美术丛书。商议的结果，是每本书选取100名推动美术进程的艺术家及其代表作，以历史先后为线，艺术家为点，采用文图并茂的形式，使大家读后既熟悉了艺术家和作品，又了解了美术史的发展脉络。

这里呈现给读者的《影响西方绘画进程的100位画家》即为丛书的一本。开篇先以简略的笔墨叙述了西方美术的开端，从旧石器时代晚期的奥瑞纳文化，佩里格尔文化到古希腊、古罗马的美术画了一个轮廓。然后从中世纪向文艺复兴转化的开路先锋契马布埃开始，直到近年来活跃于画坛的卢西恩·弗洛伊德，选取了100位推动西方绘画发展的画家及其作品进行述评和赏析。诚然，从文艺复兴到20世纪，西方的画家何止成千上万，这100位只是其中的一部分。但若阅读完此书，即可对西方绘画史的发展有个大致的了解。这100位画家，如同艺海航行的一座座灯塔，闪耀的光芒引领着读者在艺海遨游。

该书之特点，大致有三。一是选人严谨，挑选的100位画家，都是在西方绘画史上做出突出贡献者。二是文图并茂，文字画龙点睛，直取艺海之精髓，述画家之生平，评作品之特色，图片则选其代表作，以文解图，以图配文。三是以点成线，以人带史，100 位画家先后活动于中世纪、文艺复兴、巴洛克、洛可可、新古典主义、新浪漫主义、印象主义和 20 世纪的西方画坛，连起来就是一部鲜活的西方绘画简史。

本书作者孙江宁君，现为中国艺术研究院美术学硕士。孙江宁大学本科毕业于山东师范大学美术系，专攻油画，又从事过多年的美术教学，创作了许多功力扎实、富有个性的作品。他凭着自己的勤奋和不懈努力，考取中国艺术研究院研究生后，专攻美术理论。这部书稿写于读研究生期间，是他学习研究的成果之一。与孙江宁君有缘，近几年我们一起编辑《美术观察》，朝夕相处，我深知他的聪明、勤奋、刻苦、为人厚道和不计报酬。我总忘不了我们在恭王府那个深宅大院里一起编辑《美术观察》的情景，为使《美术观察》高质量按时出刊，每一期江宁君都要熬几个通宵。《美术观察》发展壮大起来，在学术界树立起形象，江宁君是立了大功的。可他从不计较个人得失，只是默默地做事。

愿与读者一起阅读这本书，分享其中的快乐。也衷心希望正值大好年华的孙江宁君取得更大的成绩。

是为序。

2003 年夏于中国艺术研究院

孙江宁著:《影响西方绘画进程的 100 位画家》，海南出版社 2004 年 6 月出版

孙江宁、赵笑洁《艺术之劫》序

人的个体生命很短暂，虽说人的寿命在延长，但百岁老人仍然罕见，而百年在时间的隧道中又是很短的一段。因此，苏东坡曾有“哀吾生之须臾，羡长江之无穷”之感叹。不过，短暂的人生可以创造长久的艺术，作为精神产品的艺术可以长时间发挥作用。人们常言“纸寿千年”“艺术永恒”，就是这个道理。也正因为有了可以长久留存的艺术，短促的人生才不觉得乏味，才可以从有限的生命中获得无限的慰藉和欣悦。

但艺术品长久地留存下来谈何容易，有情的艺术常遭到无情的毁坏，天灾人祸总是一次次向艺术品袭来。如果说人生在世，会遇到三灾八难、五劳七伤的话，那么长久留存下来的艺术品何止是三灾八难、五劳七伤？现存的艺术品越古老，遭受的劫难越多。似乎有这样一个规律，艺术品的历史价值、文物价值往往与它遭受的劫难成正比。艺术品一旦被人所重视，一旦显示了其自身价值，接着就有了风险。一些善良的人千方百计保护它，使它保持完整；而一些丑恶之徒又想方设法毁坏它，使它支离破碎。我们常说艺术是一座宝库，古往今来，中西无数艺术家为这宝库贡献了青春、智慧和力量，可一些盗贼却拼命毁坏这宝库，挖空心思偷盗这宝库，使这宝库蒙受一次次的劫难。

这本书就是讲述艺术之劫的。作者孙江宁、赵笑洁二君是研修美术史的青年学子。一年前他们果断选择了这个题目，说做就做，跑北京图书馆、去故宫，走访知情老者，查阅中外资料，一鼓作气写出此稿。我展卷读后，感触颇多，突出者有三。

一曰选题新颖。以往治美术史者，多将重点放在风格流派、艺术创作方面。该书则在“劫”字上做文章，抓住历代艺术品被盗、被毁、被抢的重大事件，展开论述。据我所知，以此作为切入点治美术史者，还不多见。从史学的角度而言，既可补通史之不足，又扩展了研究美术史的途径。

二曰视野宽阔。作者居高临下，既察中西，又观古今，利用他们所学之知识，将古今中外大的艺术劫难事件尽收书中。看上篇可大致了解中国艺术劫难之状况，观下篇可粗知外国艺术被毁之大概。可贵的是作者在谴责艺术盗贼丑恶行径之同时，又用一定的笔墨赞扬了艺术保护者之善举，又附有关文物保护法律于书后。此书告诉人们盗毁艺术品者耻，千秋遭唾弃；保护艺术品者荣，万年传美谈。读者又从法律条文中可知如何依法保护艺术品。艺术品的流通与艺术品的生产同等重要，以往我们仅注意艺术品的生产而忽视其流通，这部书用大量惊心动魄的事实告诫世人注重艺术品的流通，特别是现存艺术品在流通中如何加强保护的问题。

三曰通俗易懂，可适应不同读者的需要。全书 18 章用叙述性笔法写成，插有一些故事性情节，读起来颇有吸引力。一般读者可从此书中得知艺术品的悲欢离合，明白国弱才有艺术衰的道理，增强爱国主义感情。而艺术圈里的朋友阅读此书，可以以史为鉴，增强对艺术品的自我保护意识。

艺术之劫是悲剧，讲述过去的悲剧是为了悲剧不再重演。我想这也是作者写作的动机。但愿在新世纪开端之时，劫去吉来，祥光普照艺海。也愿江宁、笑洁二君在这部著述之后，迎着新世纪的曙光，写出更好的篇章。

是为序。

2000 年元月 10 日于北京恭王府

孙江宁、赵笑洁著:《艺术之劫》，河北美术出版社 2001 年出版

陈龙国、王兴国《当代书法艺术研究》序

中国的书法艺术既是一门历史悠久、传承有序的民族艺术、国粹艺术，同时也是一种重要的传统文化。甚至有人说，中国书法是中国文化核心中的核心（熊秉明语）。数千年来，书法在中国历代社会中一直担负着重要功用，记事交流、传承文化、抒写人类情感、焕发审美光彩等。所以，书法一直被看作是历代文化人必备的素养之一（《周礼》中即列礼、乐、射、御、书、数为“六艺”，孔子亦要求学生必习“六艺”）。从两千多年前的秦汉时期开始，书法一方面继续在社会中充当实用工具，另一方面开始被人们认定为一种纯艺术而存在。作为一门艺术，它必然需要人们去欣赏，去感受其娱乐审美功效。所以，从那时起，一批批成就突出、个性鲜明的书法家得以诞生并传世，蔡邕、钟繇、王羲之、颜真卿、苏轼、王铎等一批又一批书法家开始不断创造出风格突出鲜明的书法作品（书体）而流播后世。此外，作为一项最基本的文化活动，它要求社会中绝大多数人都能参与实践，要求人人都能书写汉字并且将其写得更为美观耐看。因此，无论从哪一方面讲，书法都是中国社会中最实用、最普及的一门艺术。在中国

国门尚未打开、中国尚未受到西方科学文化浸染的20世纪之前，中国社会中凡是粗通文墨之人，几乎都能很好地驾驭毛笔书写，也懂得诸如“永字八法”“间架结构”之类的书写基本技法要领。但是，时光进入20世纪后，随着钢笔的传入，西方科学文化技术的传入，中国人逐渐抛弃了曾经书写过几千年的毛笔。特别是今天电脑的普及，人们大都天天敲打键盘，“书写”尤其是“毛笔书写”这项中国人最基本的文化技能将面临衰亡！曾几何时，还出现过诸如“汉字要不要朝拼音文字发展”“书法是不是艺术”之类的可笑论争。好在从20世纪80年代初开始，随着中国社会的改革开放，中国文艺得以全面复兴，书法艺术得到了快速复兴和发展，全社会书法爱好者和从业者不断增多，我们完全可以用“天翻地覆”“日新月异”“如火如荼”之类的词语来概括。

30多年的发展历程，我们一方面强烈地感受到书法艺术发展的可喜局面和其不断“得宠”之势，但另一方面，我们也看到和不断发现一些前进中的问题。比如，一方面是书法事业不断壮大，书法人口不断增多，书法艺术被人们不断重视。而另一方面却是很多人对书法艺术特征的理解并不准确，对书法艺术的文化内涵了解并不充分，对书法艺术的欣赏与审美并不深刻甚至有很大偏差。在书法创作方面，出现了过分强化展览、急功近利、生搬硬套、注重炒作乃至走火入魔的现象。在书法艺术欣赏与批评方面，出现了公式化吹捧、八股式评论、良莠不分、论艺唯“官”（协会职务或名头）、混淆视听之风，从而使当代书法审美标准趋于混乱，很多人赶潮流、赶时髦式品评书法。在书法理论研究方面，研究队伍尚不够壮大，研究者素质还不够完善，东拼西凑，各自为政，理论研究很难和创作统一到一条道（或一个水平）上来。在书法教育方面，则有政令不通（教育主管部门三番五次强化书法教育的要求和各级学校的具体执行情况很难步调一致，个中原因当然很多），或者地域差异大，或者流于形式等诸多问题。

总之，近30多年来的中国书法，一方面看似繁荣，一方面出现的问题也多多！对于这些问题，一些有识之士已开始关注，并在一些场合开始大声呼吁，极力呐喊。

陈龙国与王兴国二君便是这批有识者中的佼佼者。二君与我相识七八载。几年前，兴国在首都师范大学读研期间常常带着他的文章和所出版的书法批评论著来与我交流。我们一同谈到共同的师友，谈到书法与人品、书法与学术的关系，谈到当前书法的现状和问题，我们相谈甚是投机。他对书法的执着以及对当代书法的见识，也使我对他更添一份好感。兴国与龙国二君都是高校书法专职教授。多年来，他们一直在书法园地辛勤耕耘，创作与理论研究收获均颇丰盛。两年前，他们共同申报承担了教育部人文社科研究项目《当代书法艺术研究》，为此，他们经常聚在一起切磋，一起对当代书法创作、当代书法审美与欣赏、当代书法教育，以及当代书法理论研究问题都进行了全方位的关注与研究，并写出了许多有分量、有见地的文章。针对当代书法发展过程中的诸多问题，他们提出了许多独特的观点和对策，这些文章对于当代中国书法的发展无疑具有添砖加瓦之功。近期，他们将以前的研究文字进行了系统梳理，列章分节，有条有理，举纲张目，框架清晰，形成了较完整的当代书法研究体系并拟公开出版，这是好事。这本书中所提出的诸多问题与观点，希望能引起广大读者和圈内外人士更多的关注和更广泛的探讨，以期能更好地推动当代中国书法艺术的良性发展。为此，我衷心祝贺这本著作的出版，也祝二君在以后的学术道路上取得更大成功。

是为序。

2014 年 3 月于北京

陈龙国、王兴国著：《当代书法艺术研究》，中国戏剧出版社 2014 年 3 月出版

祝帅《从西学东渐到书学转型》序

我读研究生时研究古代书画理论，近年来在编辑《美术观察》的同时，着眼于对现当代书画的观察和思考。从古代到现当代，研究视角的转换和兴趣点的转移使我思考的问题很多，最大也最令我深思的问题是古今艺术有哪些不同，为什么不同？几千年文脉相承的中国书画走进近现代这个“三千年未有之大变局”时到底发生了哪些大的变化？与传统是否真的断裂？我在主编《共和国书法大系》和撰写《新中国书法六十年》过程中经常思考这些问题，也曾就新中国书法所面临的考验与机遇、脉络与走向、特色和成就做过梳理和总结，但因篇幅、水平所限，对书法的古今之变谈得很肤浅。虽然也注意到了现当代书法研究成果和学科建设，但没能展开。《共和国书法大系》和《新中国书法六十年》已出版五年，近年来我很想对现当代书法史做一些深入的专题研究，终因琐事缠身，未能如愿。

近日，有幸拜读了祝帅君《从西学东渐到书学转型》一书的校样，首先为祝帅君的新学术成果而高兴。祝帅君是我的同事，年轻有为，富有朝气，才思敏捷，学术视野宽阔，同时勤于动笔，成果累累，近年来活跃于学术界，或发言于论坛，或撰文于报刊，可以说是青年学人中的佼佼者。《从西学东渐到书学转型》一书是他2014年面世的学术成果之一。更使我感到高兴的是，祝帅君的这部著述，研究的课题是我想到而未能研究的课题，所以在阅读前有一种审美期待，而阅读后有一种审美愉悦，确有先睹为快的感觉。

我感到此书有两大特点。

一是问题意识强烈，又能抓住核心问题展开专题研究。诚如作者在“引言”中所说，此书关注的是“问题”而不是“领域”，关注的是近现代百余年书法生态、书法活动、书法思想、书法研究、书法史写作中出现的问题，就问题展开论述，分析问题产生的根源，并试图寻找解决问题的途径。寻找问题、剖析问题、解决问题是学术研究的关键，也是一个学者应有的志趣。此书作者从百年书法史中的种种问题入手，探讨现当代书法发展的脉络和走向，指出得失成败。强烈的问题意识使这部著述具有很高的学术含量。更为可贵的是，在指出近现代书法的种种问题时，作者能抓住核心问题展开探讨。近现代书法与古代书法遇到的核心问题有什么不同？如果说古代书法主要是纵向的“古今”问题，那么到了近现代，横向的“中西”问题就日益突显出来。近现代中国无论是被动的开放还是主动的开放，西学东渐所带来的问题都是无法回避的。虽然书法与其他艺术相比显得保守一些，但西学东渐对书学的转型有着重大的影响。此书作者紧紧抓住“从西学东渐到书学转型”这一核心问题，从各个角度透视分析特定时代书学的发展变化，主题明确，主线清楚。当然，书法的学术史有多种写法，可偏重文献的梳理，也可按时间的顺序叙述，此书则以西学东渐与书学转型为主题，以专题研究为主线，以史论结合为主要方法展开研究。作者将着重点放在社会之变、文化之变下的书学转型，即传统的书学如何走向现代，如何在现代社会中转型，作为现代学科的书法史又是怎样建构的。比较可言，祝帅君这种写法问题意识强烈，更能突显近百年书学发展的时代特点。

二是学术视野宽广，全方位多角度展开探索。此书不仅着眼于书法学的梳理，而且把篆刻学也纳入研究范围；不仅探索书学自身的发展，而且研究“科学”和“书学”之间的关系；不仅对中国本土的书法研究状况进行了梳理和评判，而且把视角拓展到海外的中国书法史研究，论述海外中国书法研究的基本格局与分布。此书第七章《攻石之术何以成学》，分析了二十世纪中国篆刻研究的三种进路，论述了在学科现代化运动的大时代，篆刻如何从“治印术”发展成“篆刻学”，如何由“知识普及”走向“学科建设”，分析问题到位，论述恰当，对读者了解篆刻的当代之变和学术走向大有帮助和启示。此书第九章《他山之石筑兰亭》写得尤为精彩，对北美、欧洲、日本的《兰亭》研究娓娓叙来，既肯定海外学者在中国书法史研究中的贡献，同时也指出了海外的中国书法研究由于种种原因存在着许多的不足。值得赞赏的是，在论述书法研究“自身”与“他山”的关系时，作者的立场是学术的，态度是平和的，始终保持了客观而清醒的认识。

读罢此书，更引起我对今后书法发展的思考。此书讨论的主要是二十世纪的书法学术史。二十世纪的世界格局是中国弱势、西方强势，而二十世纪的中国又经历了诸多的战争和运动，包括书法在内的固有的中国文化或因国弱，或因战争，或因运动受到很大的摧残；西方中心主义在二十世纪的学术界又很盛行，在包括书法在内的中国艺术研究中有一定的影响。二十一世纪与二十世纪已大大不同，中国逐渐由弱变强，文化自觉与民族自信逐渐增强。前文已述，每个时代的书学都有它的新问题。我预计随着中外文化交流的频繁，遇到的问题会更多，不能仅仅是西学东渐，应该还有东学西渐。很希望博学善思的祝帅君继续对今后书学的发展提出前瞻性的意见。

是为序。

2014 年 8 月于中国艺术研究院

祝帅著:《从西学东渐到书学转型》，故宫出版社 2014 年出版

陈德瑞《画痴张伏山》序

这是一部即墨人写即墨人的传记，两千多年前，在即墨的田横岛发生过可歌可泣的故事。今天，在古城即墨，画家张伏山的故事同样可歌可泣。德瑞兄是有心人，把画痴张伏山的故事讲叙给大家听。张伏山已仙世20余年，生前他大概不会想到有人为他写传记，倘若他在天有灵，定会感谢他的同乡陈德瑞，因为在跑步前进的时代，许多人都得了健忘症，连自己昨日做过什么都忘掉了。德瑞兄还不辞劳苦，穿过时间的隧道，走进一位已过世画家的精神世界，写其喜怒哀乐和人生历程，使其精神复活。我想，至少张伏山老先生的在天之灵应该是欣慰的。

这是一部生动而形象的传记，生动地记载了张伏山的人生历程和艺术轨迹，形象地表现了张伏山的音容笑貌。他从其呱呱坠地到驾鹤西行，从为人子到为人夫、为人父，从开始学画到成为一方名家，写出了张伏山的性格性情，写出了在特定的历史环境和自然环境中一个画家成长成熟过程。在传记中，我们看到了风云变幻的历史和社会现实，清末民初的社会动荡，抗日战争、“反右”“文革”等重大事件的起伏，领略了古城即墨、青岛崂山的独特风景；更为重要的，我们看到了在各历史阶段，少年、青年、中年、晚年的张伏山对绘画的执着，对青岛崂山的情怀。本书取名“画痴”，读完全书，我们了解了画痴之所以成为画痴的个中原因。书中主人翁的坎坷经历，所遭受的不公正待遇，令人感到酸楚。战争硝烟，“反右”运动，“文革”浩劫，一次次摧残着画家的生命和做人的尊严，使人感到某些历史岁月的荒唐。然而，正是在那荒唐的岁月和坎坷的经历中，我们看到一个艺术家对美的不懈追求。历史不能假设，现实不能回避，正是在那特定的历史、特定的现实中，张伏山走完了人生历程，给自己画上了句号。虽然一生酸楚，但却真实而令后人回味。

这是一部对研究现当代美术史很有帮助的传记。现当代美术史，由于种种原因，许多有成就的画家被遮蔽、被尘封了，人们往往只注意几位大名家，而忽视其他。张伏山是现当代画坛卓有成就的山水画大家，但他的名字和成就，我是近几年才有所了解，以前并不知道。这与他多年生活在底层缺少宣传有关。至今，张伏山的名气仍不大，真正了解其艺术成就的仍然是少数人。前不久，我在张伏山艺术研讨会上曾说过：应该很好地研究这位画家，他的指画，他的笔墨，他在苦难中的探索都值得研究，应该让更多人了解他。我始终认为，中国书画根在民间，活在民间，民间也确有高手，张伏山就是其中的佼佼者。令人高兴的是，德瑞兄以传记的形式写张伏山，为人们进一步研究张伏山的艺术开阔了研究视野，提供了重要参照。

是为序。

陈德瑞著：《画痴张伏山》，青岛出版社 2011 年出版

《艺舟双楫——中国书法城全国首届博士书法邀请展暨博士论坛论文集》序

纵观今日书坛，诸君拔戟自成一队，大有可为之劲旅也。有朝气，有激情，有抱负，起点高，视野宽，研治深，历多年寒窗，经科班训练，果位初证，创获甚丰。或任职于机构，破惑攻难；或执教于上庠，传薪授业；或潜心于创作，泼墨挥毫。时序推移，后来居上，诸君大展身手，来日方长。不但今日书坛多赖支柱，他年书道重光，尤仗诸君奋力精进也。

余幼亲诗书，长事翰墨，碌碌半世，多驽少成，喜见诸君风华正茂，突过前贤，深以为慰。谨贡愚者千虑偶得，与诸君共勉。

一曰持艺舟双楫，求学艺相成。夫学，觉也，竹帛五车，万事筑基；艺，意也，灵犀一点，千古不灭。非学无以广其艺，非艺无以尽其学。二者并行不悖，犹舟之双楫，鸟之双翼，因应相从，交互为用。历览法书名迹，皆前贤往圣有托而为，有感而发，非徒恃印泥画沙炫世取宠也。《兰亭》以死生兴怀，《祭侄》以忠义励节，《寒食》以途穷寄意，《松风》以适然为心。休明《急就》，详举世务之要；虔礼《书谱》，深体墨法之精。凡兹嘉品，咸足昭坟典，澄志虑，正人伦，敦风俗，远绍神明之德，近承江山之助，意与笔会，情因墨宣，银钩铁画，玉振金声。华夏道统文脉，实蕴于兹，含弘光大，其在诸君乎？

二曰继往开来，卓然自立。书道通玄达微，日月星辰、五岳四渎乃至万事万物，莫不见乎其间。阐典坟之宏模，成国家之盛业，皆难离乎此也。书学兴则文化兴，文化兴则民族兴。一代有一代之书风，晋韵唐法宋意明态，皆当日英才圣手所创。今当民族文化复兴之世，继往圣，开新学，大有功于斯世，长垂范于来者，实诸君当仁不让之职责。承千古之名迹，而卓然有以自立，水阔山长，任重道远，诸君其勉之。

中国书法城全国首届博士书法邀请展暨博士论坛开幕在即，聊成七律一章，自写不尽之意：

天苍野旷正高秋，边塞相逢共壮游。
接席谈经通妙理，挥毫戏墨佐清瓯。
楫横艺海惭微粟，道继前贤尽胜流。
古意今情归楮翰，河源漫溯豁吟眸。

李一主编：《艺舟双楫——中国书法城全国首届博士书法邀请展暨博士论坛论文集》，远方出版社 2015 年出版

聂国强《朱彝尊金石书法研究》序

清代既是金石书法发展的盛期，又是书学理论的集大成时期。史家常把清代看作书法中兴的朝代。因为在清代，不仅由明代延续下来的帖学发展到了极致，更为重要的是碑学——一种比帖学师法更古的变革力量的崛起，这是以往的书法史未曾有的现象。帖学和碑学，这两种分别代表不同的学习方法，不同审美意识派别之间的相互争论、相互渗透和此消彼长，的确使得清代的书法很有生机，生机体现在既有帖学的姿媚雅秀，又有碑学的茂密雄强。多种风格的并存，多种书体的并茂，各种理论主张的提出，错综复杂而又繁荣兴旺，是清代书坛较为显著的特点。特别是明末清初，碑学发轫之际的书法家和书法现象，很值得研究。随着朴学之风的兴起，大量秦汉吉金乐石的不断发现，金石书法尤其是汉代碑刻成为文人学者研究的对象。一批文人学者沉潜于金石文史研究，进行田野考察，游遍大江南北，北出云朔，东泛沧海，南至岭南，所至丛祠荒冢，寻找断碣残碑，无不搜剔考证，与史传参校异同，成为一时风气。碑学发轫时期的金石书法研究，较为突出的代表人物，是生于浙江秀水（今嘉兴市）的朱彝尊。

朱彝尊是大儒，大词人，大藏书家，更是大书法家。以往的朱彝尊研究，多侧重其文学方面，很多学者研究朱彝尊的诗词创作和理论。作为清代词坛领袖、浙西词派的开创者，朱彝尊的诗词在清代影响巨大，他与陈维崧并称“朱陈”，执掌词坛之牛耳，有开创清词新格局之功，确实值得研究。而作为大书法家和碑学发轫者的朱彝尊，更值得研究。但相比而言，朱彝尊金石书法的研究相对薄弱。可喜的是，学习刻苦、治学认真的聂国强君在中国艺术研究院随我攻读博士学位时发现了这一问题，遂选择了朱彝尊金石书法研究的课题。为了研究这一课题，国强不仅精研《曝书亭集》原著及有关朱彝尊研究的资料，而且至各地博物馆寻找朱彝尊的书法墨迹，还特地到山西和山东等地，沿着朱彝尊当年寻访碑碣的路线去考察，以加深对古人田野考察的体会。国强好学深思，问题意识较强，写作中每当发现新问题，就及时与我沟通，我也在与国强的沟通中有了不少新的收获。由于论文选题得当，写作认真，问题意识强，有创新性，答辩时得到答辩委员会的高度肯定，得以全票通过。

这部书稿，是国强在博士论文基础上进一步完善而成的，近日由安徽美术出版社出版。国强嘱我作序，当然义不容辞。故又粗读一过，有两点感受：一是个案研究的系统和深入，二是个案研究与书法史研究的关联和启示。

作为个案研究，这部书稿集中对朱彝尊的金石书法进行了深入系统研究，梳理其脉络，总结其特点。首先系统考察了朱彝尊的访碑与交游活动，叙述朱彝尊前往山西大同、代州、太原，及山东济南、泰安、济宁、曲阜、邹城等地进行田野考察，行历万鏨，寻访碑碣，结纳同好的详细情况。谈朱彝尊通过山西、山东两地访碑，极大地开拓了学术视野，为考订经史以及书法研究奠定了基础。接着论述了朱彝尊的金石考证，重在“疑义相析重其源”，强调与史互参、证史之谬、补史之阙的目的。继而分析了朱彝尊的书学思想，论述其对汉碑风格的分类，对汉碑“方整”“流丽”“奇古”三种审美类型的归纳，具有发碑学理论之先声的历史意义。指出朱彝尊通过对汉碑的分类，实际开辟了一条力思复古、倡导汉隶的艺术革新之路。随后分析了朱彝尊崇尚骨力的美学思想，对朱彝尊总结的北朝碑刻的“拙笔见古”、唐代隶书的“遒劲淳古”、元明书风的“中藏骨肋”等观点一一评述，并对朱彝尊诗话中论书观点和印学思想做了深入的分析和恰如其分的评判。

由于朱彝尊的诗文成就显著，其书名被诗名所掩。国强在研究时，注重书学理论与创作实践相结合，在系统深入论述朱彝尊书学思想的同时，用了一定篇幅探讨朱彝尊的书法作品。此书力求从学术的角度，掀开遮蔽的盖头，以朱彝尊有纪年的作品为线索，参照其生活经历及其对汉碑认识观念的转变，分析了朱彝尊隶书取法和创作的三个阶段；并通过三个阶段作品的列举和分析，总结了朱彝尊在不同阶段的隶书取法与风格特点。作者又采用比较的方法，评述了朱彝尊的篆书、行书和楷书，赞其是一位诸体兼优的书法家。从某种意义上说，这部《朱彝尊金石书法研究》还原了历史，活灵活现地刻画了作为书法家的朱彝尊，或者说刷新了人们对朱彝尊的认识，既诗又书，文墨相兼，使文学家的朱彝尊与书法家的朱彝尊整合在一起，人物形象更为鲜活立体。

就学术而言，个案研究应将研究对象置于特定的历史环境，再现特定历史环境中的人物。学者既要研究特定历史环境对个体书家的造就，又需注意杰出的书家对书法史发展的推动及对后世的影响。国强的书稿做到了这一点，善于以点带面，以朱彝尊这个特定研究对象的个案来探究明末清初那段特定历史时期在金石考据、书学观念、书法创作等方面的革新与发展。作者用大量史实论述了杰出书法家与特定历史的关系：改朝换代、朴学兴起的特定时代，造就了“研经博物”文墨相兼的朱彝尊；而朱彝尊这位杰出的学者书家，又以自己的深钻苦研，通过访碑研碑，考证碑帖，阐发了引领时代的金石书法思想，并在书法实践中写出了卓然独立的艺术风貌。朱彝尊作为碑学发轫期的关键人物，以一己之努力，推动了书法的发展，对当时和后世都产生了很大影响。正如聂国强所指出的那样，朱彝尊在金石考据和书法方面所取得的成就，直接或间接地影响了朱家后人和他的及门弟子，他们都是既擅诗文又精书法的著名学者，这实际上又构成了以朱彝尊为核心的清代“学者书风”流派。

“学者书家”“学者书风”，依然是当下书坛应该重视的问题，文脉应该传承，这也或许是聂国强这部著作的现实意义。

2024 年 3 月 10 日于京华开元室

王谦《从“通人之学”到“通人之书”：沈曾植书法研究》序

日前见到老友刘绍刚一篇谈读书写作的杂感，说及治学术者读书面要宽，不宜自我限制在单一的领域内。一个学人如果除了专业书其他的都不读，那这个所谓专业也很难做出名堂来。如绍刚兄所言，目前不少学人已走上狭窄的道路，阅读、写作只作为维持生计的手段，“著书都为稻粱谋”，毛驴拉磨般围着自己的专业团团转，流风所被，连一些在读的博士生也早早濡染此习。多年置身美术学和书法专业的实践与教学工作，此类现象我见得不少，因而深有同感。当然，世事总有例外，王谦的状况就与一般人颇为不同。

王谦曾是我指导的博士研究生，年龄仅小我八岁，论起资历，我们当是同辈人。他出道较早，来读博士之前，已具备正高职称，早就是个有着多年工作经验的资深编辑和著述甚丰的作家了。上世纪 80 年代，王谦从复旦大学毕业后，一直在山东从事编辑出版工作。30 年间，他担任责编的图书达数百本，自己也出版了 20 余部著述。编读相兼的阅历开阔了他的视野，使他得以多方涉猎，文思泉涌。王谦天赋很高，思维敏捷，古今中外、文史哲艺无不涉笔成趣，才思敏捷，甚至连足球评论等也写得扎实老到，令人赞佩。他的书很受欢迎，我和许多朋友原来都是他的读者。令我意想不到的是，早已衣食无忧、看来前程似锦的王谦却下决心改变人生方向，毅然放弃原有的一切，投考中国艺术研究院书法方向的博士研究生，且一而再再而三，不弃不馁地连考了三年。

进院学习时，王谦已逾知命之年，此前我劝过他不必另起炉灶到考场上和年轻人竞争，他认真地告诉我，投考是出于对艺术的兴趣，今后会将精力转到书法上来，争取在这方面做点事。至于年龄更不是问题，“活到老，学到老”，现代社会知识更新换代迅速，每个人随时都在学习之中。王谦刚入校时，我曾担心他年龄略长，无法与小二三十岁的年轻同学一起住集体宿舍。事实证明这种担心纯属多余，他不但适应了集体宿舍的生活，而且还深以和小同学相处为乐。他与大家在宿舍里交流思想，讨论学术，共同泼墨挥毫，意兴勃发，仿佛又回到了青年时代。与王谦同住一室者曾形容他是“六〇后的年龄，九〇后的心态”，并告诉我，王谦每天睡不到四小时，早早就起床读书，精力比青年学子还旺盛。我与王谦相处也有这种感觉，一谈到学术问题，他就兴致高涨，滔滔不绝，整个人都焕发出少有的活力。我在一边听着也深受感染，仿佛自己也随之年轻了许多。

出生于书画之家的王谦自幼即受家学熏陶，自记事起即对书画产生兴趣。从第一次拿起毛笔到正式入行攻读书法专业博士研究生，中间隔着半世纪，所以王谦自己笑称是“草蛇灰线，伏脉五十年”。五十年的伏脉造成了他深厚的知识积累、宽广的学术视野，为他的书法研究奠定了坚实而全面的基础。一旦走上专业之路，这伏脉的作用立时显现，王谦厚积薄发，一发而不可收。攻读博士学位期间，他连续发表论文十多篇；撰写四十万字博士论文的同时，完成了一部与论文密切相关的《沈曾植碑帖题跋札记辑释译论》，也是四十万字，将由人民美术出版社出版；而他认真推敲后结撰而成的《平复帖考证》就书法史名作提出个人见解，尤其令人耳目一新。

研究沈曾植书法的博士论文选题是我们共同商定的，其后王谦广采博收，深思细考，最终独立完成，答辩后受到各方的好评。之所以选沈曾植为研究对象，是因为沈氏在近代书法史上具有崇高地位，称得起是现代章草的不祧之祖。沈曾植学识精深，博学多通，在经史、文字、音韵、训诂、诗法、律令、舆地等方面都有突出贡献。其书法与古为新，开创了碑学章草一途，经他的学生王蘧常等传承发扬，形成现代章草的新面目，传播开来，蔚然成风。面对这样的通人大儒，研究者若无足够的文化积累和多维立体的逻辑思维能力，在搜罗和把握史料基础上全面、立体、系统地了解其人、其学与其书的关系，恐难胜任这一艰巨的学术任务。确定选题时，我预感到以王谦的学术基础和生命状态，完全有可能走进沈曾植的内心世界，与往圣前哲展开充满睿智的深刻对话。结果证明，他确不负所期。

论文脱稿后，王谦坦言，回看已有成果，感觉到一种呕心沥血的畅快。读完全篇，我深切体会到，这次写作对于王谦来说，不啻一场全身心投入、义无反顾的修炼，他在废寝忘食的钻研中逐渐突破成说、突破自我，实现了个人学术乃至生命的飞跃。整个研究以“通人之学”与“通人之书”为主线，围绕一显一隐两个主题展开。显者为沈曾植书法研究，包括书学理论、创作实践两方面，而以沈氏晚年典型书风为重点；隐者则是中国历世相传的“通人书法”传统。显性主题条分缕析，层层深入；隐性主题大处勾勒，处处可见。两者彼此融通，互为表里，显隐交织，斐然成章，俱见作者的历史考据功力与学术思想深度。通篇由点到面，由平面到立体，史论述评与图像分析有机结合，引领读者一步步走进沈曾植的世界，看到了中国书法、中国文化的瑰奇绚烂、博大精深。

教学相长，王谦的学术研究也带给我很多启示。论述沈氏碑帖题跋时，他发现了大学者钱仲联先生的一些误读，毫不犹豫地加以纠正。考证《平复帖》相关问题时，他在全面研究文本及史料的基础上，就《平复帖》的文体、作者、文字释读、书体归属等提出了异于启功先生的新观点。这种坚持独立思考、反对人云亦云的态度是所有人文工作者所应具备的。学如积薪，后来者居上。要真正将“独立之精神，自由之思想”落实到我们的学术工作中，让研究领域出现更丰硕、更有助于人类文明进步的成果，还有很长的一段路要走，王谦其勉之。

2020 年 4 月 28 日于美利坚西海岸

王谦著：《从“通人之学”到“通人之书”：沈曾植书法研究》，人民美术出版社 2022 年出版

杨家伟《宗唐溯晋：复古视角下的元代士人法书鉴藏研究》序

本书作者杨家伟博士近年来追求学艺相成的目标，在书艺创作和学术研究上已崭露头角。其书法创作多次参加全国大展并获奖，为书法界所注目；其学术研究的成绩也已突显，既有对当代书法创作状况的梳理、分析和鉴评，又有对古代书法现象的系列考察研究。研究对象无论是当代书法还是古代书法，杨家伟都带着强烈的问题意识寻找到独特的切入点。其当代书法研究，由于有过在中国书法家协会展览部工作八年的经历，因而较为了解当代书法创作状况和问题的背景，故能列举大量数据，从展览的角度切入并撰写论文，多次参加中国书法家协会举办的当代书法论坛，坦陈己见，为当代书法发展提出的建设性意见曾引起积极的反响。而古代书法则是杨家伟多年来一以贯之的研究课题，从硕士到博士，研究课题由小到大，由个案研究到时代审美思潮、审美观念的探讨，逐步深化，不断提升，多有成果。《宗唐溯晋：复古视角下的元代士人法书鉴藏研究》为其古代书法研究的成果之一。

《宗唐溯晋：复古视角下的元代士人法书鉴藏研究》的初稿是

杨家伟的博士论文，选题由他个人提出后我们共同商定。家伟提出这个选题时经过了慎重考虑，其中有着明显的问题意识。通过对古代书法现象的多方面考察，他敏感地意识到法书鉴藏是书法研究的重要组成部分，法书鉴藏既是文化传承的方式、经典确立的关键，又是艺术的流通、传播、接受和再创造的过程，更是特定时代审美观念、审美祈尚的体现。一个时代的艺术鉴藏风气和鉴藏标准，其影响甚至决定着该时代艺术创作的风格走向。研究历史上的法书鉴藏活动，不仅能丰富书法史研究的内容，更为重要的是有利于全面客观认识书法的特点和发展规律，可为书法的可持续发展提供重要的参照。杨家伟又意识到深入研究某一时代的法书鉴藏，系统梳理考察该时代的鉴藏家和法书藏品，不仅可以全面掌握这个时代的审美趣味，获知主要鉴藏群体的构成特点及藏品的流传、庋藏情况，而且可厘清鉴藏风气与时代书风的关系。经过大量的案头阅读和博物馆藏品调查，他发现对元代法书鉴藏的研究，特别是对元代士人法书鉴藏的研究存在明显的不足。目前学术界对于元代法书鉴藏研究，虽已有部分群体类和个案研究，但缺乏整体性的全面审视和系统总结。尤其是将整个元代士人群体作为研究对象，以元代复古的视角考察他们法书鉴藏的研究尚属空白，这是一个很值得探索的课题。为解决问题，填补学术空白，杨家伟开始了博士论文的写作。

博士论文写作不轻松，经过艰苦的爬格梳理、提要钩玄，杨家伟按时独立完成论文，顺利通过答辩。论文得到答辩委员会的高度肯定，认为选题极具意义，解决了问题，填补了该研究课题的空白。时间过得真快，一是杨家伟的答辩会一晃已过三年，回头细思，情境历历如在眼前。今闻修改后的定稿即将出版，杨家伟嘱我作序，再次阅读部分文字，仍被其中逻辑归纳的严谨、理性思辨的周密，特别是文内所描述的元代法书鉴藏活动的鲜活性所吸引。

概而言之，杨家伟的这本专著以审美关系为主线研究元代法书鉴藏，以元代历史的时间坐标为经，以南北方法书鉴藏活动为纬，以元代书法的复古现象为切入点，以元代士人阶层为考察对象，以士人雅集、互访、交游、赠送、借观、交换等鉴藏活动方式为节点，以杭州、大都为中心鉴藏圈，以著名鉴藏家赵孟頫、鲜于枢为核心，利用元代正史、野史、元人诗文集、笔记，以及明清书画著录文献等材料，重点论述士人群体法书鉴藏的特点与元代书法复古的关系，系统分析了书法史上影响深远的晋唐法书经典在元代的确立和在元代引起鉴藏热潮的深层原因，详细论述了元人晋唐法书题跋中所反映出的审美观念及其演进特点。作者以开阔的视野、独特的视角，将元代的鉴藏活动置于当时社会的大背景中进行全面审视、系统总结、深入论述，将以往典籍中有关元代法书鉴藏活动的零星记载编织组合，勾勒出元代士人法书鉴藏的整体面貌，活现了当时鉴藏活动的情景，提炼出人物、事件背后的深层原义，并揭示出法书鉴藏与复古现象二者相互影响、相互促进、密不可分的关系：法书鉴藏为书法复古提供了可靠的现实保障，激发了复古思想的萌生和发展；盛行的复古思潮又极大促进了鉴藏风气的兴起和鉴藏品味的趋同。

由于该书视角独特，研究复古视角下的元代士人法书鉴藏活动，读来有耳目一新之感。作者笔下的元代士人法书鉴藏活动与书法创作互动互促，对进一步认识元代书法大有帮助。读此书，不仅可以从整体上了解元代法书收藏的来龙去脉及其特点，而且有助于全面认识古代书法发展和审美观念的变化。该书告诉读者，历史上许多著名书法家同时也是鉴藏家，身份是合二而一的。就时代审美观念的反映来看，鉴藏家的鉴藏活动与鉴藏标准更为直接。因审美观与鉴藏观多有重合，同频共振，鉴藏家如何鉴赏、如何收藏与其审美观有着深刻的联系。在一般的书法史叙述中，其多是重点叙述书法家和书法创作，如谈赵孟頫、鲜于枢、邓文原，重点强调其书法家身份和书法创作风格；而在杨家伟的笔下，其在认可他们的书法家身份及其杰出创作成就的前提下，更强调他们的鉴藏家身份及其在鉴藏活动中所起的重要作用，强调他们引领时代审美观念的重要作用。应该说，这样的探讨是很有学术价值的。从某种意义上说，从鉴藏角度考察元代复古思潮的状况，更贴近历史的本真。众所周知，赵孟頫是元代书法复古思潮最主要的倡导者，提出了影响深远的“古意说”。所有的理论主张都不是空穴来风，都是在具体的情境中提出来的。杨家伟通过仔细考察和具体研究，指出“古意说”来源于赵孟頫的具体法书鉴藏活动，并进一步指出：赵孟頫复的是王羲之的“古法”，是晋人的“古意”。“宗唐溯晋”审美观念的形成，主要得益于对晋唐法书的鉴藏。对此，杨家伟不惜篇幅娓娓道来，再现其活动情境，读来令人兴味盎然又深受启发。

从读者的角度出发，我最感兴趣的是书中的元代士人法书题跋研究。法书题跋作为书法艺术的重要类别，展现题跋者的书学理念和审美趋向，是鉴赏者书法造诣、学识储备和才情修养的集中展示。法书题跋又集学术性和艺术性于一体，有着学术和艺术的双重价值。元代士人的题跋，是元代法书鉴藏活动的重要组成部分，既具有重要的史料文献价值，又是元代书法艺术经典的重要遗存。元代士人对于书法的审美观念，对于前辈书家笔墨的认识和理解，很多时候见于他们在法书作品上的题跋，这是研究法书鉴藏的重要线索和依据，具有重要的历史价值。从另一方面看，元代士人的法书题跋，作为书法艺术的传统样式，有着重要的学术价值和艺术价值，很值得今天的书法家学习借鉴，对其进行研究，有着积极的现实意义，这也是我对元代法书题跋研究感兴趣的原因之一。作者用了大量的笔墨，详细论述了元代法书题跋的发展脉络，并归纳出其价值和作用在于叙史论人、品书论道、梳理书史、考据辨识、即兴抒怀等方面。围绕论文主题，他论述了元代士人题跋中的复古观念与演变进程，包括各族士人的鉴藏热情与帝王的推崇，王羲之、王献之书家宗祖地位的确立，以及由"宗唐溯晋"到"宗赵（赵孟頫）溯晋"的细微变化等。通过对元人晋唐法书题跋的梳理分析，作者指出元代士人对于晋唐法书的鉴藏，不只出于个人审美喜好，同时他们善于鉴别法帖真伪，注重版本比较、考证，明辨源流，对书法中的"形""意""神"有了深入的认知和理解。正是有赖于元人题跋，我们才获得更多关于晋唐法帖的信息，为我们进行相关研究提供了弥足珍贵的资料。对于元代士人题跋的鉴藏审美观念，杨家伟做了言简意赅的归纳。一是体现在鉴藏观念的多元化。在复古思想影响下，元代士人的法书鉴藏观以崇尚晋唐为主，但并非独尊晋唐，士人在鉴藏法帖的过程中始终保持着客观和理性。二是神采为上、重"意"轻"形"

的鉴藏趣味。元代士人尤为重视法帖中所蕴含的“神”“意”等美学品质。三是强调人品，重视人品与艺品的统一，强调书家品格一直是元代鉴藏观念中的重要考量因素。应该说，这样的归纳精准到位，既符合实际，又对当代书法创作具有特别的启示作用。

杨家伟年富力强，正处在上升阶段。我希望他继续持艺舟双楫，求学艺相成，在学术和书艺上取得更大成就。

2023 年 3 月 25 日于美利坚西海岸旅次

杨家伟著:《宗唐溯晋：复古视角下的元代士人法书鉴藏研究》，江西美术出版社 2023 年出版

第二辑

诗书画集序

《中国古代画家画风·虚谷》序

海上画派巨擘虚谷谢世转眼一百年了，1896年，这位自称为“倦鹤”的僧人走完了风风雨雨的人生苦旅，驾鹤西行而去，甩手留下的一幅幅墨迹，引起了20世纪一代又一代画家的注目和思考。虚谷在世时，正值海上画派崛起之时，中国画面向何处发展，面临着历史的抉择；虚谷逝世后的百年间，即从19世纪末到20世纪末，又是中国画坛最不平静、中国画发生史无前例变化的一百年。百年变化，人间沧桑，在20世纪末回首19世纪末的虚谷，重新认识虚谷老人，具有非同寻常的意义。

一

虚谷出生于1823年，原籍安徽歙县，后客居扬州。他本姓朱，名怀仁，30岁前是清王朝军队中的一名参将。咸丰初年，洪秀全领导了太平天国农民起义运动。虚谷出于对清王朝黑暗统治的不满和对太平天国运动的同情，不愿奉命去攻打太平军，“遂披缁入山，不礼佛号，惟以书画自娱”（张鸣珂《寒松阁谈艺琐录》）。出家后，他改名虚白，字虚谷，号紫阳山民、倦鹤。读书作画处常题为“三十七峰草堂”“一粟庵”“觉非庵”等。书斋取名“觉非”，正是痛感往日之“非”，从而彻底与之决裂之意。

佛门清规，应吃素礼佛。穿起禅衣的虚谷却“不茹素，不礼佛”。他的为僧，反映了思想上的重大变化。据说他在上海时，“曾暗地里帮助过太平天国”，从同情到最后转化为支持太平天国运动，这一经历，在封建社会的末期，作为一个文人画家，是难能可贵的。

虚谷出家后，携带笔砚，四方云游，足迹遍涉大江南北的江、浙、皖三省，以卖画为生，尤多往来于上海、苏州、扬州一带。正如画家诗云：“闲中写出三千幅，行乞人间作饭钱。”据张鸣珂《寒松阁谈艺琐录》载：虚谷“同治间（1862—1874）游吴门，狮子林寺僧诺瞿邀予相见，为予写照一幅”。其他史料也证明，虚谷在苏州与瑞莲寺、楞严寺、宝积寺、怡贤寺等寺院交往频繁。他为各寺和尚画过不少画，如《衡峰和尚像》（苏州博物馆藏）、《大为和尚像》（苏州博物馆藏），还与柳溪和尚、衡峰和尚、大须和尚、莲溪和尚、雪鸿和尚过从甚密。

虚谷与当时上海画坛诸名家交往也很频繁，并为诸名家及收藏家所赏识。虚谷首次到上海的时间是1868年冬天，是受上海仁寿堂之邀，与苏州楞严寺的柳溪和尚一起前往的。据齐学裘《见闻续笔》载：“同治七年（1868）戊辰十月初七日，潘君露园、胡君公寿，设宴仁寿堂，邀客赏菊，同坐日本清水赤诚、池田青波二客，虚谷、柳溪二禅师，周君存伯，李君壬淑、姜君石农、杨君佩甫（伯润），歌者潘秀清及余十二人，为仁寿堂雅集……”胡公寿、杨佩浦是当时上海的著名画家，潘露园是著名的收藏家，虚谷被同邀相聚，可见当时为画坛所重。

虚谷与任伯年的交往更为密切，任伯年曾为虚谷画像，张熊题“虚谷先生玉照，山阴任伯年道兄所绘，秀水吴秋农居士补图成之”（丁羲元《虚谷研究·虚谷史料钩沉》）。张熊（1803—1886）比虚谷年长20岁，且为上海画坛宿将，竟称虚谷为“先生”，足见虚谷当时之画名。1891年任伯年画折扇《杨柳飞燕》（朵云轩藏）赠虚谷，称“虚谷道兄我师”。1894年虚谷持赠《松鼠图》给任伯年，请“伯年道兄教之”。二人又合作《咏之先生五十岁肖像》（上海博物馆藏）、《杨月楼三十岁小景》（故宫博物院藏）、《高邕之画轴》（钱镜塘原藏），皆可谓珠联璧合之作。虚谷与任伯年相处近三十年，彼此相互尊重，亲密无间。当任伯年病逝的消息传来，虚谷痛哭失声，写下了饱蘸泪水的挽联：“笔无常法，别出新机，君艺称极也；天夺斯人，谁能继起，吾道其哀乎。”（蕉雨《半九书壁杂记》）

虚谷与“豫园书画善会”创办人之一的高邕之亦感情相投，数十年间，赠画不断，并为高画过肖像。此外，虚谷与《寒松阁谈艺琐录》的作者张鸣珂，以及后来成为海上画派领袖的吴昌硕也时相过从。

虚谷虽被后世称为海派画家，但他并非久居沪上。作为散僧，他云游四方，不固守一隅。在上海卖上一段时间的画，就到外地交游。诚如杨逸在《海上墨林》中所说，虚谷“来沪时流连辄数月，求画者云集，倦即行”。

1896年，虚谷逝世于上海城西关帝庙，终年73岁。死后，他的徒弟、苏州狮林寺方丈恬庵将灵柩运回苏州，葬于太湖之滨的光福石壁上。

二

从虚谷留下的作品来看，他所涉猎的题材是广泛的，人物、山水、花卉、翎毛、动物、蔬果、禽鱼无不出现在他的笔下。虚谷吸收新安画派的精华，造型多用几何体，又善用干笔侧笔，固能使作品面目一新。他的人物肖像画，继承着传统的“勾勒取神”一派，善于抓住特定环境中的人物个性，以简练的用笔，传神写照。他笔下的《大为和尚像》，老和尚拄杖而立，浓重的眉毛，漠视的目光，宽大而又干瘪的嘴巴，老态龙钟的身体，孤独不言的神情，都恰当地表现了出家人饱经风霜的精神状态。《衡峰和尚像》取半身姿态，鼻子高耸丰隆，嘴唇闭拢，嘴角做微笑状，双目平视，头颅圆而中间高起，须髯萧疏，右手下垂，左手持蕉叶扇。衣服以干笔中锋，寥寥数笔勾出，与面部的精细刻画形成对比。整个相貌恭谨可亲，既有闲云野鹤般的飘逸，又有大隐隐于市的透悟之状。《沈麟元像》做渔父状，风采高迈，神游像外，曾被人称为“一时名人、名画、名书荟萃于一纸”的佳作。虚谷的人物画，后来的研究者常常忽视，但我们应该注意到，虚谷是先以人物画走向海上画坛并得到海上画家赞誉的。虚谷到上海，曾为胡公寿画肖像，胡公寿当即自题诗句：“今将拱手谢时辈，万里云山寻旧师。”（《海上墨林》卷四）此诗不仅反映出胡公寿的激动情绪，由此也可看出虚谷传神写照的艺术造诣是何等高超！

如果说虚谷的人物画还是以继承传统为主，那么，虚谷的花鸟画则选取了一种新的视角方式。虚谷画花鸟，为花写照，为鸟传神，不仅立意新颖，而且有着不同一般的视角、构图、造型和笔墨。他笔下的梅花，枝干如直戟，花瓣常被勾成方形、多边形。兰花的用笔顿挫、断续、潇洒宕逸。画竹也与一般手法不同，强调苍劲和润泽的双重变奏。虚谷画竹，有双勾设色和水墨写意两种形式，双勾谨严中有潇洒之致，叶稍染以淡墨，多用干笔，画墨竹则湿墨淋漓，浓淡相宜。虚谷喜画菊，如同陶渊明喜咏菊一样，也许是因为虚谷与陶渊明有相似之处，他们都从事过军事活动，且都是辞官隐去。虚谷画菊，短笔勾勒，透润清丽，求高雅和静气之美。他不仅将梅、兰、竹、菊赋予新的形式和意蕴，其他花卉，也自具手眼。小小的水仙花的造型，就不同凡响;《仙子凌波图》一画，水仙取昂然向上之势，用直笔夸张水仙的茎叶，顶天立地，高高托起临风摇曳的一束束黄花，显示出顽强的生命力。虚谷善于将花草与人的精神活动联系起来，用此表现乐观向上的人生态度。他常取仰角的构图，将小小的花草画得顶天立地，深寓着“仰之弥高”的哲理。

正如有的研究者所指出的那样，虚谷笔下的丹顶鹤有着鲜明的造型特点。《松菊仙鹤》一画，在长松茂菊之间，一只丹顶鹤高高举起右足，左足笔直伸展而有弹性，独立于岗峦之上，体形倾斜，头颈紧缩，生动地表现了似欲凌空而翔的意态，“意态由来画不成”，而虚谷却画出了白鹤昂扬的风神。这种紧缩长颈、充满内力的鹤，成为虚谷笔下鹤的特征。

虚谷笔下的八哥，也全然是一种新的造型：轻拢的双翅，扬尾，袒露的腹部。虚谷画出了从枝头倒挂俯冲斜下的瞬间，隔着柳条，似还传来一声鸣叫。在宋代崔白的《寒雀图》中，有一小雀为张翅斜下，而虚谷在造型上却把八哥的腹部翻了过来。梁楷的《秋柳双鸦图》，其飞鸦也是侧着身，而虚谷的八哥则更转了一个向。这种造型的新颖，这种出乎意外的角度，在前人的作品中似还未见。

金鱼和松鼠经常出现在虚谷的笔下，这两种小生灵，以前的画家很少画，而虚谷却反复画之。在立意、造型和用笔上，都画出了个性。虚谷画金鱼，常配以紫藤，题之为“紫绶金章”。“紫绶金章”的本来含义，是功成名遂，官至显贵，汉代即有挂紫色绶带配金印之说。与虚谷同时代的画家，也画此题材，以锦鸡与紫藤相配，取“富贵”之意。而虚谷画此题材，立意已不是高官厚禄而是山涧水际，表现的是大自然的生机。他将紫藤与金鱼相组合，一紫一金，更切题入味。虚谷金鱼的造型特点是以方写圆，以拙取巧，以逆取势，以正易侧。虚谷之前，八大山人的鱼亦有特点，将眼睛画成方的，眸子点在眼眶边，冷光向人，白眼朝天；而虚谷的金鱼，不仅眼是方的，形体也是方的。从视觉方面说，它一变人们平素对金鱼的欣赏习惯，启示人们从一种全新的角度欣赏金鱼的美。在取势上，虚谷的金鱼常顶着波浪而来，蓬勃着一种逆浪而行的精神，一种内在的豪情和性格美。虚谷画金鱼的最可贵之处在于以小生灵撼动人心，从平凡的小生命中表现出极不平凡的生命力。他画松鼠，堪称一绝。《松鼠葡萄》画面左右以侧锋淡墨画葡萄枝叶，勾出叶筋，正中一只松鼠正在觅食葡萄，其他松鼠有的嬉耍，有的在跳踯，有的在追逐，有的在晃动，有的以惊人的高难动作倒挂在竹梢上，画家分别突出其机警、活泼、灵敏。松鼠的造型，以干笔短线、纵横交错的笔法，根据体形和皮毛结构浅晕巧染，画出了毛茸茸的感觉。

即使一些日常所见、所用的花卉蔬果，在虚谷笔下，也给人耳目一新之感。南瓜、豆角、大蒜、扁鱼、竹笋、藕片的描绘都具有现代形式感。在一些册页中，他将交叉线表现的百合和垂直线表现的扁豆组合在一起，用空白的留筋和淡墨勾筋的一对南瓜并列，用紧密硬直的苍笔写的菖蒲和润笔画出的月季相比照，把河豚那椭圆的体形和尖长的竹笋组织在一起。《扁鱼竹笋》一画，自右角斜画着三条河豚，四五支春笋，向上呈放射形，恍觉中有一种急速的动势。椭圆形的鱼，伸着小尾，向前奋游，以至前面一条奋力过猛，肚皮翻了个底朝天。而竹笋在画面中似也受到感染，也如鱼似的向前游去，平列的笋与鱼之间产生了一种错觉关系，鱼亦笋也，笋亦鱼也，均在“水”中穿游，均在向前游弋。将静的东西画出动的态势，利用对象之外的形，在错综的布局中，造成一种动感的错觉，是虚谷的造型手法之一。

如果说虚谷的花鸟世界强调动感动势，强调活灵活现，那么，他的山水则倾向于静穆，追求一种地老天荒的意境。虚谷所处的晚清是一个动荡的时代，他自己也是从戎马生涯和政治旋涡中过来的，因深受动荡之苦，他取名“倦鹤”，即想从动中求静，他性格孤僻、冷逸的一面，也主要表现在山水画中。虚谷的山水画有两类，一类尺幅较大，如《观潮图》（故宫博物院藏）、《山居高士》（天津人民美术出版社藏）、《日长山静图》（上海博物馆藏），大多从新安画派而来，远绍倪云林，近接弘仁、新罗山人，既能萧疏，又能浑厚，妍蕴于朴、巧藏于拙、隽妙淡荡，为海派画家中所罕见。《日长山静图》一画，林木交加，屋舍一层又一层向深处推移，空间越分割越空灵，以至推到林尽水穷。画卷高处双峰耸峙，笔下的水墨气氛生动地渲染出“山静似太古，日长如小年”的诗境。另一类为册页画，不拘程式，由感而发，景中的人物仅勾其情态，不点五官，意到笔随，或意到而笔不到。这些小品不仅于无法中生有法，重要的是呈现了画家的画外功夫。

虚谷深于诗词意境，观察事物又精细深入，使小幅山水也能以意取境，以境发意，二者相辅相成，故能简远冷逸。如《柳荫茅屋》一图，左边一茅屋立于水中，右边并列几棵垂柳，茅屋以垒石堆砌屋墙，又用几笔平整淡墨表现了浅渚，在浅渚上面似乎漫不经心地画上一些细草，它的垂直生态和窗棂、垂柳相呼应，使平整的浅渚在画面以垂直线出现，取得了清浅池塘的静谧感。

前人曾将虚谷的风格特点概括为“落笔冷隽，蹊径别开”（杨逸《海上墨林》）。的确，虚谷的画与海派中一些“金刚怒目”式的浮躁作品相比，显得深沉冷隽。特别是晚年的画，静气十足。读虚谷的画，如同在酷暑之天突然有一股冷气穿透全身，精神为之一爽。中国画最重要处是用笔，虚谷恰是在用笔上显示出冷隽的特征。虚谷善于“战笔”“断笔”，中锋、侧锋、逆锋互用，线条断续顿挫，笔断而气连，苍劲而俊秀，形成一种“清虚”的笔墨韵味。正如近人陈小蝶所说：“虚谷和尚乃神品也，用笔如风雨骤至，无一笔滞相，灵气透出纸背，人但觉纸中都不是画。不知此髡解衣盘礴时，胸中先已无笔墨矣。”（《近代六十名家画传》）

冷隽并非失去了热情，虚谷的冷隽是炽热后的凝固。就为人而言，虚谷不是冰冷无情的人，他的出家，他对农民起义的同情，他与上海诸画家的友好交往，都表现出了古道热肠。他笔下的花鸟世界，一花一草都那么富有生命力，如果没有对大自然的热情，对艺术境界的热烈向往，是决然画不出的。虚谷的可贵之处是把热情进行“冷处理”，把火气、浮躁和浅薄过滤掉，留下的是“从容意蕴的深度”。就冷隽而言，我有时觉得虚谷的画风与鲁迅的文风有相似之处：表面冷隽而内心炽热。当然这样说并不恰当，虚谷毕竟是出家人，出家人自有出家人的冷隽：潜心于禅理，冷眼静观，湛怀息机，从一微之尘而思接大千世界。在海派画家中，任伯年以技巧娴熟取胜，吴昌硕以苍雄浑朴见长，而虚谷以“冷隽”立面目，如同画坛的“一声清磬”，冷冷地几声，韵调特别幽远清越。

说虚谷“蹊径别开”，并不为过。虚谷一生都在探索中国画的新路，无论是视觉方式、结构造型还是笔墨，虚谷都有新的创造。有人把虚谷与西方的塞尚相提并论，指出他们对形式的独具匠心探索。说得固有道理，却不尽然。虚谷不是单纯追求形式的美，主要追求的是有着包孕形式的深一层意蕴。他是在此基础上去寻找新形式的，虚谷也的确寻找到了与自己立意相吻合的艺术符号。人们常有这样一种感觉：虚谷的画，最容易辨认。因为那清脱苍劲的用笔所表现出的冷隽格调，给人以强烈的印象。

百年回首看虚谷，许多问题值得我们思考，虚谷是海派画家，但他不趋同于其他海派画家；虚谷也卖画，但他没有丧失自己的艺术品格，他始终重视自己的文化品位。虚谷更是一位文人画家，但他不因循守旧，始终进行新形式的探索。在西学东渐的19世纪，在社会急剧变革的思潮中，虚谷也在创新，也在变，但他始终植根于中国文化的土壤。他重视传统，但又不为传统所拘，能够“十指参成香色味，一拳打破去来今”。

今天的艺术家，是否应该从虚谷这里得到一些启示？

1995年夏于北京恭王府

田军编:《中国古代画家画风·虚谷》，重庆出版社1995年出版

《历代兰花写意画风》序

一

自屈原在《离骚》中吟出“余既滋兰之九畹兮”，并以兰草比喻高尚的君子之后，两千多年来，文人对兰花，可谓“情有千千结”。种兰、赏兰、咏兰、赞兰、歌兰、写兰、画兰者可谓多矣，兰花在文人心目中的分量可谓大矣。文学史上，以诗歌、散文写兰者络绎不绝；书法史上，以真草隶篆不同书体歌颂兰花者多而又多；绘画史上，以工笔、写意画兰者数不胜数。在文人的心目中，兰花是“四君子”之一，在“四君子”之中，兰花又直接与君子相连，名曰“君子兰”。虽然朝代有更替，人物有死生，但兰花并不因时间的流逝而失去人们的喜爱，恰恰相反，时间愈久，人们与之相爱愈深，以至于老百姓在取名时，以兰为名者甚多，商品品牌以兰为名者也不少。

一种自然植物，赢得那么多人的喜爱，牵动那么多人的情怀，成为反复咏唱、书写的恒定题材，确为中国特有的文化现象。作为恒定性题材，兰花不免缺乏“新鲜感”和刺激性，引不起轰动效应，但其重要性是不能忽视的。我们应该对历史上画兰写兰的发展变化有所了解。事实上，中国人画兰、写兰，并不仅仅是个题材的偏爱问题。从画兰写兰的历史考察中，可以了解中国文人和兰花的情结，并通过此了解中国文化的特殊性和中国艺术审美特征。

众所周知，中国花鸟画在原始社会已经萌芽，发展到两汉六朝则初具规模。现存文物告诉我们，东汉已出现独幅花鸟画[①]，谢赫的《画品》曾记载花鸟画家刘胤祖。经唐、五代至北宋，花鸟画已发展成熟。所谓“徐黄异体”，已说明黄筌和徐熙已能通过不同的选材和画法，分别表达或富贵或野逸的志趣。北宋的《圣朝名画评》更列有花木翎毛门和走兽门，说明此前花鸟画已独立成科。

但兰花作为花鸟画科目中的一种，宋代之前画的人还很少。画兰起于何时？查阅唐宋绘画史专著，未发现唐代画家画兰的记载。不过，《全唐诗》中，有唐牟融《山寺律僧画兰竹》，证明唐代人已开始画兰。郑板桥称苏轼画过兰花，而且“兰中常带荆棘，见君子能容小人也”。苏轼的兰花作品今已荡然无存，在《苏东坡集》中，倒是有苏轼的一首《题杨次公春兰》诗：

春兰如美人，不采羞自献。
时闻风露香，蓬艾深不见。

---

① 美国纳尔逊·艾京斯艺术博物馆所藏东汉陶仓楼的壁画《双鸦栖树图》是已知最早的独幅花鸟画。

丹青写真色，欲补离骚传。
对之如灵均，冠佩不敢燕。

将春兰比喻成美人，说明苏轼对兰花情有独钟，至少，画中之兰使苏轼发了一通感慨。

史传宋代扬补之曾画过兰花，但作品未见流传。今天能见到作品的画兰名家，当以南宋赵孟坚（1199—1267前）、元初的郑思肖（1241—1318）为最早。

身为宋宗室的赵孟坚继承和发扬了扬补之的画风，不仅在画墨梅上有发展创造，而且在墨兰上的成就更是前无古人的，在所谓兰花写意画风方面，做出了重要贡献。赵孟坚的墨兰重其情态，不重形质，为了突出兰的清逸品格，往往采取一种纵逸的用笔，画出的兰花形象比较夸张。这从他的《墨兰》和《墨兰图卷》中可以看得出来，尤其是后一卷，他画兰用的是意到笔不到的飘逸用笔，信笔挥洒而出，把兰花幽香清逸的特性表现得淋漓尽致，体现出画家豪放的性格和笔墨个性。

郑思肖在绘画上的最大成就是画兰，这位对蒙古入主中原反抗意识最强、行动也最决绝的宋代遗民，画兰根不着土，别人问他为什么这样画，回答说："土为番人夺去，忍着耶！"又画一丈多长的墨兰卷，题款曰："纯是君子，绝无小人。"当地方权势逼他画兰时，他断然回答："头可斫，兰不可得！"其忠贞之气，凛然不可侵犯。他的画兰特点是"疏花简叶，不求甚工"。他与赵孟坚不同之处是赵画兰用笔秀逸，只取其意态不求其形态，而郑思肖画兰，用笔简拙，情质并茂。郑思肖画兰还比较注意突出兰"幽"

和“香”的品格，如他在一首题画《兰》诗中写道：“青春好在幽花里，把得香从笔砚来。”其现存《兰图卷》，以淡墨疏笔为之，随手画出的两小丛墨兰，生动而有意趣；中间用浓墨画了一朵盛开的兰花，把两丛墨兰紧紧地连结在一起。该卷构图简当，疏而不懈，充分体现了他“疏花简叶，不求甚工”的画兰特点。他画的是香气浓郁的草兰，把草兰真朴的质地和幽香清远的品格表现了出来。当然，这幅作品的内容并不止于此，它还寄托了画家的理想和深意，这从他为这幅作品的题诗中看得出来，其诗云：“向来俯首问羲皇，汝是何人到此乡？未有画前开鼻孔，满天浮动古馨香。”表明画家对黑暗的现实社会极为不满，希望寄身到他所理想的古羲皇时代中去，表现出画家以太古的先民自居和不愿做元蒙统治者顺民的思想。

郑思肖之后，元代画兰者有赵孟頫、赵雍、王英孙、释道隐、释明雪窗等。其中的释明雪窗，不仅是画兰的高手，而且作品在元代流传甚广，有“户户雪窗兰”之说。他还著有《画兰笔法记》一文，对画兰的笔法做了初步的总结：“画兰，画花易，画叶难。必得钱塘黄于文小鸡距样笔，方可作兰。用食指擒定笔，以中指、无名指托起，乃以小拇指划纸，衬托笔法挥之。起笔稍重，中用轻，末用重，结笔稍轻，则叶反侧斜正如生。有三过笔，有四过笔。叶有大乘钓竿、小乘钓竿，皆叶势也。花或上或下，叶自下而上，花干自上而下，盖取笔势之便也。毫须破水墨，则叶中色浅而两旁稍浓也。忌似鸡笼，忌似井字，忌向背不分。花有大小驴耳、判官头、平沙落雁（平沙落雁势，画薄花也）、大翘楚、小翘楚诸形。”释明雪窗的作品国内已不存（日本尚保留一些），但从其文中已知他对画兰笔、墨的使用，叶的画法、花的画法做了深入的研究，也可见写意兰花在元代已臻成熟。

明清是写意花鸟突飞猛进的时期，挥写梅、兰、竹、菊四君子是文人的拿手好戏，画兰者不仅骤然增多，而且在笔墨上有重大突破。

明代的陆治、周天球、项元汴、王毓、陈录、王谦、麋宗伯、高坤、万玉山、倪宗器、周颂均以画墨兰、墨梅见长。明四家之一的文徵明，特地写了《题兰》诗："炎夏悠悠白昼长，空斋睡起拂匡床。不须甲煎添金鸭，气泛崇兰满几香。"强调了兰花在文人生活中的重要性。大批评家李日华幽默地写道："懊恨幽兰强主张，花开不与我商量。鼻端能着成消受，着意寻香又不香。"表面上是懊恨兰，实际上是以兰为友，赞美的是兰草的幽香清远的品格。

清人善写兰者更多，无论是清初的石涛、八大山人，清中期"扬州八怪"中的郑板桥、汪士慎、罗骋、李方膺，还是清晚期的方薰、朱昂之、赵之琛、蒋予检、张详河、张熊、虚谷、蒲华、吴昌硕，均善写兰草。甚至可以说，清代的花鸟画家，不画兰者甚少。正如《颐园论画》所说："花卉一门，亦当兼学兰竹，不着此道，终属阙欠。"特别是嘉庆之后，画兰成为一种社会风气，诸多文人以画兰竹为读书余事，尤其是书法家，几乎都能撇几笔兰、画几竿竹以自娱。清代的题画兰诗也超过以往任何时代，画家金农、郑板桥、吴昌硕，书家傅山、陈维崧、何绍基，其他文人学者如吴伟业、朱彝尊、王士祯、薛雪、钱大昕、王文治、孙景湘、张问陶、戴熙等人均有题画兰诗存世。

概而言之，写意兰花画风滥觞于隋唐，兴起于两宋，成熟于元，繁盛于明清。经过一千多年的发展，兰花与四君子中的其他三君子一起，不仅成为文人画的重要题材之一，而且形成各种不同的风格。更为重要的是，写意兰花作为一种艺术样式，在中国文化中起着重要作用。

二

作为多年生草本植物的兰花，没有鲜艳的色彩，也没有十分惊人的造型，却深得文人喜爱，被文人赋予“君子”称号而一画再画，个中缘由颇值得深思。《图绘宝鉴》录元代画家 178 人，专长或兼能画梅兰竹菊者，几乎占总人数的三分之二，至于明清喜画“四君子画”者，不计其数。什么原因使“四君子”题材风行于世，明代的袁宏道是这样解释的：“夫幽人韵士，屏绝声色，其嗜好不得不钟于山水花竹。夫山水花竹者，名之所不在，奔竞之所不至也。天下之人，栖止于嚣崖利薮，目眯尘沙，心疲计算，欲有之而有所不暇，故幽人韵士，得以乘间而踞为一日之有。夫幽人韵士者，处于不争之地，而以一切让天下之人者也。惟夫山水花竹，欲以让人，而人未必乐受，故居之也安，而踞之也无祸。”在袁宏道看来，山水花竹是幽人韵士的精神栖居地，是躲避尘嚣的最佳场所。中国古代文人很有办法，总会在多难的社会现实中以最佳的方式慰藉自己的心灵。这里幽人的“幽”很值得玩味，是幽人在自然植物中寻找到了自己所需要的“幽香”。“四君子”中，梅花以孤傲著称，兰花以幽香名世，竹子有刚直之性，菊花则有耐寒之品质。孤傲、幽香、刚直、耐寒正是文人理想人格的化身，喜爱画四君子，实际是一种自我价值的肯定。写意兰花的立意往往关乎人事，它不是为了描绘兰花而描绘兰花，不是照抄自然、客观反映，而是紧紧抓住兰花与人们生活遭际、思想感情的某种联系而给以强化的表现。它既重视真，要求兰花具有天地造物的形态，又非常注意美与善观念的表达，强调“夺造化而移精神遐想”的怡情作用，主张通过兰花的创作与欣赏影响人们的志趣、情操和精神生活，表达作者的内在思想和追求。

兰花之所以受文人喜爱，是因它有“三善”，元代诗人吴海在《友兰轩记》中写道：“兰有三善：国香一也，幽居二也，不以无人而不芳三也。夫国香则美至矣，幽居则蕲于人薄矣，不以无人而不芳则固守而存益深矣。三者君子之德具矣。”兰之三善，实际是文人之三善，归根结底还是通过兰花赞赏人的美德。

当然，在不同时代、不同画家笔下，“君子兰”象征寓意和寄志是各有侧重的。在苏轼眼里，“春兰如美人”，这个“美人”，正如黄庭坚所说，乃“德才兼备之士”；郑思肖画兰，借兰花表身处逆境时能够忍受巨大苦痛、捍卫自我人格的决心；赵孟頫画兰，借兰花表达末世王孙的内心苦衷；文徵明画兰，以此表达舒适、惬意的生活情景；傅山画兰，借兰花天资素质，表达大朴不雕的美学追求；郑板桥画兰，上题“如何烂贱无人卖，十字街头论担挑”，意谓兰花如此高贵，却被置于十字街头，以刺封建社会高士不遇；吴昌硕画兰，自称“东涂西抹”，“风叶雨花随意写，中江潮满月明时”，以画中的风叶雨花，自比身世，以感慨他在上海画坛奋斗的经历。历代画家虽然对兰花的象征寓意不同，但均借物抒情，寄托心志。

正是文人看到兰花的朴素、简洁的特点，并具有幽香的品质，或者说借兰花抒情寄志甚为合适，所以兰花才进入“君子”的行列，成为文人的朋友。一千多年间，彼此的交往逐渐加深——悲愤时想画兰花，郑思肖“泪泉和墨写离骚”；高兴时也想到兰花，元僧觉隐有“怒气写竹，喜气写兰”之说。在朝时，写兰花之幽静以解尘世之烦忧；在野时，以兰不以无人而不芳之态标榜君子独立之人格。在文人的人生旅途中，兰花是精神伴侣，是知心朋友，是思想之链，是情绪之化身。

兰花之所以被文人画家所热衷，还同兰花便于发挥中国传统的笔墨工具所特有的效能有关。兰叶呈条状，造型简约，与书法的线条有相通之处，花的造型也不复杂，简括几笔即可画出，容易做到笔过形具，形具神全，使之既能收到形神兼备的效果，同时也能体现出笔墨本身所具有的书法审美价值。画家不必殚心毕智以求形似，规规乎游方之内，而能使创作过程真正达到一种“君子使物而不为物使”的行为，即通过创作过程变描画为书写，寄情思于毫末，以情驱笔，借笔抒情，从而起到精神调节、陶情怡性的作用，使创作主体与审美客体达到高度的融汇和谐。正如何绍基所言：“禁持风露不求知，自有横斜百变姿。留得深山幽韵在，肯教烟墨太淋漓。”

本画册以写意兰花为一专题，收集宋、元、明、清至近现代的画兰精品入册，集中展现写意兰花的历史演变。观赏者可以时间为序，考察不同时期、不同画家的作品风貌，分析形式构图、笔墨语汇上的历史变化，又可以通过作品体会画家特有的创作心态和审美追求。同时，通过作品解读可以发现，虽运用同一种题材作画，但由于创作心态和审美追求的不同，写意兰花在风格上是因人而异、因时而异的，正如直立后的人都用两条腿走路，但走路的姿势却是千姿百态的。

在人欲横流、极其浮躁的当今社会，倘若挤出与金钱相等的一点时间，品味一下前人笔下的兰草，或不是为玩墨为参加展览而挥写几笔兰草，与兰之品性晤对一下，对于匆忙的人生，还是有益的。

幽香清远君子兰！

1997 年元月于北京恭王府

邹建平、陈庆、李作义编:《历代兰花写意画风》，重庆出版社 1997 年出版

《历代墨竹写意画风》序

竹子在中国文化中的分量和重要性是无须多言的。且不说古代文人因爱竹而种竹、赏竹、咏竹、画竹以至“身与竹化”，单是“胸有成竹”的成语，就以竹为喻，揭示了主体对客体主动把握的认识规律，因而上升为文化至理以指导人们的行动。今日一些人喜用“文化”二字与其他名称相配，诸如“酒文化”“茶文化”“服饰文化”“性文化”之类，以强调文化性。其实，若讲文化，竹子是确有其文化性的，称为“竹文化”是当之无愧的。竹子与中国文人的心路历程密切相关，与中国文化的发展不可分割，仅写意墨竹的发生发展，就是文人心态轨迹极真实的反映。

竹子在四君子(梅兰竹菊)中与人们的物质生活和精神生活最为密切。从形而下说，它在人们的衣食住行方面具有重要的作用。从形而上说，因其坚而有节，形象潇洒文逸，故很早就被文人寓以人的品格。四君子中竹子成为绘画题材较早，早在唐代，唐明皇、王维、吴道子就开始画竹。白居易曾作《画竹歌》，对协律郎萧悦笔下的竹子倍加赞赏，称赞萧悦的墨竹“茎瘦节节竦”“枝活叶叶动”。萧悦的墨竹现已不存，从白居易的描述中，可知萧悦画竹属于写实一路，强调真实生动。此后，五代李煜、李颇、徐熙和黄筌父子，北宋的崔白、赵昌、吴元瑜等均善画竹。从现存作品来看，唐代至北宋中期画家画竹，无论着色与否，用的都是双钩法，求形象的肖似是其重要的特点。

严格讲，真正的写意墨竹出现于北宋后期，文同、苏轼一变原来的画竹法，不再用双钩填色，而是直以水墨作画，深墨为叶面，淡墨为叶背，于是开创一代新风。文同的《墨竹图》笔法严谨之中有潇洒之致，是迄今所见最早的一幅免去了勾勒手法的作品。文同、苏轼笔下的墨竹，不仅在形式技法上有别于前人，更重要的是其中包涵了某种思想情感，即一种文人意趣的审美表述。这一点，苏轼所起的作用似乎比文同更为重要，因为他不仅在创作实践上有所建树，并且相应地提出一些独到的理论见解，这种理论见解又反过来有力地支持了他的创作实践，两者相辅又相成，相得而益彰，为文人画的历史发展奠定了坚实的基础。

至南宋，画墨竹的文人逐渐增多。据史料记载，南宋画墨竹墨梅和画墨花的画家已达 67 人之多，而其中士大夫文人、禅僧道士就占了 40 多人。与南宋对峙的北方地区为金人统治，金朝的墨竹基本继承了文同、苏轼的画风。最有代表性的画家是王庭筠，现存有《幽竹枯槎图》一幅，上画枯木竹石，卷末自题曰：“黄华山真隐，一行涉世，便觉俗状可憎，时拈秃笔作幽竹枯槎，以自料理耳。”书法苍劲老练，画竹虽学文同，而风格有自己的面貌。金代画家善画竹者尚有蔡珪、赵秉文等人，惜作品已不存。

在元代，几乎所有的画家都擅长画竹，成就比较突出的有赵孟頫、管道升、高克恭、李衎、顾安、柯九思、倪瓒、吴镇、张彦辅、释觉隐、王冕等人，虽多师法文同、苏轼，但因每个画家的审美理想不同，所画之竹呈现出丰富多彩的风格。赵孟頫画竹，推崇古意，重视笔法，在《秀石疏林图》的题跋中写道："石如飞白木如籀，写竹还应八法通。若也有人能会此，须知书画本来同。"其夫人管道升，以飞白勾皴法画竹，数笔即画数竿修竹，用笔熟脱，纵横苍秀。高克恭的墨竹自成风格。李衎墨竹与双勾着色竹双管齐下，其墨竹较其双勾着色竹更加潇洒自如，其《梧竹兰石图》，竹丛用墨近浓远淡，层次分明，竹叶以介字、个字等形式分组穿插，密而不乱。竹节相接部分以浓墨实笔，中间部分以淡笔，具有圆润而挺拔的效果。顾安画竹，双勾墨染相结合，"所画竹叶小而密，长势向上，有时辅之以丑石、荆棘，饶有生气"（凌云翰《题定之竹》语）。柯九思画竹，风格趋于疏简，所画墨竹大多叶密而厚，叶势平出或下垂，他在绘画上的突出贡献是以书入画，自称画竹"写干用篆法，枝用草书法，写叶用八分，或用鲁公撇笔法，木石用金钗股屋漏痕之意"。这样，就将书法中的审美因素渗透到绘画中，使构成形象的最基本元素具有了独立审美价值。其传世作品有《墨竹图》《双竹图》《晚香高节图》《竹石图》等。柯九思还著有《竹谱》一书，对竹子的干、枝、节、叶，及处于不同环境气候下的竹子的各种特有形态，如风竹、雨竹等都通过示范作品以详说，是学习画竹的范本。倪瓒画竹，一反干、淡、渴的传统画法，竹叶以湿笔勾出，呈介字形式组合，叶长而密，似麻似芦，竹干也多细长。今存北京故宫博物院的《竹枝图卷》可为其代表作。吴镇除擅长山水外，墨竹亦颇有名，有吴镇教子习画的《墨竹谱》传世。张彦辅是元代后期名家，其所作竹石禽鸟，存世作品有《棘竹幽禽图》，构图甚为讲究，如右角斜坡上仅画三丛野草，其余均留空白，具有虚实相生的效果。

明代画竹名家不胜枚举，宋克、顾禄、李石林、朱铨、高松、朱完、鲁得之、邵弥、王元恭都是画竹的高手，明四家中的文徵明、唐寅，著名人物画家陈洪绶均有墨竹存世。在此时期，与竹谱、竹史等有关的画竹方法和墨竹历史流变的理论著作也不断涌现。明代画竹名家中，宋克、王绂、夏昶的影响较大。宋克是著名书家，尤擅章草，其笔下的竹子书法意味浓厚。王绂的墨竹，称"国朝第一"，潇洒磊落，充分表达出竹子的青翠特点。李日华曾评论其墨竹与倪瓒、柯九思墨竹相比肩，"是以有倪之逸，无其疏野；有柯之雄，无其伉浪。若夫蓄雨含云，舞风弄日，秀姿妍态，又其偏长者"。从其现存作品《竹鹤双清图》《墨竹图》《临风图卷》等作品中，可以看到这种特点。夏昶的墨竹在当时就名驰域外，时人争购其画，有"夏卿一个竹，西凉十锭金"之称。夏昶笔下的竹子，枝叶潇爽，风趣峭拔，偃仰浓疏，都甚得宜，生动地表现出风竹飘举摇曳的姿态。

清代是花鸟画高度繁荣的时代，不仅画家常以竹子作为题材，就是一般的学者文人，也都喜欢抹几笔竹子以自娱。画家之中清初的四僧、恽格，乾隆时期的"扬州八怪"，道光至同治年间的黄易、奚冈、汤贻汾、钱杜、改琦，光绪、宣统年间的赵之谦、任伯年、吴昌硕等，在画竹方面均有造诣。当然，画竹知名度最高的是郑板桥，他一生画竹最多，其风格清劲秀逸，正如秦祖永所评"笔情纵逸，随意挥洒，苍劲绝伦"，并有"胸无成竹"之高论。而也是"扬州八怪"之一的李方膺，画竹更别具一格，其《潇湘风竹图》通过竹的独特造型，画出狂风大作的动态，使不可见的“风”有了可视的形象，而且从竹枝飞舞、竹叶互相撞击中，似乎还可以听到碎琼乱玉的琮琤之声。

竹在“四君子”中，位居其三，但若论数量，墨竹可居榜首，查历代题画诗作，写作者数不胜数。在墨竹画尚未兴起的六朝，文人对竹子就情有独钟了。读《世说新语》，王子猷称竹为“君”，可知文人爱竹之深。从前面的简单叙述中，又可知千余年来有一支庞大的画竹队伍。文人为什么这样喜爱竹子，一画再画，使其成为恒定的题材？概而言之，墨竹最易寄其志，抒其情，故历代文人均托竹寓性。文同是这样论述竹的品质的：

“竹，竹。

森寒，洁绿。

湘江滨，渭水曲。

帷幔翠锦，戈矛苍玉。

心虚异众草，节劲逾凡木。

化龙杖入仙陂，呼凤律鸣神谷。

月娥巾帔静苒苒，风神笙竽清簌簌。

林间饮酒碎影摇樽，石上围棋清阴覆局。

屈大夫逐去徒悦椒兰，陶先生归来但寻松菊。

若论檀栾之操无敌于君，欲图潇洒之姿莫贤于仆。”[①]

① 《图画见闻志》卷三《纪艺中·宋》，见《画史丛书》。

这里的所谓“心虚”“节劲”，所谓“檀栾之操”，是用一种自然的物象来类比儒家所倡导的德性操行。当他官场失意时，即画《纡竹图》，借两竿“纡竹”的不幸遭遇和艰难处境——一竿因未解箨时遇到蝎子的毒害，故“倮然无他枝”；另一竿“将挺起，为垂岩所轧，力不得竞”——以抒发自己愤懑的心情。声称“可使食无肉，不可居无竹”，并且“其身与竹化”的苏东坡，更善于借助竹、石、枯木以寓兴，在其《墨君堂记》一文中，对文同如何爱竹、知竹、画竹做了较为集中的分析：“然与可独能得君之深，而知君之所以贤。雍容谈笑，挥洒奋迅，而尽君之德，稚壮枯老之容，披折偃仰之势。风雪凌厉，以观其操；崖石荦确，以致其节。得志，遂茂而不骄；不得志，瘁瘠而不辱。群居不倚，独立不惧。与可之于君，可谓得其情而尽其性矣。”苏东坡是硕儒通才，其一生为官，重贤与德，但在仕途中并不是一帆风顺，因而借竹说出了“得志，遂茂而不骄；不得志，瘁瘠而不辱”的话，强调了宠辱不惊的独立人格。苏东坡的学生黄庭坚对画竹抒情寄志说得更明白：“酒浇胸次不能平，吐出苍竹岁峥嵘。”[①] 坎坷的人生，仅凭喝酒是不能解愁的，以酒消愁愁更愁，展纸泼墨，挥写墨竹是抒发人生感慨的最佳方式。

当然，人生是五彩缤纷的，人的情感是多种多样的，因而人们写竹抒怀的主旨虽相同，但所抒之情怀是不同的。修养甚高，与丈夫情投意合的管夫人，当与赵孟頫共同舞笔弄墨画竹时，自然会借墨竹抒发大家闺秀之情的：“晨开妆镜有青鸾，写得当年舞

① 黄庭坚《次韵黄斌老所画横竹》。

影看。零落彩云何处梦，鸥波亭上正春寒。”（高启《管夫人墨竹》）郑板桥画竹，虽曰“胸无成竹”，却胸有此情，他总是把各种情感挥洒在墨竹上。你看：“疏疏密密复亭亭，小院幽篁一片青。最是晚风藤榻上，满身凉露一天星。”篁竹青青，晚风阵阵，闲适自如，幽静宜人。你看：“一片绿阴如洗，护竹何劳荆杞？仍将竹作笆篱，求人不如求己。”所表达出的不正是自力更生，不依托外力的自豪感吗？再看：“咬定青山不放松，立根原在破岩中。千磨万击还坚劲，任尔东西南北风。”不正是以竹言志，表现立足青山，不畏千磨万击，坚韧不拔的气概吗？当然，人们最熟悉的，还是这一首：“衙斋卧听萧萧竹，疑是民间疾苦声。些小吾曹州县吏，一枝一叶总关情。”此诗再生动不过地表达了清官郑板桥关心民间疾苦的德行。

“人道竹似贤，我道贤似竹。竹非贤不清，贤非竹亦俗。唯有两相值，然后清意足。”古代画家已将人、竹、清、贤融为一体，寻找到了极为恰当的寄志抒情方式，创造出了人文意味极为浓厚的墨竹世界。张之翰说得好：“有时要披玩，胸中罗列千琅玕；有时要题咏，笔头风雨秋风寒。不然竹与君兮何相干！”前人曾对后人言“新竹高于旧竹枝”，打开此册墨竹专集的诸君，面对前人墨竹的万象千形，是否应该思考，如何画出高于旧竹的新竹？

1997 年元月于北京恭王府宝约楼

李路明、韩以明、李作义编：《历代墨竹写意画风》，重庆出版社 1997 年出版

《黄永玉全集·书法卷》序

书画两端，其功一体。自古善画者多善书。画家书法是中国书法史上的一支劲旅。唐代之薛稷，宋代之苏轼、米芾、赵佶、赵孟坚，元代之赵孟頫、倪瓒、萨都剌、柯九思，明代之文徵明、唐寅、徐渭、董其昌，清代之八大山人、石涛、郑板桥、金农都是书画兼善的大家。提倡以书入画的赵孟頫执元代书坛之牛耳，影响之大，无人能比。董其昌对清初书坛之影响，也无人能出其右。宋徽宗赵佶和“扬州八怪”中的金农，于书法一创“瘦金体”，一创“漆书”，均为书法史上之佳话。到了近现代和新中国，画家书法更是书坛的生力军。赵之谦、吴昌硕、齐白石、黄宾虹、徐悲鸿、潘天寿、张大千、刘海粟、丰子恺、李苦禅、诸乐三、来楚生、张正宇、陆俨少等大画家在书法上都造诣深厚，卓有成就。关于新中国的画家书法之状况，我曾在《新中国书法六十年》一书中专列《画家书法》一章论述。

就书与画的关系而言，古代即有“书画同源”“书画异名而同体”“书画用笔同法”之说。[1] 历代绘画多从书法中汲取营养，从“一笔书”到“一笔画”，从画工画到文人画，绘画吸收了书法的诸多营养。反过来，绘画的造型观念、经营位置、笔墨意境对书法也有极大的影响。也就是说，书画两者之间是相互影响、相互渗透的。引书入画和以画入书形成二者你中有我、我中有你的密切关系。书与画两者，又可比喻为划船用的两桨，用两桨划船可使船衡稳前进，因而书与画两者又可称为艺舟双楫。历代有建树的大家，多是持艺舟双楫的高手。引书入画和以画入书是中国造型艺术的一大特点。将书法的书写性植入绘画，是中国画的一大特色，中国画之所以不同于西洋画，重要原因是其笔墨，而笔墨就来自书法。中国书法之所以成为艺术，与汉字的独特造型有关系，其造型本身就有画意。将绘画的画意渗透进书法，是书法成为艺术的重要因素之一。

书画兼善、书画相通是千百年来形成的优良传统。但自 20 世纪以来，因社会转型、西式美术教育的引进和实用书写工具的数次变化，这一优良传统发扬不够，甚至在传承上有所断裂。一些画家忽视了书法的学习，丢掉了艺舟双楫的书法一楫，变成单楫划船了。所幸有一批画家尤其是老画家仍然坚持书画双楫的传统

① “书画同源”，指中国画与文字及其书法同一渊源。明代何良俊《四友斋书画论》云：“夫书画本同出一源。盖画即六书之一，所谓象形者也。”指出书画的起源相同，绘画出自象形，汉字也源于象形，汉字的源同是书画的源，因此，书画同源于象形。其实这一思想最早由唐代张彦远从理论上提出，他于《历代名画记》中云：“颉有四目，仰观垂象，因俪鸟龟之迹，遂定书字之形。造化不能藏其秘，故天雨粟；灵怪不能遁其形，故鬼夜哭。四时也，书画同体而未分。”张彦远认为，在远古时代，书画同体而未分，中国文字与绘画在起源上是相通的。

并发扬光大，在新中国书坛形成了画家书法这一方面军。就新中国的书法而言，大致可分为学者书法、政治家书法、画家书法三个方面。与学者书法、政治家书法相比而言，画家书法是别开生面的，有鲜明的个性和特点，创新意识较强。虽然善书的许多画家不以书家自居，画名大于书名，或书名被画名所掩，但以书法水平而论，其中的佼佼者不亚于以书法名世者。画家当然以绘画为立身之本，生存之业，作书可严肃认真，也可随意挥洒，与单纯的书家相比，清规戒律少，甚至有意破除书法的一些条条框框。画家有过绘画上的造型训练，对艺术视觉形式敏感，在作书时将绘画的某些笔法或章法融入其中，或重笔墨，或重空间安排，或挥洒自如，或标新立异，因而能够别开生面，为书法语言的丰富性做出了贡献。说画家书法是书坛的生力军，还有另外一层意思，即随着书写工具的改变，在许多学者和官员已拿不动毛笔的今天，画家们还使用着毛笔画画写字，发扬光大着中国文化传统。可以预言，在今后的书法格局中，画家书法的分量比重将进一步增大。

黄永玉是当今屈指可数的著名画家之一，又是一位持艺舟双楫乃至多楫的艺术家。在文坛艺林，黄永玉以善诗、善文、善画、善书而著称，是一位多面手，于诗文、书法等方面多有探索和造诣。他的书法属于画家书法。就影响而言，他的画名和诗文之名大于书名，艺术史研究者多把其绘画作为研究的重点。关于他的书法，罕见论述。但无论是研究当代艺术史，还是研究黄永玉艺术特色的形成，他的书法都不可忽视。在我看来，黄永玉是一个大写的人，是一个多方面收获颇丰的人。他的绘画、诗文、书法是一个整体，是其完整的人生写照。其绘画、诗文、书法之间有着内在的联系，研究他的书法，有助于进一步了解他的绘画和诗文，因为从某种意义上说，书为心画，更直接透露他的心性和情趣。黄永玉自称“好书”，写下的书法之作也多，书法是他艺术人生的重要方面。研究黄永玉，不能忽略他的书法。研究其书法，有助于完整全面地认识黄永玉，至少是打开黄永玉艺术世界的一把钥匙。

我虽然一直关注画家书法，包括黄永玉近年来的独幅书法作品和画跋，但研究不够。从领命编辑《黄永玉全集·书法卷》后，才开始收集资料。去年在黄先生北京寓所万荷堂参加《黄永玉全集》编纂会时，本想当面向黄永玉先生询问一些问题，尤其是其早年的学书情况，但因他外出，没能面谈。而今年初湖南美术出版社左汉中先生约我去万荷堂与黄永玉先生面谈，我则因出国考察失去了去万荷塘与黄先生面谈的机会。因研究不够，对黄永玉书法，只能谈点粗浅的认识。

“石头打就，磨尽人生”“磨不尽万古风流”，是黄永玉晚年一写再写的内容。他本人也确如一块有棱角、有个性、有重量、有五彩色的顽石，来到天地间任凭雨打风吹，浪磨日晒，越打越磨越天然，越神采焕发。他根生湘西土家族，教师家庭出身，一生走南闯北，艺术兴趣广泛，早年以插图、版画立于世，晚年以中国画、诗文名冠艺坛，虽不以书法名世，但“好书”的黄永玉有着浓厚的书写情结。在多年的书写过程中，其书法形成了自己的面目。而且越到晚年，他的画画得越多越放，书法也写得越多越有趣。就黄永玉的人生和艺术经历而言，他是生长于民国时期，成熟于新中国，在新中国建功立业的艺术家。其书法的学习也是始于民国时期，成熟于新中国，大放异彩于改革开放时期。其水平之高，个性之突出，可作为新中国改革开放时期画家书法的代表人物之一。

目前所见到的黄永玉较早的书法墨迹是写于上世纪60年代的一些画跋，这些画跋为行草书体，面目清秀、刚劲，充满“二王”一派的帖意，也含有碑学的刚劲意味。如1965年创作的《荷花》一画，上题金农诗句和自己的随感，用笔讲究，笔法自如，气息贯通。这一年黄永玉刚过不惑之年，书法已达到相当的水平。虽然没有看到他更早的书法作品，但可以看出此前他对书法是下过功夫的，是学过碑也学过帖的。我对他幼年时的学书状况不甚了解，只知其父母均为教师，想必父母会叮嘱他习字的。据他本人回忆，“弱冠浪迹闽海”，至泉州观“坊牌庙碑”，“过蔡襄督建之万安桥”，观蔡襄之楷书，留意学习前贤之书法。[①] 在泉州时，青年黄永玉曾专门拜见书法大家弘一法师，弘一法师潜心修行认真作书的态度深深打动了他。早年就读厦门集美中学和德化师范学校时受黄羲、朱成淦、郭应麟等启蒙，喜爱美术，亦时常习书，当绘图工、小学教员和报馆编辑时也是学书不辍的。当然，兴趣广泛的黄永玉早年对书法不可能投入太多的精力，但书法是他学习的一个重要方面。

现存大量的黄永玉书法墨迹写于改革开放新时期。此前，他多用刀创作版画，以刻为主，此后则多用毛笔创作中国画，以书写为主。黄永玉是善于题款的画家，乘兴而画，画意未尽，又以

① 见黄永玉《福建水仙图记》题跋。

书跋之，常在画幅可题处题得密密麻麻。可以说，到了改革开放新时期，黄永玉在中国画创作上步步走向高峰，与此同时，书法也越写越多，越写越显自己的面目。由以版画的刀刻为主变为以国画书法的毛笔书写为主，是黄永玉艺术历程中的一大变化。这既是时代使然，也是他个人自我完善的必然。到了改革开放新时期，思想解放、环境宽松为中国画创作提供了前所未有的好条件，已在版画创作上取得巨大成就的黄永玉，过了“知天命”之年后，将主要精力用在易于自由发挥主观意绪的中国画和书法则，是顺理成章之事。中国画和书法，如同老酒，越到后来，越能品到它的后劲。许多早年学西画的画家，如徐悲鸿、刘海粟、李可染、吴作人等，后来都不约而同地沉醉于中国画和书法。一向重视民族艺术的黄永玉更懂中国画和书法这瓶老酒，更知其书写性的奥妙和快乐。单就书法而言，年过“知天命”之后的黄永玉不仅写得多，而且丰富多样。有各种内容的款识跋语，有楹联、条屏、扇面、横幅等独立的作品，还有许多序跋、随笔及诸如“酒会知照”的日常实用书写。就书体而言，有篆有草，有行有楷。就篇幅而言，有大有小，大者如斗，小者如豆。就字数而言，有多有少，多者数百字，少者一二字。就风格而言，有放有收，有庄有谐。仅从书法上来说，他也是个多面手，不像有的书家，只写一种体，只有一种面目，只庄不谐或只谐不庄。更不像某些现代派书法只玩形式不管书写的文字内容。黄永玉的书法，是有所思有所感才有所写的，是其思想情感的抒发，喜怒哀乐的表达，是其心画的表现。其书风的放与收、庄与谐是与心态情绪相联系的，更与其绘画、诗文相互联系，相互渗透，表现的是其所思所想和喜怒哀乐，从一个侧面反映他丰富多彩的艺术人生。

黄永玉的书法，有庄有谐。所谓“庄”，指较为规矩工整的行楷，写得认真。这类作品字体结构有开合，布局有错落，但总体是匀称的。用笔上一笔一画，力求凝练到位。这类较为规矩的行楷，有的是独幅，有的是画跋，在其书法中占有相当的比重，且数十年来一直坚持，直到晚年仍有字字珠玑之作。“庄”者，严肃认真是也，这类作品写得较为庄重严肃。说他的书法有“庄”有“谐”，其中较为规矩的作品，可谓“庄”的一面。这一路作品中的独幅之作，有些是散文、随笔、序跋的手稿，如《堤溪雪霁》题跋（1987）、《大家张伯驹先生印象》题跋（1992）、《石磨坊记》（2003）、《温特帕克山和恩伯克能峡谷》（2003）、《永玉家底》小序（2006）、《阿诗玛》2011年版前言（2010）；有些是悼念诗文，如《凤凰涅槃》（1982）、《寥天一楼祭》（2011）；有些是信函，如《十二届四中全会给叶剑英同志的致敬信》（1985）。这些作品严格说来不是纯粹的书法作品，多是为用而书，但比一些所谓纯粹的书法内涵更丰富，文献价值更大，其特点是书法之美与诗文之美交相辉映。赏其书，从字里行间可见其思想的起伏；赏其诗文，可见其性情的流露。读黄永玉这些诗书合一的墨迹，收获是多方面的，可以了解一个艺术家的心路历程。这类作品，不仅是研究黄永玉的人生道路和艺术历程的第一手资料，更是研究当代艺术的重要文献。单就书法而言，这类相对工整的行楷，重在思想情感的表达，用笔沉着有力，写得自然而然，笔道凝练，结体自如，笔法上求简，追求如锥画沙之力。尤其是一些抄写佛经内容的作品，笔法更为老到洗练。其中既有北朝刻经书法的意味，又有八大山人晚年行楷的风神，还有李叔同出家后所写佛经的味道。越是晚年之作，越是炉火纯青。从这些较为庄重一路的书法，可以体会他书写时的诚心和敬意，这当然与书写的文字内容有关。如《大家张伯驹先生印象》题跋写的是对收藏家张伯驹的敬重，《寥天一楼祭》写的是对乡贤陈渠珍的尊崇，《十二届四中全会给叶剑英同志的致敬信》写的是对国家领导人叶剑英的爱戴，《金刚般若经》写的是对佛教文化的敬意，《堤溪雪霁》题跋写的是对家乡的热爱，对先贤、家乡、文化的尊崇和热爱促使黄永玉怀着诚心敬意去书写。诚心敬意书写则是真性情的流露，真性真情是中国艺术的至高追求。庄子曾言："真者，精诚之至也。不精不诚，不能动人。"[①]将人之心性提炼到至真至纯，融入其文其书，使其作品散发出的气息自然真切，不虚伪，不假饰，不做作。有了真性情的流露，作品才能生发勃勃生机。这一路书法是黄永玉书法的面貌之一，也是他书法的看家本领，更是他另一路诙谐书法的基础。

话说回来，如果只有较为规矩的书法，那就不是"鬼才"黄永玉了。"庄"只是其书法的一面，另一面是"谐"。所谓"谐"，指其诙谐放荡，写得自由自在，我行我素，随心所欲，不为法拘。这一类作品，或行，或草，或篆，或各体杂糅，内容也多是自己所撰写的，是平常生活中的感受。写这类作品，心态不再像写致敬信、祭文那样恭敬了，他要嬉笑怒骂，讽刺嘲笑世事乃至自身，要表现其"鬼才"的智慧了。如条幅"拿钱学上当"（2003）、"人和蚂蝗（蟥）不一样，蚂蝗（蟥）吸血不声不响，人吸完人血还

---

① 语出《庄子·渔父》。

骂你不大方”（2009）、“某种历史家越写越脸红”（2009）、“世界长大了，我他妈也老了”（2009）、“和魔鬼相处并不可怕，讨厌的是天天要我说它好”（2009）、“鸡蛋对皮蛋说，我可不搞种族歧视”（2009）、“穷人常欣赏有钱人的无聊，千辛万苦把一个小圆球打进一个小洞”（2009），还有斗方补孔子《论语》句“七十从心所欲不逾矩，八十脸皮太厚刀枪不入”（2005），以及少字对联“一须顶嘴，两手和泥”（2004）、“人做，天看”（2009），仅文义就很令人琢磨一番。某些语句看似不正经，却耐人寻味，显示出这个“鬼才”在“写什么”方面的独特性。这些语句是一般书家想不出，不敢或不屑于写的，而黄永玉以此等语入书，痛快地写出了自己的感受。与一般画家相比，黄永玉的人生可谓颇有起伏。“文革”时批黑画他是被批的重点对象，晚年所得到的荣誉又非一般画家所能比。很少能有人像他那样少年浪迹天涯，也很少有人像他那样晚年在北京建大面积的万荷堂，他所接触的各层人士之多也非一般画家所能比。阅历甚深且有鬼才的黄永玉要写出他的所思所感。就书法而言，平心而论，这类我行我素、不为法拘的作品，并非都是精品，某些作品有病笔，但可贵的是有生气、有谐趣，有很强的艺术感染力。以正统的书法标准来衡量，一些用笔和结体不是“规定动作”，但也正因不拘常法，从而能别开生面，令人会心一笑。若论在书法上下的功夫，许多书家可能比黄永玉要大，但许多书家入传统而不能出传统，被常法所拘，按“规定动作”书写，循规蹈矩有余，自我创造不足，写出的作品，虽合规合矩，但索然无味。当今书坛自称书家者多如牛毛，书写能“有意趣”的不多，并不以书家自居的黄永玉，写出了“有意趣”的书法，颇令人琢磨。

更令人琢磨的是本卷一幅作品中内容谈画画心得的文字："画画要在不讲道理中讲道理，又要在讲道理中搞点不讲道理。"谈的是绘画创作中"理"与"无理"的辩证关系。画有其理，如不通其理，乱画胡涂则不成画，但若被画理所限则无自己的创造，所以要来点无理。书画相通，道理亦然。书法有法，无法则不成书法。但若被成法所限则被淹没，所以，要来点无法，无法之法，乃为至法。从黄永玉的作品中可看出他是"有法"与"无法"并用的。其庄重严肃一路的作品，以"有法"为主；其谐趣横生一路的作品，以"无法"为主。庄中有谐，谐中有庄，在处理"庄"与"谐"的关系上，他很会把握分寸。再读他另一幅作品"不可不醉，不可太醉"，写的是生活所悟，此话也通艺理，搞艺术不醉不能沉浸其中，太醉则不能自拔，最佳的艺术状态是在醉醒之间。

画家书法，因人而异也。齐白石胆敢独造，"我自画我家画"的同时"我自写我家书"，敢用把魏碑的方笔用于篆书，以方整结体和方折笔法写出了"方体篆"，写出了苍劲豪迈，凌厉痛快的行草书；黄宾虹书画并重，同参共悟，其书洒脱萧散，简静超逸，气韵浑然，出神入化，与其绘画的黑密厚重、浑厚华滋，浑然一体而互为表里；潘天寿书法以奇崛之造型，大疏大密之布局，生辣苍劲之笔墨，敢于造险和破险为其特点；吴湖帆书法秀丽清新；张正宇书法以装饰趣味取胜；李苦禅善章草，风格高古苍浑；李可染书法以厚重见长……至"鬼才"黄永玉，则亦庄亦谐，以谐趣取胜，他在醉醒之间的奇思妙想之语和充满天趣、野趣的书法，为当代书坛增添了活力。

观黄永玉的书法，不由得联想到和他关系密切的两个人：沈从文和石鲁。沈从文和石鲁都善书，前者是文人，写一手好章草；后者是画家，写一手刚硬的行草。两人都被黄永玉所敬重，他们可能对黄永玉的书法有些影响，但影响不是太大。因为各有灵苗各自探。虽然沈从文和黄永玉都是湘西人，且有亲戚关系，但沈、黄相比，书风大异。沈从文书法多文气，多理性；黄永玉书法多野气，多性情。虽然都是画家，黄永玉与石鲁的书法也大异。石鲁书法多生硬刚狠，黄永玉书法多生气谐趣。书如其人，沈从文书生气浓，故其书多文气；石鲁生性倔强，故其书多刚硬；黄永玉敢嬉笑怒骂且有分寸，故其书多谐趣。三人都是令人尊敬的大家。若论三人的晚年境遇，黄永玉大大好于沈从文和石鲁。倔强的石鲁在“文革”中被逼“疯”，温和的沈从文晚年患病在床，且沈、石二人都已作古多年。唯有诙谐多趣的黄永玉精神抖擞，快乐地在北京万荷堂，或湘西凤凰，或广州石磨坊，或国外某地，挥毫泼墨，晚年放异彩于盛世。他快乐，更给世人带来快乐。

衷心祝愿黄老先生健康长寿，更希望他有更多的映照他童心的书法作品面世。

2012 年 4 月于中国艺术研究院

《黄永玉全集·书法卷》，湖南美术出版社 2013 年出版

《薛永年书法集》序

改革开放40余年来，在民族自信心、文化自觉性不断增强的进程中，连通传统血脉的书法艺术得到了巨大的发展，取得了令人瞩目的成就，其显著的标志是出现了一批杰出的书法理论家和优秀的书学研究成果。中央文史研究馆馆员、中央美术学院教授、中国美术家协会理论委员会主任薛永年先生就是这些理论家中的佼佼者。虽然，薛永年先生的主要研究成果体现在美术史论方面，书法研究只是他学术研究的一个侧面，但无论是研究的深度和高度、视野的宽度，还是研究方法的切合度、讨论问题的针对性及现实意义，他的书法研究都具有代表性，显示出独特的意义。捧读先生在不同阶段所写的书法史论鉴赏批评文章，发现处处闪烁着思想的火花和学术的亮点。他以今研古，借古开今，以大观小，小中见大，精神内容与风格形式并重，书内造诣与书外功夫兼顾的治学特点也越来越令后学叹服。

一

作为科班出身的老一代著名美术史论家，薛永年先生的书法研究，是其美术史论研究的有机组成部分，有些成果是对书法的专门研究，而大部分对文人画家、画派的研究也都包括了书法（如“扬州八怪”）。他的书画鉴定鉴赏理论与方法的研究，是将书画结合在一起的。更值得关注的是，薛永年先生的书法研究一直是与书法实践结合在一起的。无论是学习基本知识的中小学时期，还是学有专攻的大学阶段，无论是早期在吉林从事文博工作的岁月，还是后来在中央美术学院从事美术史论教学和研究的时期，他一直坚持书法实践，尤其是攻读研究生学位、专门从事美术史论研究后，仍然一如既往地坚持走书法实践与理论研究相结合的道路。或许可以这样说，他是由爱好而实践，由实践而理论。由于他开始爱好的是书法篆刻美而不是理论，随后为搞清书法篆刻美和它的真伪高下、来龙去脉才研究史论，所以一直坚持书法理论与实践并行。也正因为薛先生有着实践的经验体会，他的研究才能鞭辟入里，且逐渐形成自己的特色：在研究上尽管也不忽视书法发展演变的外部条件，但却更重视本体研究的深入，重视艺术规律的把握。

少年时期的薛永年就非常喜欢书画篆刻，自幼读书习字，走的是先帖后碑、碑帖双修之路。开始是从赵孟頫入手，学王羲之帖学一路。薛先生生于北京西城，家在护国寺附近。护国寺（元代称崇国寺）里有赵孟頫楷书碑刻《皇庆元年崇教大师演公碑》，先生少年时经常和同学们前往观摩，并传拓其碑，将拓片按偏旁部首分类剪贴成范本学习。又临习珂罗版《怀仁集字本圣教序》，追摹王羲之书法。考取北京中国画院学习班后，薛先生听取画院画师马晋先生的指教，习画的同时，临习汉隶《张迁碑》《西岳华山庙碑》。高中毕业考取中国最早的美术史系——中央美术学院美术史系后，大学本科阶段将习书的重点放在魏碑上，曾两次赴洛阳考察龙门石窟，得到《龙门二十品》拓片，还动手拓了《孙秋生》《魏灵藏》《杨大眼》《始平公》等造像铭，课余不断观赏，时加临习。

大学本科毕业分配至吉林省博物馆从事文博工作的十几年中，薛永年先生仍然坚持书法的研习。“文革”期间，由于擅长书法，他奉派承担诸多展览的陈列布置工作，结合办展练习书法，是他这一阶段的独特经历。为了美观，展览需要各种字体的搭配，如用魏碑写大标题，用隶书写小标题，用楷书写说明文字等，于是他诸体并练，除继续临习《龙门二十品》《张猛龙》《史晨》《华山》等汉魏碑刻外，楷书主要学欧体，临习《九成宫》《化度寺》，研究过《虞恭公》《皇甫诞》，以及小欧的《道因碑》。

1978 年，薛永年先生考取“文革”后第一届研究生，重回中央美术学院研究美术史论。1980 年毕业留校任教后，又多年担任美术史系主任。执教后的薛先生教学研究工作繁忙，但即使如此仍然坚持习书，教学、研究和书法实践三位一体并进，在取得丰硕的教学和研究成果的同时，书法水平也随之提高。其明显的变化是进入了多方吸收、参悟、融化阶段：一面消化吸收汉魏碑刻和唐楷的营养，一面着手于米芾等宋人行书的临习，探索将行楷融入魏碑，追求碑体行书的新面貌。20 世纪 80 年代正值“书法热”

的兴起阶段，在老一辈书法家朱丹组织下，中央美术学院成立了书法小组，作为书法小组的成员，薛先生经常与朱乃正、王镛等书画家切磋书艺，颇受同道们的启发，眼界也随之开拓。他既重视传统的书法，也关注创新的书法。进入21世纪以来，薛先生常写行书，米中参欧，或米中参以北碑。

数十年持之一贯的书法实践，尤其是书法实践与学术研究相结合，以理论思考带动书法实践，以书法实践促进理论思考，使薛永年先生的书法自然而然地形成了自己的特点。观其书札诗稿，书卷气扑面而来，学问文章之气郁郁芊芊，发于笔墨之间，反映着深厚的文化修养。先生的书法，可谓当代有代表性的学者之书，碑帖双修的实践使其书法既含碑的庄重大方，又具帖的灵动潇洒，米字和欧字兼容互补，严谨又活脱。先生同时擅长匾额楹对的书写，所题写的匾额楹对，端庄遒逸，气象正大。更难能可贵的是，薛永年先生在创作道路上渐入人书俱老之境，所作日见老辣苍浑，自然凝练，绝去雕饰。

薛永年先生又擅篆刻。与书法相同步，篆刻也始于少年时代，初中三年级开始自学，从汉印入手。高中时期周末在北京中国画院学习时，得到马晋先生点拨。大学时代，曾受美术研究所王曼硕、温庭宽先生指导，同时问学于中央美术学院书法篆刻老师刘冰庵。他习印几十年，至20世纪90年代因眼花而被迫停止。薛先生篆刻大体脉络是汉印筑基，由邓石如而吴昌硕又参以齐白石为主线，浙派、赵之谦、黄牧甫为辅线。观其多年前所刻印章，刀法圆转精熟，无怪异之习，气象骏迈，变幻多方，时中锋直入，时冲刀切出，疏密有致，章法自然。学而善化：师齐白石，得其刀法雄劲；师吴昌硕，得以古朴浑厚；师徐三庚，得其疏密有致。

综上所述，薛永年先生数十年的书法篆刻实践，达到了相当的艺术水准，但他志在学术，从未想做一个专门的书法篆刻家，多年来一直把书法篆刻实践当作学术研究的余事。所谓余事，从某种意义上说，又是艺术理论家的分内之事，是从事理论研究必须具备的重要素养。薛永年先生于书法篆刻，各家各派兼学，目的是熟悉各种艺术风格，用于作品的评鉴。他对古今书法篆刻的评判分析之所以如此鞭辟入里，正是得力于书法篆刻实践的深刻启迪。他对古代书论的深入分析，对书法理论与实践关系的深入研究，也得力于书法实践上的切身体会。

二

薛永年先生的书法研究，大致分理论研究、书画史研究及书体风格与鉴赏研究三个方面。其理论基础间接来源于当代著名美学家邓以蛰和宗白华。邓以蛰和宗白华都把书法纳入理论视野，对之进行了深入研究和高度评价。薛永年读大学本科期间，受业于美术理论家王逊等先生，王逊出邓以蛰门下，是中央美术学院美术史论系创系主任，主讲包括书法在内的美术史，他的讲论十分透彻，又专开古代书画理论，专门介绍了邓以蛰的《书法之欣赏》，阐述意境和形式的关系。王逊是一位治学严谨、重理论思辨的学者，强调理论思维和逻辑性，强调概念的层次。邓以蛰、王逊师生的艺术理论及研究书法理论从书体、书风和概念、范畴入手的主张，给了初踏治学之路的薛永年很大启示。同时，薛永年又受到本系老师（后调中央工艺美院）尚爱松先生的指点。尚爱松是宗白华的学生，经常向同学们介绍宗白华的美学思想，并向薛永年推荐读宗白华的《中国书法里的美学思想》一文。宗白华关于书法美学的阐述，给青年薛永年以很大影响。

薛永年先生的书画史研究渊源于近代文献学与出土文物相结合、理论与实践相印证、著作与历史条件相联系的史学方法，在这方面，他直接得益于著名美术史论家金维诺先生。通过聆听金维诺讲授的“隋唐美术史”“书画史典籍概论”等课程，薛永年学到了把书画作品与史论著作及其理论认识放回到特定历史环境中去考察，而且把史论著作与当时的艺术实践联系起来思索的方法。

在书体演变、书风发展、个案研究和书法艺术精微之处的理解等方面，薛先生受讲授书法和书画鉴定鉴赏的张珩、徐邦达、启功等先生影响尤深。如启功先生对书法结体的视觉平衡的精彩讲解，张珩先生从书写几案高度变化认识唐宋书风之变的洞见，徐邦达先生从材料、书写技巧、个人习性等方面对书法个人风格的分析，都对薛永年后来的书画鉴定和书画鉴藏史研究产生了很大影响。

薛永年先生的书法研究脉络大致可分为三个阶段：一是大学时代的基础阶段，二是在吉林省博物馆的积累阶段，三是返校攻读研究生留校后的收获阶段。

1962 年初，邓以蛰向故宫博物院捐献其五世祖邓石如的书法遗墨，故宫特举办邓石如书法展。当时还是中央美术学院本科学生的薛永年看了展览，引发了研究的兴趣。在王逊、李松涛等先生指导下，他以展品为线索，根据前辈陈垣《吴渔山年谱》、汪世清《渐江资料集》提供的方法，系统地整理邓完白文献，编出《邓氏诗歌、书法、篆刻作品编年》一书，对邓石如诗歌、书法、篆刻进行了考订、分类、归纳。此书虽没有出版，但通过收集、整理、考证邓氏作品，薛永年受到了很好的基础训练。《邓氏诗歌、书法、篆刻作品编年》不仅系统地考察了邓石如的人生轨迹和艺术进程，而且锻炼了薛永年由个案研究入手的方法，为其后来的研究打下了基础。学生时代的薛永年已认识到收集材料是学术研究的准备和必要步骤，并掌握了收集、考订、分类、归纳的方法。在研究邓石如的同时，他又自学包世臣《艺舟双楫》、康有为《广艺舟双楫》等书论，对疏密、方圆、刚柔等理论范畴有所领悟。

在吉林省博物馆工作期间，由于“文革”原因，没有专门进行学术研究的条件，薛永年先生便把时间和精力放在自学上，阅读了大量的古代书论、画论。如《王羲之评传》《书法正传》等，边读边写，留下了许多读书笔记。在此期间，他曾应邀为吉林艺专学生讲授楷书写法，并编写了《楷书写法》讲义。

返校攻读研究生毕业留校，标志着薛先生学术收获期的到来，他几十年间撰写了诸多有分量、有影响的书法研究文章。稍加整理归类，可分为古代书论研究，书法理论与实践关系的个案研究，书画鉴定与书画鉴藏史研究，围绕国家重点课题必要部分的书法篆刻研究，以书入画、书画关系和书画金石跨界问题，以及有关当代书法的评论几个方面。

薛永年先生在古代书论研究方面有两篇重要的学术论文，一为《魏晋南北朝的书法理论》，一为《窦氏兄弟与书论》，前者写于1984年，后者写于1993年。20世纪80年代初，因有日本和法国留学生来中央美术学院进修，美术史系主任金维诺安排薛永年开设“中国书法史”课程。当时书法界较为重视理论诸如书法性质的探讨，但研究书法史者不多，特别是对某一历史时期书法理论的研究尚未开始。薛永年根据备课内容，围绕书法审美自觉的魏晋南北朝时期，撰写了《魏晋南北朝的书法理论》，系统分析总结了这一时期书法著述有史论结合、创作与欣赏并重、品评类著作为主等特点，围绕此时期书体与书势、质妍古今之争、书评与书品、书道与笔阵等概念与范畴，梳理魏晋南北朝书法理论发展的脉络，探讨涉及书法理论的根本问题和重要问题，如书法社会功用、书法艺术的源泉、书法艺术美的特点，以及书体与书风的关系、书法艺术风格的创造等。此文发表后，产生了很大影响，得到诸多前辈的高度评价。如杨伯达先生中肯地评价道：“薛文对这一阶段书法理论的不同论点进行比较分析，还大胆指出其已达到的深度与不足，特别是对参与‘古质’与‘今妍’之争的虞和、宋齐之间的王僧虔，以及梁武帝萧衍等人观点的评价，作出了科学的评价和公允的结论。”事隔多年，笔者为撰写《新中国书法六十年》时，在检索、阅读众多书论研究成果时，发现了这篇认识深刻、论述全面、逻辑周密、言简意赅的论文，仔细研读之后，感到它可以算是20世纪古代书论研究的典范之作。而《窦氏兄弟与书论》一文，也是在讲授唐代书论的基础上整理成文的，是从窦氏兄弟书论中“老”“嫩”“细”“熟”“沉浮”“肥瘦”“险稳”“快慢”等概念用语的明确界定，来讨论书法理论思维在魏晋运用比喻之后到唐代更多地使用抽象概念的划时代发展。此文认真总结唐代书论家从事书法理论思维的经验，并做出实事求是的评价，对重新认识古代书论的价值具有重要的启示作用。

薛永年书法理论与实践关系的个案研究当推《谢朝花而启夕秀——董其昌的书法理论与实践》一文。1992 年，美国举办“董其昌国际讨论会”，因薛永年多年讲授包括书法在内的明清美术史，故了解情况的筹办专家何惠鉴邀请其撰写专文到会发表。该文着眼于理论与实践关系的探讨，拈出董其昌理论认识上不断“悟入”的主因是鉴赏和临习实践中，从刻本到墨迹而“悟入微际”，并指出董其昌虽主张禅宗式的“顿悟”，但他的书法理论与实践却是“渐修”的结果。该文还根据董其昌成熟时期的作品，联系他对“奴书”的批判，对“淡”的崇尚，提出“离合论”和“生熟论”，指出董其昌成为独树一帜、影响深远的书家，主要在于把赵孟𫖯的古典书风作为超越对象，借助个性化的北宋书风进行创造，一方面避免了走向千篇一律的台阁体，另一方面也避免了某些个性派书家矫枉过正、丢失内美的狂怪怒张。该文最令人叹服的是通过董其昌的个案研究，以大观小，小中见大，总结了通过学习墨迹突破帖学翻刻流弊的历史经验，点出了晚明在王阳明心学陶融下的书法创新实际有两条路，除去张瑞图等新理异态的那种求“浓”的路，还有董其昌这种求“淡”的路。这篇论文对全面了解明代书法的丰富性具有重要的指导意义。

薛永年先生是国家文物鉴定委员会委员，在多年的书画鉴定实践中练就了一双慧眼，精于书画鉴定也是他有别于一般理论家之处。改革开放以来，随着书画热的兴起，作品的鉴赏解析和真伪鉴定成为一种显学。曾对鉴定有过深入研究、实践经验丰富的薛永年先生，率先在中央美术学院开设书画鉴定课程。自从 20 世纪90年代国家文物局委托主持培养书画鉴定研究生以来，在薛永年先生的积极努力下，中央美术学院成立了我国第一个高校书画鉴定研究的教学中心点，采取馆、校专家合作的方式，以深入研讨学理方法与接受传统经验并重的思想为指导，编写教材，整理研究中外鉴定专家的成果、经验与方法，使这一专业成为中央美术学院的重要学科，继续扩大招收书画鉴定与书画鉴藏史方向的博士生，培养了不少优秀人才。具体到这方面的研究成果，薛永年先生结合教学，对书画鉴定和书画鉴藏史展开了三方面的研究。一是宏观式的基础性研究，理论成果有《书画鉴藏史研究刍论》等。二是书画鉴定方法论研究，理论成果有《古代书画鉴定方法研究导论》等。三是近代鉴定家及其经验研究，理论成果有《20世纪古书画鉴定名家方法论》等。三方面研究从宏观到微观，从理论探讨到实践操作，从古今到中外，对书画鉴定、鉴藏做了系统的总结和深入的分析。

围绕国家重点课题必要部分的书法篆刻研究是薛永年先生学术研究的一个侧面。20世纪80年代后期至90年代，他参加了以王朝闻为总主编的《中国美术史》编辑工作，任《清代卷》主编，并撰写了“清代书法篆刻史引论”和“清代篆刻”等内容。在阅读印人传、印谱、印跋过程中，薛先生发现了一些学术问题并做了深入研究，比如篆刻的社会化与印人的职业化问题、“印宗秦汉”与“自我作古”问题、“印外求印”问题等，这些问题关系到篆刻艺术从文人化到职业化、传统与创新、篆刻艺术与印外功夫等不同的方面。与书法研究相比，学术界对篆刻的研究较为薄弱，薛永年先生的清代篆刻研究填补了一些空白点。书画通史方面，薛永年先生还参与了杨仁恺先生任主编的多卷本《中国书画》的编撰，负责隋唐部分。此书特点是结合新出土实物，理论联系实际，在理论体系发展和实践演进的过程中观察书画史脉络，活现了古代书法的风貌。

视野宽阔，注重艺术门类间彼此关系是薛永年先生学术研究的特点，他一直把以书入画、书画关系和书画金石跨界问题作为学术研究的侧重点之一。早在 1988 年，针对’85 美术新潮中出现的以画衬书、以书作画等当代的以书入画现象，薛永年先生及时发表《以书入画之我见》（原载《江苏画刊》1988 年第 3 期）一文，分析了当代实验性中国画效法西方，从表面上学习中国书法并以之入画的原因，指出西方画家的以书入画是借中国书法符号表达西方现代艺术观念，而与传统的以书入画大相径庭，进而指出以书入画传统的宝贵历史经验和价值，强调以书入画贵在书画相通，二者笔法运动变化的丰富多彩而又对立统一是其内在特点。文章阐明传统的以书入画是以笔势的运动带动丘壑山林形象的创造，是主动将书法挥运的一次性、程序性用于绘画，讲求笔势的起承转合，讲求物我合一、以笔写心、心与物合、造化在手，提醒当代人应学习传统以书入画的精髓，而不是要只浮浅地借用。为了进一步阐述书画之关系，薛先生特撰《画法“关”通书法“津”——也谈石涛的一画论》（原载《美术研究》1988 年第 1 期），旁征博引，从晋代卫夫人《笔阵图》、唐代张怀瓘《书断》、元代郝经《陵川集》等典籍中找出以道论书和有关“一画”的论述，继而结合石涛《画语录》的“兼”字章，分析石涛一画论的内涵，指出石涛的一画论实际是兼书画而有之的理论。石涛以一画论为核心的全部绘画思想的形成，自始至终都没有离开过对书法与书画异同的探究。一画论正是以书入画，以书论入画论的结果，正是画法“关”通书法“津”的解处。此文的贡献是首次揭示了石涛一画论的理论与书法艺术的内在关系。

薛永年先生对金石书画跨界问题的研究，以《明清金石拓片与书画结合的博古画》（2007年在美国夏威夷国际学术讨论会上发表的论文）、《金石全形拓与缶庐博古画》（2007年9月发表于吴昌硕书画篆刻国际学术研讨会）、《黟山派杰出印人黄牧甫绘画浅论》（刊于《广东绘画研究文集》）为代表。前两篇论文针对19世纪后期出现的以青铜器拓片为花鸟画组成部分的美术作品，结合吴昌硕等人的尝试，对金石博古画的类型、创作使用的综合手段与形成的视觉样式等问题，尤其在特定背景下，金石学对绘画的渗入、新的视觉观念和受众需要等金石博古画产生的原因进行了深入分析和阐述。后一篇论文探讨的是印人的绘画，角度新颖，发前人所未发，对全面了解黄牧甫的艺术具有重要意义。

薛永年先生对书法既从历史方面进行纵深研究，又密切关注其当代发展情况。他曾应邀对当代书法群体现象，对有独特风格的书家、书法批评的标准、书法界关注的日常书写等问题，撰写评论，发表意见，完成了《清新的圳风（深圳八家书法团体述评）》《竵扁书的创造与现代书法艺术——陆维钊的划时代贡献》《朱乃正书法的明法善处与出新》《质朴浑成造意新——王镛的书法篆刻》《手札与面目——看齐白石“日常书写”的启示》等篇章，力求古今贯通，弘扬传统，支持出新，他立论平实，不忽视视觉，更重视文化。2003年中央美术学院成立了以招收和培养艺术创作实践类博士研究生为主的研究生部，薛永年先生担当主任。参与书法博士生论文指导的经历使他长期置身书法研究前沿，为培养书法史论与书法创作结合的新一代人才发挥了重要作用。

值得一提的是，薛永年先生应邀参加了2008年《美术观察》发起的书法当代标准大讨论。在讨论中，他发表《书法当代标准的“三性”》一文，肯定了讨论书法当代标准的意义，告诫这一领域的从业者，在建构书法当代批评标准时，要注意三性，即“历史积淀性、所处时代性、本人艺术个性”的内在联系，对原有的过于简单的标准进行修正。书法当代标准大讨论是当代书法史上的重要事件，参与讨论的数十位专家各抒己见，薛永年先生提出的“三性”既注意到书法的历史恒常因素，又考虑到时代的发展和书家的个性创造，已成为研究书法当代标准的重要依据。

“桃李不言，下自成蹊”，薛永年先生的书法史论批评研究与他的绘画史论批评一样，追求“学以修身，学以广才，学以致用”。虽然他没有系统的书法史论著作，但在部分时代的书法篆刻史断代研究，以及重要的书法经典及其概念范畴的研究上都有突出的贡献，获得了业内外一致的赞赏与推崇。在书画鉴定方面，他总结的“致力于一体两端（知真与知伪）”“把握好两种资源（实物与文献）”“掌握三种取向（风格比较、流传考订、名物制物验证）”“注意于四大参照系（美术史、考古学、国外鉴定方法、新的科学技术）”等鉴定要点，为后学者从事这一研究提供了入门的捷径和求真的津梁。他对当代书法的讨论评介，富有问题意识，富有历史感与自觉的文化意识，重视传统的当代转化，思考深入，持论中肯。尤其是他在多年研究与创作过程中形成的以今研古、借古开今，以大观小、小中见大，识其大要、鞭辟入里，精神内容与风格形式并重、书内造诣与书外功夫兼顾的治学特点，值得后来者学习和借鉴。

《薛永年书法集》，荣宝斋出版社 2022 年出版

张海《四体书歌》序

书法的创作实践和理论思考双丰收，是晚年张海先生给我的深刻印象。近年来他先后在北京中国美术馆、国家博物馆和南京、杭州、上海、济南、沈阳、郑州等地举办书法个展。他在不停地奉献书法新作的同时，又不断在诸多媒体发表文章，所撰书论《关于代表作的思考》《时代呼唤中国书法经典大家》《书法经典大家怎么出》《坚持健康的书法批评，为繁荣书法艺术鼓与呼》《弘扬优秀传统，勇攀书艺高峰——当代书法家的历史使命与责任担当》等，在书坛产生了广泛影响。最近，又阅读了张海先生的新著《四体书歌》，这是一本书文合璧，翰墨与文思相互辉映的著述。是年趋耄耋的张海先生的所思所想所歌所写。年趋耄耋写书歌，沉醉于翰墨世界进行艺术规律的探讨而不知老之将至，是今日张海先生的精神状态。这种精神状态令人钦佩。读其书，想见其为人，更感其人、其书魅力之所在。读其书又联想到许多问题，诸如书法的传播与接受的关系，理论研究与创作实践的关系，书法歌诀的作用和价值，以诗论书的特点，学习书法的要领，当代书家的历史使命和责任担当等。应该说，《四体书歌》是带有普及性的读物，作者张海是书坛大名家、老书家。大名家、老书家写普及性读物，令人深思。此种现象，新中国成立初期，晚年的沈尹默先生曾乐意为之，今日的张海先生又乐意为之。这样的状态有着怎样的情怀、心愿和精神？值得关注。写这样的普及性读物，用张海自己的话来说，“既是为自己，也是为别人着想”。也就是说，采取诗歌的形式谈书法说书体，谈创作心得、学习体会，对书法进行规律性的总结，既是晚年张海先生的个人兴趣所在，更是他为社会的一种奉献，更多的是为书法的普及传播着想，为广大书法爱好者着想。从某种意义上说，做此事从一个方面践行了张海先生本人所讲的当代书法家的历史使命与责任担当。

此书是用歌诀的形式写出的。歌诀是中国书论的文体形式之一，出现已有千年之久。早在唐代，就有论述书法的歌诀。以歌诀形式论述书法，有其独到之处：诗意盎然，抑扬顿挫，铿锵有力，形象生动，言简意赅，富有韵味。此种文体又易读易记，便于普及推广。与其他文体相比，以诗歌论述书法虽有一些限制，但其韵律和节奏感读起来有无限生机和韵味，强烈的情感色彩令人百读不厌。特别是这种文体读者群广、接受面大，对当世和后世的影响大于其他文体形式，所以唐代以来屡有以诗歌论述书法者，以诗歌论书也成为书论重要的组成部分。张海先生到了晚年采用这种文体谈书法，是对传统书论的继承和发扬。

就写作而言，以诗歌论书颇有难度。难在以少胜多，难在高度概括，难在准确把握和形象思维的统一，难在诗的诗境和学术深度的并呈。近年来，我也撰写了一些论书绝句，深感以诗歌论述书法的难度。不过学术探索往往是越有难度越乐意为之，所以我对张海先生选择这样的文体论述书法有较为深刻的理解。以诗论书须字字推敲，反复琢磨，《四体书歌》写作历时两年，用五言韵语论述篆、隶、草、楷四体的发生发展、书体特点、代表书家、经典作品、风格流派等，每体限用三百字，共用一千二百字，字数不多而内容丰富，可谓以书体为主线的书法发展史的浓缩版。以诗论书写起来费心费神，可读起来朗朗上口，读《四体书歌》感觉字字如珠玉，掷地有声。近年来，学界研究书体者多矣，长篇大论的著作论文颇多，常见几万、几十万字者。与许多大部头的著述相比，《四体书歌》短小精悍，言简意赅，易读易记，便于传播。对了解浩如烟海的书法史，具有提纲挈领的作用和引导的意义，因而具有独特的价值。

捧读《四体书歌》，在抑扬顿挫声音中可见其内容有诸多闪光处。作者在字里行间鲜明地表达了自己的书学主张。如强调碑帖融会、书体兼通，强调四体之间的相互渗透和借鉴，强调新出土书法文献的重要性。在《篆书歌》中赞扬邓琰“写篆用隶法”，肯定齐白石篆书吸收汉碑营养，“白石备奇纵，汉碑挹波澜”；在《隶书歌》中，提出应适当借鉴古文字，“或涉隶蝌定，资鉴须合宜”；在《行草书歌》中，赞成行草书在书写过程中融入篆隶笔意，“腕底兼篆隶，孤峭凛清刚”，并提醒人们学习行草书时“楷则不可忽”，希望“碑帖期融会”；在《楷书歌》中强调“渐及草隶篆，博取期贯通”。更值得注意的是《四体书歌》不仅论述了篆、隶、草、楷每一体的来龙去脉，而且更强调四体之间的融会贯通。“笔糅隶行草，趣汇砖镜权。形质相生发，博采路径宽。”篆书创作笔意参入隶书、行书、草书，趣味汇集秦砖瓦、汉铜镜、秦权量。

各种书体互相参照和借鉴，博采众长就会有更宽广的道路。中国传统书论向来强调书体兼通，唐代孙过庭《书谱》明确提出“博涉多优”的主张，学习书法应广泛涉猎，博采众优。张海先生在传统的基础上，从当代书法创作着眼，为了创作新时代的经典作品，进一步强调四体融会贯通的重要性。具体到书家个体，他希望“以一两种书体为主，将其他书体融会贯通，相互渗化丰富，在此基础上呈现不同的风采，增强艺术的观赏性”。

《四体书歌》用的是传统文体，但内容颇有新意，具有鲜明的时代特征。作者对新中国出土的书法文献非常重视，多处论述了新出土的书法文献的重要性，提出对新出土书法文献要认真研究学习。“猎碣入秦地，楚简蔚大观。”“可以观牍简，青山睡虎地。”张海先生非常敏锐地意识到，近年来新出土的战国竹书包括郭店简、上博简、清华简，及青川木牍、云梦睡虎地秦简作为书法创作新资源的重要性。因为这些新资源是很多前人未曾见到的，见到书法新资源的当代书家是幸运的，应该抓住机会，认真借鉴学习，借古开今，汲收营养，创造时代的经典作品。一部书法史，从某种意义上讲，是寻找借鉴书法新资源以求发展的历史。创新往往来自考古新发现，诚如王国维所说：“古来新学问起，大都由于新发现。”一直处在书法前沿的张海先生，深知考古新发现对书法创新的重要意义而倍加重视。

书法是一门实践性很强的艺术，练习十分重要。如何练习，如何选帖，应该注意哪些问题，《四体书歌》都有叮嘱。如“初学须择笔，腰健柔且弹”，即开始学习书法要选择合适的毛笔，以笔腰健挺、笔毫柔软弹性好为宜。初学篆书“宜选秦泰山”，即先选字体工稳、容易上手的泰山刻石。初学隶书要“汉碑悉心临，细节神乃系”，即潜心临习汉碑的谋篇结字，于细微处把握汉隶的精神。学篆书“说文须研读，甲骨金文篇”，即《说文解字》《甲骨文编》《金文编》必须要细细研读。学隶书应注意“隶释辨证详，隶辨善设譬。增广辨异歌，析微皆当肆”，即用工具书《隶释》《隶辨》《增广汉隶辨异歌》对隶书进行详细推敲辨别。这些话语都是老书家的切身体会和经验总结，看起来理论色彩不强，但实用性强，对书法练习者大有帮助。

《四体书歌》书文合一，文为理论思考，书为创作实践，具有双重价值。书文合一，诗书合一，是中国书法的优良传统。晚年张海先生自觉地继承和发扬了这一传统。古有孙虔礼《书谱》，以翰墨写书谱，以书谱评翰墨，下笔文思飞扬，翰墨飘香，双美并呈，流芳百世。《书谱》既是重要的理论著述，又是草书学习的经典范本。今有张海的《四体书歌》，以翰墨写书歌，翰墨纷呈，书歌嘹亮。书写篆、隶、草、楷四体，可谓四美具呈。《四体书歌》的问世，更为重要的价值是可做字范，为今世和后世留下了学习的范本。

张海著：《四体书歌》，河南美术出版社 2016 年出版

《淡月疏星：张海小字行草书册页选》序

米芾曾说过评论书法要“入人”，要求评论者深入全面了解评论对象后再评论，但在现实中，深入全面了解一位书家并非易事，特别是在“书法热”的今天，书家众多，大展众多，“入人”很不容易做到。评论者对评论对象往往是“凭一斑而断全貌”，或者说在“只知其一，不知其二”的情况下就下判断，这样的评论虽不能说没有根据、没有道理，但根据不足、道理不深，往往是片面的，往往遮蔽了一些重要的方面。此种现象，问题的关键在于对书家的认识不全面。

比如说对书坛领军人物张海先生书法的认识，大家都很认可他的隶书和“草隶”。的确，张海先生在隶书上下的功夫很大，成就很高，“草隶”也确实是张海先生书法的独特风貌。其“草隶”以汉隶为本，注重笔法的草化，写出了自家风范。说他的隶书和“草隶”写得好，当然是不错的。但如果只知他的隶书和“草隶”，不知他在其他书体方面所下的功夫和探索，那就不能全面认识张海先生的书法，也不能深入地认识他的“草隶”的形成。实际上，张海先生的书法探索是多方面的，几种书体都练，探索“草隶”只是一方面，对行草书体的探索是另一方面，他走的是兼通兼善的道路，如果没有对行草书体的长期探索，也不可能形成其“草隶”。遗憾的是，许多人只记住了他的“草隶”，忘记或忽略了他对其他书体的探索，不清楚他兼通兼善的书法之路。

我原来对张海先生的认识也是片面的，知他是“草隶”名家，知他的大字写得好，但对他的小字探索不甚了解，曾见过他写小字行草，以为是偶尔为之，没有太多的注意。近日得观其大量的小字行草册页，才知他对小字行草的探索绝非偶尔为之。他对小字行草的探索时间之长，所下功夫之大，所写数量之多，艺术水准之高，令我刮目相看。翻阅品读，最直观的感受是，应该对张海先生的书法重新认识。一箱箱小字行草册页，是其 30 余年在河南和北京以及境外繁忙的协会工作之余见缝插针写就的。或书古文名篇、唐诗宋词，或书自作诗赋、即事所感。真想不到，中国书法界的大忙人大名人能如此坚持不懈地写案头小字，且能写得那么静心，那么自如，那么从容不迫。没想到写小字行草是他的一种生活习惯和常态。他即便是在出差或开会的旅途中，也一直坚持不懈。如《古诗选录》就是 1997 年他在参加全国人大八届五次会议期间写于京西宾馆的。更难能可贵的是，他在进入古稀之年后，仍然一如既往地书写一本本小字行草册页，如《双石赋等四篇》《元曲选录》均写于 2012 年。他日积月累，年复一年地写小字行草，并不是为了炫世，我以为是一种坚守，一种淡定的品格的呈现。正是这种坚守和淡定，使他在小字行草上取得了非凡的成就。纵观其多年的小字行草墨迹，越写越精，越写越自由。尤其是近期所写，用字字玑玉形容当不为过。我一向认为，小字难度不小，诚如雀鸟虽小，却五脏俱全，点画提按、结体布局变化缺一不可，在小的空间中完成种种的转换，其难度甚至比大字还大。特别是小字行草，要写出行草的神韵比大字行草还要难。张海先生的小字行草，解决了许多高难度的问题，不愧为书坛大家。

张海先生的小字行草，清新刚健，匀适简练，随手写来，妙趣横生，别有一番情致。说其别有一番情致，是与其隶书和“草隶”相比而言的。他的隶书，以雄浑气象先声夺人，结构方整宽博，笔画纷披拙茂，急速劲健，墨象氤氲。他的“草隶”以体态飞动为特点，把汉隶、汉简、行草书有机糅合在一起，在隶书的体貌上用行草书的点画加以调整，笔法不用雁尾形态而能表现飞动之势。正是行草笔法的活用，形成了其“隶草”的特点。其小字行草，不仅是其大字行草的基础，也是其“草隶”形成的重要元素。若就个人的偏爱而言，我最喜欢他的小字行草。

张海先生谦虚，说自己“已届垂暮，在这样的人生坐标上，也只能似淡月疏星，不求光芒耀目，只求把一点微弱的光亮，送给行夜路的人们”。但在我看来，他的兼通兼善之路，完善提高之追求，给后学者树立了很好的榜样。他的小字行草，字虽小但对后学者的启示是很大的。由他所说的“淡月疏星”，再读其小字行草墨迹，使我想起了辛弃疾的《西江月》词句“明月别枝惊鹊，清风半夜鸣蝉”“七八个星天外，两三点雨山前”“稻花香里说丰年”，那别枝惊鹊，在明月星天下，在稻花香里正叙说丰年的故事……

2012 年冬写于中国艺术研究院

《淡月疏星：张海小字行草书册页选》，人民美术出版社 2014 年出版

《化玉王府诗草》序

读《化玉王府诗草》感到格外亲切，因为我曾在化玉兄这本诗集所咏叹所赞美的地方学习生活了十余个春秋。所谓王府，即恭王府，在 2002 年之前，是中国艺术研究院的办公之地。吾生有幸，在这个深宅大院里读完了硕士和博士，毕业后又在这里搞艺术研究和编辑《美术观察》杂志。当年在这里读书时虽然清苦但很快乐、很充实。恭王府春天的海棠，夏天的月季，秋天的银杏，冬天的雪竹，午后的斜阳，子夜的月光，以及葆光室院的冬青，天香庭院的牌匾，锡晋斋的台阶，嘉乐堂的飞檐，后罩楼的长廊等，都曾经给我无限的快慰和艺术的灵感。简直可以说，恭王府就是一个艺术园，一个融古代建筑、碑刻、书画、工艺于一体的艺术园。能在这个艺术园中居住十几年研究艺术，真是老天厚我。有人说在王府住久了会染上王气，我没有染上王气，但在这里感受到了文气，这里的每一处都有故事可说，都有文化意味，都让人想入非非。在我的记忆中，恭王府就是诗的化身、美的显现。我无才，未能把它写出来。敬佩化玉兄的才思和专注，一口气写了一百多首王府的诗，情真真活脱脱地表现了这个艺术大观园的历史厚度和文化神韵，读之使我这个昔日王府栖居客浮想联翩，夜不能寐。

更使我感到亲切的是在这本诗集中见到了许多新老朋友的书画之作。其中的近百位书画家我大都熟悉。前贤曰书如其人，画如其人，读他们根据杨化玉诗意创作的作品，大有老友会面，沐浴春风之感。《化玉王府诗草》的雅情高致，莫言与旭光二兄前文已述，无须我赘言。从一个书画研究者的角度来看，这是一部诗、书、画交相辉映的大书，是诗人、书家、画家共同演奏的交响乐，是诗为魂、字为骨、画为境的结晶。我真佩服化玉兄的魅力，他一人诗写恭王府，引来百家齐唱和，唱和者遍布全国各地，中国书法家协会、中国美术家协会五位副主席及四十余位理事也参与其中。不仅如此，国民党副主席蒋孝严，著名学者张庆善、田青，著名作家莫言等也挥毫泼墨，共济《化玉王府诗草》。以恭王府为题，诗、书、画结合，名家云集、群贤毕至，是此书的最突出特色。当代文坛艺林，个人出版诗集、书法集、画集者可谓多矣，然《化玉王府诗草》以诗为魂，诗书画结合，名家如此之多，阵容如此之强大，罕见矣！

又使我感兴趣的是，《化玉王府诗草》中的书、画原作，将在恭王府陈列展出。届时，我又可以回到昔日居住处品诗、赏书、观画了。人生之惬意，莫过读诗、赏书、观画，又何况在故地赏故人之作。书朋画友会聚恭王府，品诗作画，切磋艺事，更是其乐无穷。历史总是在续写新的篇章，古有兰亭雅集、西园雅集，今将有王府雅集也。我盼望这一天，再回恭王府与新老朋友相见，因为那里有美景、美酒、热茶和爽风，更有动人的诗篇、感人的画面和令人荡气回肠的书法佳作。

谨以小诗一首祝贺《化玉王府诗草》出版：

一家引出百家鸣，翰墨丹青韵共生。
最是珠联合璧美，群贤齐写古今情。

辛卯夏至于中国艺术研究院

杨化玉著:《化玉王府诗草》，文化艺术出版社 2011 年出版

许俊《四萍斋诗稿》序

子曰：诗，可以兴，可以观，可以群，可以怨，迩之事父，远之事君，多识于鸟兽草木之名。噫嘻，诗之为用亦大矣哉。余学诗数载，口不绝诵，笔不辍书，仅略通格律而已，尚苦拘墟。有朋中好诗者少，难有切磋请教机遇，今忽得拜读畅之兄诗稿，真快然也！近二百首佳作，古风近体、律诗绝句，以汉之隶草书之于八行素笺，可谓诗书合一，相得益彰。读其诗，观其书，心旷神怡，如沐春风，如品佳酿，更喜遇学诗良师益友也。

畅之兄之诗，明快奇丽，画意盎然；畅之兄之书，笔道凝练，颇有古风。兴怀观物、记事言情，均有感而发，情真意切。畅之兄乃当今画坛名家，诗风、书风与其画风可相互印证。其画风诗意盎然，以境异妍奇、清新明快而夺人，读其诗书，可知其画之由然也。其诗多为路行万里，搜尽奇峰，打草稿写生途中所写，奇丽山川，异彩风光，目击身受，物与神游，旅途中既写又画，故其诗中有画，画中有诗，画意以诗心所铸，诗心以画意所表。中国画以诗为魂、书为骨为特色，畅之兄承传统之文脉，求全面之提高，诗、书、画齐修并练，引诗入画，以画入诗，诗、书、画互渗互促互进，其综合探索已成绩斐然，令人敬佩。

鲁人李一壬辰菊月于中国艺术研究院

许俊著：《四萍斋诗稿》，文物出版社2012年出版

《一雨成秋：李一、阴澍雨作品集》序

近几年我在中国美术馆、浙江美术馆和山东美术馆的书法个展写的都是自作诗文。写自作诗文是想尝试一下，在当代社会，“我诗写我心，我书写我诗”的诗书合一传统还有没有生命力，还能不能继承和发扬，尝试的结果是得到了诸多鼓励，增强了尝试的信心。这次与澍雨君的合作展，在继续写自作新诗文的同时，增加了诗画结合、书画结合的尝试。诗画结合、书画互渗是优良传统，古代很强调诗中有画、画中有诗，重视以书入画，以诗题画，诗书画相互促进、相互结合，且传而有续，形成了中国艺术的特点和文脉。但近百年来，由于种种原因，这一传统没有得到很好的继承和发扬。

我与澍雨君年龄虽有差异，但对传统都怀有深深的敬意，都有着浓厚的古典情结，都有着艺术的系统学习和多年艺术研究创作实践经历。近年来，我们又一起身处学术前沿阵地，编辑《美术观察》杂志，通过观察当代纷繁的美术现象，我们越来越意识到继承和发扬传统，延续和拓展文脉的重要性。在民族自信、文化自觉日益增强的今天，在中国书画多元探索多方取向的当下，应该重新认识诗书画结合的传统并发扬光大。诗书画结合是诗心、书意、画境的综合表现，三者相互启发、相互渗透、相互促进，可以丰富诗歌艺术形象思维，深化书法艺术的意象表现，提升绘画艺术的文化品质。三者的相通相联和综合呈现又成为中国艺术的重要特点之一。发扬和光大诗书画结合的传统在今天仍然有着重要的意义，不仅可以保持中国艺术的特色和文化品格，而且可以从传统内部拓展艺术创造的新空间。

于是，我们在繁忙的编辑工作、科研工作、研究生教学工作之余，创作了一批诗书画结合的作品。创作过程既不轻松而又轻松。诗为无形画，以诗题画，诗要传画外意，又要写画中态；画为有形诗，以画配诗，要画诗中态，又要画诗中意。创作起来，我们二人都感到有难度，所以不轻松。另一方面，诗书画结合是二人兴趣所在，乐意所为。挥毫泼墨，写诗、品诗、赏画、画画是非常愉快的劳动。我们相互切磋，以画之境写诗之意，以诗之意绘画之境，很惬意自在，所以又轻松。

诗书画相结合，可以说是我们这次展览的特点之一，在当前众多的联展中，也算是有特色吧。至于我们诗书画水平的高低以及结合的好与不好，当由观者衡量评判。我个人的感受是：在诗书画的结合上，这次展览是初步尝试，还有很多问题需要解决。而在创作过程中又收获多多，最大收获是：在与澍雨君相互切磋的过程中，受到了很大的启发，更加坚定了探索诗书画结合之路的信心，进一步认识到这是一条宽阔之路，有很大的拓展空间需要去开拓，有诸多的创新点需要去寻找。

《一雨成秋：李一、阴澍雨作品集》，广西师范大学出版社 2016 年出版

《艺舟双楫——〈美术观察〉同仁作品集》序

近现代以来，艺术有了创作实践与理论研究之区分，并且有了美术编辑这一行。人生有限，艺海无涯，术有专攻，时代使然，但不可片面理解这种区分。分是为了合，分是过程，合是结果；分是手段，合是目的。理想的状态应该是理论研究和创作实践相结合，以理论思考带动创作实践，以创作实践促进理论思考。两者之间应该是相辅相成，最终合二而一。缺乏理论思考和学问修养，不可能成为杰出的画家，同样，没有创作实践的切身体会，也很难成为出色的美术理论家。为什么前辈们一再强调学问、修养和理论认识的重要性，一再告诫“不学一艺莫谈艺”，深意即在于此。再看看黄宾虹、潘天寿、傅抱石、王朝闻等前辈大家在理论研究和创作实践上的杰出贡献，更会得到一些启示。从艺不能单打一，应该学艺相成。正如走路需要两条腿，艺舟游海需要学艺之双楫。

《美术观察》已创刊 15 年，创刊之初，名誉主编王朝闻先生就教导我们说，理论研究和创作实践相结合是中国艺术的传统，要发扬光大，并告诫我们编杂志搞研究不能当空头理论家，要结合创作实践观察问题。王老虽谢世数年，但他的教导仍然激励着我们前行。为了办好杂志，为了谈艺而学艺，《美术观察》同仁在繁忙的编辑工作和研究工作之余，一直坚持挤时间研习书画。15年来，《美术观察》一贯用观察家的眼光审视美术，用美术家的眼光观察世界，推出了一大批美术名家。日积月累，编辑的案头也积攒了一批自己的习作。现首次将在岗各位同仁作品辑成一册。我们的作品可能很幼稚，有着这样那样的不足，但却是我们生活的另一面，是我们艺舟双楫的一楫。我们还在行进中学习，真心希望读者朋友也“观察”一下我们，提出宝贵意见。

十分荣幸的是，文化部副部长、中国艺术研究院院长王文章先生在百忙中为我们题辞，前三任主编邓福星、龙瑞、吕品田先生欣然拿出精品。领导的关爱，老主编的支持，使我们深受感动，铭记在心。在此，谨代表《美术观察》全体同仁致以深深的谢意。

2010年9月

《秦海画鸡集》序

秦海早年随齐白石的弟子胡翘然学习花鸟画，又先后拜张朋、刘勃舒、刘宝纯为师，经过数十年的刻苦努力和勤奋探索，在花鸟画方面已取得突出成就，曾先后两次在中国美术馆举行个展，并在中国美术家协会主办的全国中国画展览中荣获金奖，是业界所熟悉的有代表性的实力派画家。因成就突出，造诣深厚，被中国艺术研究院艺术创作院聘为研究员。

我与秦海相识有年。2007 年，中国美术家协会在中国美术馆主办“秦海写意花鸟画展”，展览很成功，反响热烈。展览期间，我受中国美术家协会委托，有幸主持学术研讨会，与会专家对秦海先生的花鸟画给予了高度评价，专家们认为艺术家秦海用心作画，用情造境，写客观自然之美，更写自己心中真实感情。作品真力弥满，情趣十足，写出了花鸟的精神，是真正的大写意绘画。

此后在许多全国性大展中，常看到秦海的作品。三年前，在国家画院举办的花鸟画大展中，看到他画的家乡老藤，笔墨之老辣，构图之别致，气韵之生动，令人荡气回肠。由于他画得传神感人，展厅的观众多在其作品前驻足咀嚼欣赏，欣赏其气象，品味其韵味。

疫情三年期间，与秦海见面甚少，但联系不断。知他在花鸟题材上有了大的变化，开始由博到约，集中于对鸡的观察和表现。由博返约，是艺术探索的重要途径和艺术语言风格强化的重要阶段。而秦海之所以专注于对鸡题材的探索，或许是他属相生肖是鸡的缘故，但更重要的是传统文化的吸引。在中国传统文化中，鸡是身世不凡的灵禽，是太阳的使者，是五德之禽。《韩诗外传》说鸡头上有冠，是文德；足后有距能斗，是武德；敌前敢拼，是勇德；有食物招呼同类，是仁德；守夜不失时，天明报晓，是信德。为了画五德之灵禽，秦海特地回到家乡山东乳山，每日在朋友的庄园里，观察家鸡、珍珠鸡、火鸡、雉鸡等“绝佳粉本”，捕捉鸡的神情姿态，用或浓或淡、或苍或润的笔墨表现鸡的各种动作和表情，时时沉浸于艺术创造之中。诚如他在微信中对我所言：“疫情三年，怠不能忘，禁足居宅，别无他求，唯进山为奢，循环往复，常昧旦即至，抵暮而返，乐此不疲。鸡之性情，熟记默识，颇能详之。”

近日，在京有幸观秦海画鸡近作。数量之多，作品之精，个性之强，构思之新令我震惊。在壬寅岁尾癸卯岁首的短时间内，他画出了大大小小近百幅精品之作。在秦海的笔下，鸡的千姿百态跃然纸上，或群舞，或独立，或司晨，或下蛋，或护雏，或战斗，或沙浴，或踏青，或出篱奔峦，或梳理憩息，或陶然自乐，或皎然高映，或庭院私语。公鸡之雄强，母鸡之慈爱，珍珠鸡之华丽，火鸡之温顺，随手画来，活灵活现。苍藤野花、家山秋硕的美景与群鸡的红冠龙行交织互映，淋漓尽致的笔墨和干练精到的造型融为一体，诗意的追求和巧妙的构思合二而一，充分展现出了灵禽的精气神。尤其是他笔下的司晨鸡，大有返虚入浑、积健为雄之美，画出了“一唱雄鸡天下白，唤来春色照人间”的时代气象。细观其笔墨，他竟以淋漓快健、老辣纵横的线条，取代传统花鸟画以石兴苔点为布阵取势的常态模式，从中转化出自己的艺术面貌。感觉秦海的近作越来越从心所欲，越来越率性放松，越来越苍雄老到。观赏之余，也越来越佩服他的不断进取、攀登高峰的精神。

秦海近作题画文字中自称“年六十七”。“六十七”这个年龄，在古代已是老翁了，但在新时代的今天还不算老翁，尤其是对攀登高峰的艺术家来说，正是摆脱俗务、潜心艺术创作的黄金时代。我与秦海同龄，都在“奔七”，“奔七”使我想起孔子“从心所欲”的年龄状态。读秦海的画，感觉他正进入“从心所欲”之境，正按照自己的意思，画自己心中的画。这是很可贵的，更为可贵的是，他有着清醒的“独诣自创”意思，强调“绘事最忌千篇一同，同能不如独诣自创”，很珍惜自己作品的个性面貌。“独诣自创”是创造时代精品，攀登艺术高峰的前提。

在多年的交往中，秦海给我的印象是艺术状态一直都很好，一直保持着真性情，始终从大自然中吸收养分，甘于寂寞，静心读书，暇时临帖来充实自己，始终保持创作富有生命活力。一直到今天，大家看到的这批疫情之下的力作就是明证。现疫情已过，万物复苏，相信“奔七”的秦海定能创作出更多的“从心所欲”之作。

2023 年 4 月 16 日于北京开元室

《秦海画鸡集》，人民美术出版社 2023 年出版

《湖山梦寻：齐开义书画集》序

为人不易，为艺实难。为人难在一个“真”字，人生在世，面临种种问题，接受种种考验，做一个真正的人，外对真实的世界，内对真实的自己，能够把真心、真性情、真自己表现出来，是不容易的。同样，搞艺术也难在“真”上，在艺术探索中真能搔着痒处，写出或画出真实内心世界，把自己生命中的最核心、最本质的地方表现出来，也并非易事。尤其是人到了一定年龄，有了一定阅历和虚名，往往圆滑世故而失真，注重虚名而失真。人失真则虚假，艺失真则伪劣也。

老同学齐开义，为人求其真，为艺也求其真，多年来一以贯之，且年龄愈长，求真之欲愈强。齐开义生于万顷荷花的微山湖畔，成长于礼仪之邦的孔孟之乡，多年工作于济宁市博物馆。他自幼受儒家文化之熏染，知书达礼，严于修身，为人厚道真诚，以真心处世待人，在朋友中颇有口碑。于家庭，齐开义真心承担责任，多年前他尽心尽力帮助其胞妹求学深造之情景，真心真意疼爱照顾病中夫人之举动，乃我亲眼所见，令人感动。大学同窗中，齐开义年龄稍长，他对同学亲如兄弟，掏真心、说真话、办真事，大家都亲切地叫他齐大哥。当时我们一起练书法，他真诚地给我提意见，帮助我选帖选碑。毕业后数十年直到今天，他仍然能真诚地对我的书法提出批评意见，仅此，就很使我感动，因为今天能直面批评我书法缺点的人已是少而又少了。齐开义则是一如既往的态度。他的批评，使我清醒，给我鞭策，里边所蕴含的是同学的真情厚意。

真诚真性情的齐开义，勇于任事，敢于承担，在博物馆文物保护鉴定工作中练就了一双真眼。他多年来一直担任济宁市博物馆副馆长，从事文物管理和鉴定工作。济宁市博物馆馆藏文物数万件，铜器、陶器、瓷器、玉器、书画艺术品琳琅满目，所藏汉碑之多在全国名列前茅。勤奋好学的齐开义多年来对馆藏文物细心整理，深入研究，在鉴真判伪中提高了眼界。更可贵的是他善于鉴古通今，善于从古代艺术真迹中发现真精神、真灵魂而为今天所用。在艺术创作上，齐开义走的是渐进式的厚积薄发之路。多年来，他一面从事古代艺术品的鉴定保护工作，一面从事艺术创作。把学术研究和创作实践结合在一起，二者相互启发、相互渗透、相互促进，善于把学术上的真知灼见和博识贯通用于启发书画创作。他的艺术路数又比较宽，长期坚持书画兼修，诗文兼修。其书法，兼善楷草篆隶诸体；绘画则工笔写意兼备，山水、花鸟均擅。在取法上又较广，能够广收博取，其书法既学碑又学帖。齐开义曾认真地研习过汉代的《张迁碑》《衡方碑》《石门颂》《西狭颂》等名碑，打下了扎实的隶书功夫；通过对钟繇《荐季直表》、颜真卿《多宝塔碑》及北魏《张黑女墓志》、隋代《董美人墓志》的研习，掌握了楷书的用笔特点；而通过多年来对王羲之诸帖和孙过庭《书谱》的临习，了解了草书艺术的规律。在掌握各种书体的基础上，齐开义近年来又着意于探索碑帖的结合、汉碑与汉简的结合、章草与今草的结合，力求将碑之凝重和帖之飘逸融合为一，将汉魏碑刻与简牍墨迹融合为一，并有意在隶书中参入行草语汇，在行草中渗进隶书元素，使作品艺术语汇更为丰富。齐开义的书法风格，以雄浑豪放为特点，近期他又追求新变，增加了清秀的笔道，融潇洒俊雅于豪放雄浑之中。本来就是美术科班出身的齐开义，近几年于绘画临习多、写生多、创作多，进入了丰收季节。他远师古人，下大功夫临习元代的黄公望、王蒙，明代的沈周、文徵明，清代的龚贤、石涛、李鱓，近现代的吴昌硕、黄宾虹等名家名作，学其笔墨，悟其气韵；又一次次重返山湖畔，写湖光山色，画家乡风物，抒湖人情怀；继而遍走华夏名山，云游五湖四海，对景写生数十册。他收妙创真，创作出一批精品。

观其近作，最突出的感觉是真气弥漫，浑然一体，茫茫苍苍，意蕴深深。最引人入胜的是他笔下的家山家水和微山湖风光，韵味十足，笔墨丘壑两相宜，画得活、画得放松、画得淋漓尽致，笔墨酣畅。如《家生苍烟落照间》画出了生气和节奏，《湖光山色两相和》画出了深远情致，《遥望微湖山水翠》画出了旷远之境，《湖上春来》画出了盎然的春意。更感人的是他用笔墨栽植的微山湖荷花，亭亭玉立，香远益清，浓笔淡墨，沉着痛快。微山湖是齐开义的家乡，更是他魂牵梦绕之地，用真性情画家山家水家花，接到了心中的痒处，把生命中最核心最本质的地方揭示了出来。

开义兄今逢耳顺之年，六十一甲子，生命进入另一个新阶段。我相信，为人为艺都求真的齐开义在人生新阶段一定会再创辉煌。

齐开义著:《湖山梦寻：齐开义书画集》，上海书画出版社 2016 年出版

《中国艺术研究院中青年艺术家系列展作品集：一点素心·王桂勇》序

王桂勇（三杰）是我三十年前在山东教书时的学生，他后来又到中国艺术研究院学习和工作，因而我对这个老学生的生活轨迹和艺术历程较为了解。桂勇有灵气、有想法、有韧劲，更有艺术情怀和人生理想，也正因为有艺术情怀和人生理想，这个来自孔孟之乡的学子一直在努力追寻，不断探索。早年我就发现这个在班里年龄最小的学生很机灵，很有艺术感觉和想法。三十年弹指一挥间，挥去的是岁月，却挥不去他的情怀和理想。大学毕业后桂勇教过中学生，当过警察，虽工作多有变动，但他的艺术追求始终没有变，而且越来越强烈，艺术探索的方向也越来越明确。在尝试了多个画种之后，桂勇渐渐地锁定了油画。为了探索油画，他上下求索，南北问学，东西奔走，转益多师，曾暂别妻儿，负笈京华，只身来到中国艺术研究院攻读油画专业硕士学位。方向确定后，从此乐此不疲。近年来桂勇又集中精力探索写意性油画，并有了自己的面目。所谓精诚所至，金石为开，经过多年的磨炼，今天的王桂勇在油画方面已小有成就，为人所注目。更值得注意的是，他正豪情满怀，奋笔写意挥洒，凭着锲而不舍的精神由技进道，向着更为远大的目标迈进。

写意油画是近年来艺术攻关的一个大课题。随着文化自觉、文化自信的增强，写意油画的呼声越来越高，写意油画的专题展览也越来越多。中国的理论家和油画家都意识到，油画姓油，更要写意。今天的油画家应写心中之意、时代之意。尤其到了新时代，中国油画家更要传承民族文脉，表现中国意韵。人们在创作高原攀登高峰的过程中，“写意”是一关键处，如何写意，写什么样的意，大有文章可做。桂勇虽很少参加写意油画专题展，也未入写意油画的某门某派，但他的油画是真写意，用陶渊明的诗来说是“此中有真意”。这真意在桂勇心中已酝酿多年，他在大学时代虽学过“苏派”“欧风”等西方油画，但并不为其所限。他很早就想用油画表达自己的所思、所想、所见、所闻。为了达到这一目标，他开始寻找适当的表现手法。与一般学油画者重块面、重环境色不同，桂勇早期的作品就有明显的意笔和重固有色的特点。无论是用油画画风景还是画人物，都显示出笔的轻重缓急和痛快淋漓的特点。这一特点愈到后来愈明显。与一些油画作品的精雕细刻、长时间打磨不同，桂勇的油画注重瞬间的感觉和快速准确的表达，即物象的真境和神韵在瞬间的感觉中获得后，立刻抓住这感觉快速准确地挥写出来。快速表达是为了捕捉真意。为了捕捉真意，他用笔务求简练准确，以灵动的书写弱化团块结构，以观念的固有色替代物理性环境色。在桂勇的作品中，我感觉到了中国禅宗“一超直入如来地”的思维方式和表现手法，即挥笔直入，直表本心，直达真境。

桂勇油画作品所表达的意是发自内心的本真之意，虽然他也学习参考包括忻东旺在内的中西优秀油画家的作品，但他最相信的是自己的艺术感悟，牢记石涛的“我之有我，自有我在”的提醒。他多年来挥写的是自己的艺术感受，表达的是自己心中的意境，寻找并锤炼的是自己的艺术语汇。与一般油画家相比，桂勇一是更注重写心，为了写心中之相，他多方试验；二是艺路宽，除绘画外，他曾做过侧重生态环境的装置艺术，以此表达内心对生态环境的思考和文化传承愿望，并从装置艺术试验中收集了诸多油画题材；三是钻研深，他曾反复画各种表情、各个角度的儿童头像，以细节刻画和夸张变形，来反映儿童的内心世界，凸显其瞬间喜怒哀乐表情神态，寻绎其精神迹象，力显语言的精神渗透。在不断的尝试中，桂勇逐渐形成了自己的艺术语言风格，突出的特点是意象造型，注重意境的表达，画面真力弥满，用笔有运动感、节奏感，笔与彩相呼相应，自成韵律，生趣盎然。他的作品，在意、力、韵、趣上都充分体现了油画的写意性。

桂勇的近作更引起了我的观赏兴趣。近期他重返孔孟之乡，深入乡镇农家，为平民百姓造像，写故乡家园之真，画出了一批有情感、有温度的作品。《幸福时尚老两口》中的乡村老夫妻驾车赶集满载而归的满足神态，《暖冬》中的菜农收获的喜悦心情，《儿时的记忆——爆米花》的逼真现场情境，《集市》中的粮米交易瞬间，《剃头》中的乡镇理发者的安详面目……这些作品人物是鲜活的，情景是欢快的，表情是瞬间的，用笔是泼辣的，意境是真实的，作品准确、本质地塑造了新时代平民百姓的群体形象，真实地表现了新时代故园乡亲的精神面貌。我由此发现，桂勇的近作更加注重当下性、时代性的表现。他力求重返大地，用艺术安放时代，或者说把时代安放在艺术之中，其笔下鲜活的众生相反映了时代的变化和人物的精神面貌。

我的学生中，从事书法和国画创作者多，擅长油画者少。桂勇专攻油画且有所成，我为他取得的成就而高兴。时光匆匆，转眼我已逾耳顺，桂勇也将入知天命之年。天命者，安身立命也。作为一个有抱负的艺术探索者，桂勇早已知安身立命所在。我祝愿并相信他能取得更大成就。

谭平主编:《中国艺术研究院中青年艺术家系列展作品集：一点素心 · 王桂勇》，湖南美术出版社 2019 年出版

《溪山选梦：周进生山水新作》序

说来也是缘分，进生是我二十多年前的学生，现在又同在中国艺术研究院工作。我在山东教书多年，学生不算少，但今天仍同事的，仅一两人而已，进生即其中之一。

上大学时进生就属于品学兼优的学生，学习刻苦，为人厚道。我除上课外，还兼他们的班主任，所以对进生的情况了解得比较多。大学毕业后，班上的同学大都成家立业、安其天命了，进生却仍不满足，在从事了多年教学工作后，凭自己的努力考入中国艺术研究院研究生部攻读美术史论，很安心地坐了几年冷板凳。毕业后他分配至文化艺术出版社做编辑工作，业余时间从心所好，挥毫不辍，投入到山水画的创作实践。每次见到他的作品，我都会感觉耳目一新，明确意识到他在不断进步，观念、构图、技法逐渐摆脱了以往的局限，形成自己的特点。可以说，他目前的山水画已经登堂入室，笔墨、气息、意境都有可观。毕竟学了多年的画，又系统研究过美术史，创作上飞速进步是正常的。但与别人不同的是，他将学术研究、编辑工作和创作实践三者结合在一起，考虑什么样的画才是好的艺术，然后看别人怎样画，再想自己如何画，“操千曲而后晓声，观千剑而后识器”，知彼知己，最终找到创作的突破口，充分调动起自己的潜力，也为持续发展铺平道路。

我为进生的长足进步而高兴，同时又觉得不满足，因为我对他有更高的期待。艺无止境，大山大水的磅礴与氤氲，笔墨交融的纯净与华彩，天地意境的恢廓与苍茫，都有待他进一步去领略和体会。钱锺书先生《谈艺录》推崇李贺的“笔补造化天无功”，认为此言揭示了“道术之大原、艺事之极本”。本着同一理由，钱先生极力赞美李贺的另一句诗“宝枕垂云选春梦”，觉得“作梦而许操‘选’政，若选将、选色或点戏、点菜然。则人自专由，梦可随心而成，如愿以作”“醒时生涯之所缺欠，得使梦完‘补’具足焉，正犹‘造化’之能以‘笔补’，踌躇满志矣”。进生的“溪山选梦”表达的大约就是这种理想，其志可嘉，其梦可羡。当今山水画坛济济多士，欲造极峰，谈何容易。但只要心中有梦，一路攀缘而上，自能乐其所乐。触目所遇，无非风景，佳谛当前，会心不远。选梦的人有福了。

《溪山选梦：周进生山水新作》，2008 年

《一花世界：郭睿绘画评论集》小序

“志于道，据于德，依于仁，游于艺”，斯先圣之教也。旧注解“游于艺”一语，多谓艺劣于道、德与仁，故不足依据，故但曰“游”。经生迂执，每阔于情事，不足为训。世尽称庄生游心万物之初，会天地之大美，于艺道别有创获，不知夫子“游”之一字，言语道断，已窥《逍遥游》之旨矣。至《侍坐章》“暮春者，春服既成，冠者五六人，童子六七人，浴乎沂，风乎舞雩，咏而归”一节，朱子谓其胸次悠然，直与天地万物上下同流，各得其所之妙，隐然自见于言外。盖游观之中具见儒者雍容气象，与《南华》田子方篇之“解衣般礴”，无乎不同。

吾乡素为儒风所被，咸以仁义相尚，艺事拘牵于道德，每若附生之木，欲振拔而无从。郭睿乡弟久习绘事，尝客居京华，负笈名师之门，偶相过访，谈艺论学，志契心印，遂引为莫逆。屡以新作见示，花繁草茂，鳞潜羽翔，令人起欣欣此生意之想，状以“和”之一字，或非妄拟耶？是岁之杪，忽倩使走告，谓将盛陈近时所为花鸟，遍飨任城同好，而贯以陈散原“一花世界道开先”之意，属余为书数言弁诸首。因缀短说，聊与诸君共参究之耳。

乙未冬月鲁人李一于京华开元室

《首届中国书法兰亭奖获奖作者作品集——陈靖书法篆刻作品集》序

往事如昨，十余年前，陈靖还是十四五岁的少年。受其父所托，我介绍陈靖入好友范正红兄门下学习，当时的情景仍历历在目。那时陈靖还在读初中，个头很矮，见到老师有点拘谨。

这是发生在山东济宁的事，我当时在济宁教书。1989 年后，我来北京读书，很少参与书坛的活动，与正红兄仍常联系，但对陈靖则了解较少。不过，也常在书坛印界见陈靖之踪影。1997 年，我参与组织“世界华人书画展”，入展作者中有一“陈靖”，开始我并未在意，未与济宁的陈靖联系在一起，因当今重名者甚多，待开展后，才知道就是这位二十出头的陈靖。这让我有点惊讶，小小年纪其作品便能从一万余件投稿作品中脱颖而出，抓住几十位评委的眼球，真不容易。此后，又在报端屡见陈靖参展获奖之消息。正红兄在交谈中说起这个学生是满意的。这些让我颇为高兴和欣慰，为陈靖的成绩而高兴，为能给正红兄推荐了一个满意的学生而欣慰。

近日，陈靖从其师处专程来京让我观其近作，多年未见的陈靖已是英姿焕发的青年了。观其近作，显然有了长足的进步。所临二王信札和褚遂良《大字阴符经》很有古人气息，用笔、结字、章法均到位。多年前我曾临过褚字和王羲之法帖，略知其中甘苦。褚字用笔变化多，越细的笔画越见功力。临王羲之法书难在气息的把握，临像某个字不难，难在通篇的气息贯通。陈靖能沉下心来临习法书经典，且能逼真，难能可贵。有了对法书经典的把握，陈靖的书法，放得开，也收得住，其行书能运笔自如。如果说有不足的话，就是有点受流行书风的影响，这当然也无可厚非，只是希望陈靖在行书上进一步显示自己的特点。

陈靖的书法，我最欣赏的是他写的战国楚简。战国楚简出土于新中国时期，旧时书家未能见。楚简结体奇古，活泼可爱，既是古老的传统，又是最新的学习范本。楚简的运用，无论在书法上还是篆刻上，都有很大的创作空间。陈靖于楚简深入挖掘，仅此就显示出他在传统选择上的智慧。楚简本是写在竹木上的，字体很小，挪移到纸上，材料性能不同，字体大小不同，都需要进行新的探索。陈靖的可贵处在于借用古老形式写出了自己的味道。他能仔细领会楚简的内在精神，体察笔气墨韵，写出了用笔的变化和用墨的活脱。陈靖的最大优点是写得放松，写得灵动，活脱的用笔和丰富的墨韵相互生发，值得玩味。

篆刻上陈靖既得名师指点，又能下苦功夫。他曾苦习汉印数年，打下了扎实的基本功。又从甲骨、金文、楚简中吸取营养，以书入印，刀笔互动，以现代人的思维，破解传统印学的奥秘。其篆刻，既能工，又能写；既能致广大，在方寸世界显博大气象，又能尽精微，细微处经得起推敲，刀下刻出了风神。印章虽小，难度颇大。近十年来，印坛之成就大于书坛，陈靖能在印坛立足存身且有显著成绩，凭借的是自己的实力。

古有“后生可畏”之说，今改为“后生可敬”。我近年忙于琐事，未问及书坛，陈靖持书印求指教点拨，无从置喙，深感自己落伍而后生可敬。今陈靖还不到“而立”之年，已有如此成绩，前途无量也。然在一定高度再攀高峰更难，愿陈靖既修书内之功，更补书外之课。征途遥远，后生万勿轻心。

2004 年 8 月于中国艺术研究院

《首届中国书法兰亭奖获奖作者作品集——陈靖书法篆刻作品集》，华夏翰林出版社 2004 年出版

《中小学生必读诗词——博士五体书法》主编寄语

我从事书法研究多年，越来越认识到书法普及的重要性。特别是在电脑普及时代，在许多人提笔忘字的今天，中国人更应该动脑动手练书法，这不仅关系到传统文化的承传，而且涉及中国人的文化身份问题。著名作家莫言说得好："在今天写一手毛笔字，更像一个中国人。"而书法的普及工作，首先要从娃娃抓起。应培养少年儿童从小写好中国字，长大做好中国人。为了帮助少年儿童练习书法，我们编写了这套《中小学生必读诗词——博士五体书法》。

这套小册子从中小学生语文课本中选了40首古代诗词，以楷书、隶书、篆书、行书、草书五种书体分别写成。书写者都是从事书法研究的博士或博士研究生。除了我年龄稍长，其他四位都是青年。我们五人的水平都有待于提高，之所以乐意编写这套小册子，是想为书法普及工作尽微薄之力，为少年儿童朋友练习书法提供参考。

书法，顾名思义，是有法度的。用笔、结体、章法都是有讲究的，各种书体也都有自己的特点。学习书法，应从基本的点画开始，掌握用笔、结体、章法的一般规律，循序渐进，逐步提高。五种书体都是可以学的，建议初学者先从楷书或隶书学起，再学行书、草书或篆书。当然，书法的学习范本应该是古代的法书而不是这套小册子，但这套小册子所书写的文字内容是少年儿童熟悉的古代诗词，可能会由此引发少年儿童对书法的兴趣。倘若如此，我们就达到了目的。

李一主编:《中小学生必读诗词——博士五体书法》，河北美术出版社 2013 年出版

《一平记：中国艺术研究院 2014 级博士研究生作品集》序

以小见大，以少总多是中国艺术表现方法的重要特点。作画时，要化大为小。如宋代沈括《梦溪笔谈》所言："大都山水之法，盖以大观小，如人观假山耳。"这样才能将大山巨川缩入画幅。而当我们欣赏作品时，则要以小见大，从很小的画面，看到大山巨川的壮阔之境。又如南朝宋宗炳《画山水序》所言："竖划三寸，当千仞之高；横墨数尺，体百里之迴。"明代李东阳《麓堂诗话》言："予尝题柯敬仲墨竹曰：'莫将画竹论难易，刚道繁难简更难。君看萧萧只数叶，满堂风雨不胜寒。'画法与诗法通者，盖此类也。"画竹，简要地画上数叶，却能从中体会出满堂风雨，这几笔是以一当十，以少总多的。王朝闻先生当年也曾多次讲艺术的"以一当十"的重要性。

这次在三恒美术馆展出的中国艺术研究院二十位博士生的书画作品，都是小幅。展览的名称曰"一平记"，即"一平尺的写记"。虽是小品，却展现大境界，画幅小意蕴大，意趣无穷，可谓以小幅传大景之情也。每位作者只展出两件小品，数量不多，然却是精心之作，可从中观其才情，观其精神，观其韵外之致、味外之旨。“浓绿万枝红一点，动人春色不须多”，少而精，作者举一隅而观者以三隅反，诚如王士禛《渔洋诗话》所言：“一滴水可知大海味也。”

“潮平两岸阔，风正一帆悬”，愿朝气蓬勃的博士生们艺海扬帆，顺风而悬，写画出更多的力作。

2015 年元旦于中国艺术研究院

《翰海阑干：杨家伟书法作品集》序

杨家伟是我的学生，他自中国艺术研究院博士毕业后来到内蒙古自治区从事书法教育工作，转眼已经三年了。三年来，他扎根塞上，情系高原，执教于内蒙古师范大学，教书育人，搞创作，做学问，传书传道，多有收获。这个展览既是他的首次书法个展，又是他到内蒙古自治区工作后的阶段性汇报。展品中有一件楷书作品，内容是他参加内蒙古师范大学美术学院二〇二二届毕业典礼时，代表教师作的发言，我很赞赏其中的一句："为了热爱而奋斗。"作为一位有追求有抱负的青年书法家，家伟目前正在为了热爱而努力奋斗着。

以我看，这种令杨家伟为之奋斗的"热爱"，至少包括三个方面：一是热爱书法这门最具中国特色的艺术，二是热爱内蒙古高原这片神奇的土地，三是热爱教书育人这一神圣的职业。

出生于中原的杨家伟自少年起就从骨子里爱上了中国传统书法艺术，一直穷追不舍，精诚不灭，生死以之。正如他在《学书感怀》中所述："吾志学之年，钟情翰墨，金石篆籀，隶草行真，魂牵梦绕，心慕手追。及长，入京求学……遂访名师，涉今古，寻殷周遗迹，观秦砖汉瓦，赏魏晋风流，洞盛唐气象，品宋元雅韵，见明清神采。然触目横斜，情渐近逸少、元章，遂精心揣摩，追寻有年。”由于心之所向，梦之所求，家伟硕士、博士阶段的研究，均以书法专业为唯一选择。他因热爱而执着探索、深入研究，既由表及里，探书道之奥秘，寻翰墨之精神；又注重理论研究与创作实践相结合，由技探道，技道并重，最终以真功实能面世。近年来，家伟多次参加中国书法家协会举办的重大展览和学术研讨，在书法界已经不无影响。他为自己热爱的艺术而努力求索的实践，渐为师辈同侪所注目和赞赏。

从中国艺术研究院取得博士学位的杨家伟主动选择了内蒙古高原之路，因为这片神奇的土地为他所热爱的书法注入了特殊的活力，也给了他全新的灵感和艺术创造力，让他可以自由开拓新的艺术空间，在绿草如茵、走马接天的环境中纵横呼吸，率意书写，吟出“长风万里催征鼓，建设英雄奏凯旋”“妙手海天铺锦带，和风大漠降甘霖”的豪迈诗句。三年来，家伟得到内蒙古文联、内蒙古书法家协会和内蒙古师范大学的深切关爱和着力栽培，在艺术前沿摸爬滚打、取得显著成绩的同时，更成为这片神奇土地的新征服者和开拓者。今天身在内蒙古高原的杨家伟，已与这片土地融为一体，展品中有一幅《此心安处》，借用苏轼“此心安处是吾乡”之语，表达了这种视内蒙古如故乡的切实感受。

教书育人是杨家伟深挚热爱的工作，他到内蒙古师范大学就职后就有一个愿望：协助学校尽快创办书法本科专业。为此，家伟付出了不懈的努力。在各级领导和有关部门的大力支持下，又适逢书法学科升级的机遇，教育部批准内蒙古师范大学招收书法本科班。第一届书法本科生近日将入校，家伟的愿望在这片神奇土地上化为了现实。

杨家伟的书法展品，可谓篇幅众多，诸体兼善，大大小小，形式多样。虽说是第一次办个展，但家伟曾经在中国书法家协会展览部工作多年，策展经验丰富，懂得怎样在视觉呈现上满足观众的审美期待。展品从文本内容到表现形式，传达的信息总量可谓繁多，我读后最突出的感受有两点：一是家伟在文本原作诗书合一的探索上向前跨了一步，二是家伟的书风有了不小的变化。展品中有大量的自作诗文，均有感而发，乍读朗朗上口，细品又妙趣横生。书法是可读可视的艺术，前些年的书坛，有强调可视、忽略可读的倾向，故有识者提出“阅读书法”，中国书法家协会也提出“艺文兼备”的标准，提倡书家书写自作诗文。但扭转风气需要时间。今日之书家，能自作诗词者少。家伟作为新一代书家，自觉继承了老一辈书家诗书合一的优良传统，平时喜吟咏，常以新作相示。家伟又是研究古代书法题跋的专家，平时也喜为古今书法名作题跋。我曾读过他的诗词及题跋，诗词意境隽永，题跋言简意赅。此次展览较为集中地展示了他的自作诗文书法，诗书合璧，交相辉映，文本的原创性与书法的独特性彼此生发，我诗写我心，我书写我诗，难得地体现了“双美俱、二难并”的审美境界。

家伟博涉多优，对各种书体都下过功夫。在我以往的印象中，他以行草见长，曾醉心于明清大草，学倪鸿宝、王觉斯，笔走龙蛇，气象恢宏。到内蒙古自治区以后，隶书占了作品大量的篇幅，下笔比以往添了许多深沉，点画也显得更为厚重宽博。他笔下的隶书作品，结体或端庄或恣肆，点画或粗犷或细劲，或取法汉简或追摹汉碑，或心寄汉摩崖，似乎有意拉大隶书的开合度和张力，打破结体布局的匠气，风格偏于老辣或浑厚。我推想，这样的书风变化或许与环境有关，天苍野旷的边塞，霜气黯然的阴山，风吹草低见牛羊的草原，铁马秋风的河源古道，在潜移默化中感染着家伟，使他沉下心来，以如锥画沙之笔，挥写恢宏阔大之境。

第一次个展可视为进步的开端，作为曾经的老师，我为杨家伟所取得的初步成绩而高兴。更希望他继续为热爱而努力奋斗，由艺术高原登上艺术高峰。是为记。

二〇二三年七月二十六日于京华开元室

杨家伟著：《翰海阑干：杨家伟书法作品集》，河北教育出版社 2023 年出版

《笔虎横秋：张耀虎书法展作品集》序

七年前，在塞上策划组织全国首届博士书法展时我曾说过：书法博士诸君起点高，视野开阔，有朝气，有激情，拔戟自成一队，是大有可为之劲旅。时至今日，这支队伍不断壮大，众多书法博士已在书坛阵地的理论和创作前沿冲锋陷阵，无论是理论建设还是书法实践，均战果迭出、捷报频传。即此可知昔言不虚，自觉欣慰。这支正壮大的队伍可称为书坛的猛虎队，张耀虎即是其中的佼佼者。

张耀虎是地道的科班出身，从本科读到硕士再到博士，一直以书法为专业，具有雄厚的专业基础。正是由于本科和硕士阶段打下的坚实基础，三年前报考中国艺术研究院攻读博士学位时，一考即中。当时报考我名下的考生甚多，只有他一人以高分超过分数线被录取。入学后，耀虎学习非常刻苦。无论是在校学习，还是在家度假，都潜心读书挥毫。去年暑假，曾看到一张他在家中的生活剪影：左手抱着不满周岁的儿子，右手挥毫习书。这一生活剪影给我留下了深刻的印象。读博期间，在撰写论文的同时，他还勤于填词作诗，挥毫泼墨，多次参加中国书协举办的书法展览并屡屡获奖，被誉为虎虎有生气的实力派青年书家代表。

在学术研究上，耀虎更像一只捕捉食物的猛虎，有着强烈的问题意识，敢于啃硬骨头。鉴于草书草法混乱的现状和历史上遗留的一些亟待解决的问题，耀虎的博士论文《字书绝学　章草圭臬——〈急就章〉草法考订》本着为草书立法的精神，以《急就章》为研究对象，皇皇八十万字，选取古今十六家二十四个传本，结合考古新发现材料，征引大量秦汉简牍和汉魏碑版文字，对《急就章》一千九百五十三个草字逐一比较考订，借鉴历史上所形成的草法，对历史传承过程中出现的错讹加以纠正，确定草书的标准写法。《急就章》传本过去有不少人研究，但多是就某一传本进行考订，耀虎的这篇论文是对历代《急就章》传本的集大成和系统总结，研究之全面、考订之深入为前所未有，故答辩时受到专家们的高度肯定。

因有着多年的科班经历和刻苦努力，耀虎的书法博涉多优，诸体兼工。篆、隶、楷、行、草五体都有不俗的表现。他五种书体的作品都曾在展览中获过奖，这在当代书坛是少有的。值得注意的是，他对每种书体的研究和各书体之间相互借鉴、相互促进的研究是深入的。以草书为例，他对章草的古朴、大草的狂放、小草的从容把握得都很到位，并力图打通章草、大草、小草，使之冶于一炉。更可喜的是，尚属青年书家的耀虎，书风已渐趋成熟，融浑厚与清灵、高古与雄秀为一体，用笔、结体已见自家面目，风格卓然自立，表见于世。

耀虎的书法还在探索中，各种书体都有潜力可挖掘，目前更应着力于各体之间，以及诗境与书意的融会贯通。我期待他的草书有更大的突破和进展。他已有八十万字的草法研究，在章草、大草、小草临创方面经验丰富，更有着多年“我诗写我心，我书写我诗”的诗书合一的尝试，相信他的草书定能迈上新的台阶，写出新时代的新篇章。

这是耀虎的第一场书法个展，是我提议举办的。今年是耀虎的本命年，又逢博士毕业之年。在博士毕业即将迈向新阶段之际，举办此展，具有总结过去、前瞻将来的意义。回顾是为了进一步创新，展览开幕在即，聊成绝句一首以贺：

诗龙笔虎镇横秋，塞上风清共壮游。
心喜卓然君自立，天长水阔墨中收。

2022 年 7 月于京华开元室

第三辑

展览序言

“心路传拓：‘乌兰察布之夏’全国博士书法邀请展暨博士论坛”弁言

扬子《法言》有云：“言，心声也；书，心画也。”刘伯简《书概》亦谓：“书，如也，如其学，如其才，如其志，总之曰如其人而已。”准此则书之一道，实写心之事也，书者之情思、襟抱、精神、境界，悉皆赖之表见。故书之难，非五墨八法之难，写心之难也。欲成心画，首溯心源，求其广，求其大，求其澄明纯笃，善养浩然。然后展卷旁搜，胸罗万有；探幽远出，路绕千盘。阅世有得，体道妙悟，皆大有益于书也。大涤子所谓“墨海中立定精神，笔锋下决出生活，尺幅上换去毛骨，混沌里放出光明”，即此至境。

名校上庠，修心传学之所，诸生孜孜矻矻，攻习有年，艺业初成，洵可喜也；草原旷野，游目骋怀之地，书家洋洋洒洒，挥写无已，楮毫大畅，岂不快哉！当兹夏闰，新朋旧雨欢聚乌兰察布，歌腾而草绿，笔走而情隆。天高云淡，人杰地灵，写我心画，任彼风吟。兼以开坛论道，抵掌谈文，心画心声，于斯为盛。前曾取元遗山《论诗绝句》穹庐一曲原韵状写内蒙山川之美，今再叠和，与博士诸君共勉之：

书若其人众口传，毫端顿挫出天然。
掣鲸碧海纵横意，共看心源汇百川。

丁酉仲夏李一于京华开元室

“相见一千年——李勇东坡诗意图暨写生精品展”弁言

蜀地多奇士，唐之谪仙、宋之髯翁其尤著者也。降及近世，郭鼎堂以文称，张大千以画名，皆戛戛独造，不拘一隅，而光前裕后，垂誉无绝。无忌君家仁寿，邻于东坡故园，而赋性渊静，心机明敏，沉潜绘事，精进不辍，模山范水，铸古融今，真工实能，翘然独出。每摛毫染墨，境象清旷，层翠浮空，泉石相激，云水浩渺，极目无涯，东坡所谓“山川相缪，郁乎苍苍”，殆即其境耶？又善写树株，向背取态，极尽其妙，或错节盘根，而与山势相峙，或参天而起，虬柯霜干，凌空欲飞，皆随机生发，浑若天成。展观其作，幽意顿生，可卧游，可居处，直欲尽扫尘嚣而入清凉世界。东坡一代文宗，百世之师，与诸子同倡文人画，为艺坛开一生面。坡之言曰：诗画本一律，天工与清新。无忌写三苏祠诸景既毕，复取东坡诗意纳于尺幅之间，诗而蕴画，画以载诗，盖即以东坡之道还施其身，使坡见之，或将掀髯一粲，而喜乡邦千古多知音耶？

戊戌二月既望鲁人李一于京华开元室

“少年游·段永成书法展”弁言

段君永成生南岳回雁之乡，长而负笈渝州，执教岭南，复北上京华，从余受业。游处既久，亲若家人，与衡文谭艺，每多教学相长之乐。君稳健朴厚，外柔内刚，极深研几，临池不辍。尝撰论细究历世书风递变之由，详述清季书学复振之道，发覆阐幽，精义迭见，学林叹服。作书博参古今，独立标格，行草则雅醇清隽，篆隶则朴茂率真，小楷尤精绝，风行水上，云出岫间，畅达之际时见衍漾，能事若斯，襟抱可想。

君性喜长短句，纵横挥写，乐而忘忧。所书盈筐积箧，洋洋大观。是岁夏杪，择其措意之作列展呼伦贝尔，主事者请题于余，感君之宿好，举少年游词牌以应之。盖王静安有云：一事能狂便少年。梁任公亦谓：少年人常思将来。惟思将来也，故生希望心。惟希望也，故进取。惟进取也，故日新。君方壮盛，痴于书，黾勉以求，故当以少年目之。万卷通神，万里致圣，诚能志于道，据于德，依于仁，游于艺，张皇坠绪，吐纳百家，以君之才之识之颖悟，鹏运逍遥，来日未可量也。余年逾耳顺，“欲买桂花同载酒，终不似，少年游”，虽然，亦当贾其余勇，从君之后。段君其勉旃。

鲁人李一戊戌六月既望渤澥旅次

“一脉清流：王谦、聂国强书法展”寄语

前不久，泉城艺和云美术馆张强先生邀我前往举办书法个展，但近来一无惬心之作，二无办展之念。盛情可感，机会难得，辜负美意，于心不安。忽想起从教多年，学生中颇不乏俊才，其中不少人正在走向艺术的成熟期，“青出于蓝而胜于蓝”，在艺术上，他们明显比我更具生机与活力。经过再三斟酌，郑重推荐聂国强、王谦学棣，张强先生惠予俯允，一诺无辞，于是便有了这次博士书法二人联展。

之所以做此推荐，一则两位都是山东人，国强出于齐，王谦生于鲁，两人先后从我攻读书法博士学位，均以优异成绩毕业，应回山东向父老乡亲做一汇报。以此视之，展览首先带有汇报的性质。既是聂、王两博士学习成果的展示，又是我这个山东人教学状况的检验。二则两人品学兼优，在中国艺术研究院读书期间颇得好评，且都获得一等奖学金，学术研究与书法创作互相融通，突飞猛进，令我时有技穷之感，他们能有机会拿出一批近作就教于观展的方家，一方面自己从中获益，一方面也可使我开阔眼界，进一步提高艺术和理论水平。一举两得，

不亦宜乎，不亦乐乎？

聂国强从我读博士时，已完成了中央美术学院书法专业本科和硕士阶段的学习。他十年磨剑，专业技能扎实，在此基础上广涉博综，力求进境。国强治学锲而不舍，其博士论文以清初大儒朱彝尊的书学思想和书法实践为研究对象，细查史料遍读万卷书之外，又长行万里路，沿朱氏当年交游、访碑路线进行实地考察，为后人全面了解朱彝尊及清初书学状况提供了翔实的材料。国强给我印象最深的是创作的勤奋，他五体兼善，各体均有不俗表现，而隶书方整奇古，行草开阖奔放，尤见神采。博士毕业后他到武汉工作，在新出土的战国竹书中找到了篆书创新的源头活水，努力从中汲取营养，使自己的篆书日趋活脱，行笔超逸，趣味盎然，显现出楚文化的浪漫意味。

王谦出身于书香门第，其父王传贺先生是东鲁书画名家。王谦幼承庭训，学书习画，数十年坚持不懈，20世纪80年代在复旦大学读本科时已是校园里的书法名家。其后他当过二十多年的编辑，工作之余博览群书，撰文著论，深为识者所推重，但他始终未能忘情于书法。天命之年，他终于考取中国艺术研究院书法博士生，梦想成真。在数十位同学中，他年龄最长，动笔最勤，研究成果最多，博士论文皇皇四十余万字，打通清末民初大儒沈曾植诗书学艺诸关节，提出“通人书法”的概念，高屋建瓴总结书法历史之余，也为当代书法创作与理论的提升指明了有效路径。王谦近年的书法创作筑基汉隶，主攻章草，朴质厚重中时见高古雄浑，气象正大，令人赞叹。

取得学位后，两位学棣分别执教于湖北美术学院和山东艺术学院，南北呼应，大道不孤。古人云:“一艺之学，犹必智行两尽。”我辈老矣，中国书法乃至中国文化的希望端在来者。两学棣年富力强，思精识锐，前程不可限量，勉旃勉旃。

2019 年 9 月于北京开元室

谢孜菡书作初展寄语

应北京华亚艺术馆邀请，谢孜菡展出攻读博士学位期间的书法近作，这也是她第一次的书法个展，作为导师，在感谢华亚艺术馆对青年艺术家扶持的同时，向孜菡取得的初步成绩表示祝贺。

关于博士书法，2015年我在“全国首届博士书法展”开幕时曾言：“纵观今日书坛，诸君拔戟自成一队，大有可为之劲旅也，有朝气，有激情，有抱负，起点高，视野宽，研治深，历多年寒窗，经科班训练，果位初证，创获甚丰。”时过九年，今天的书法教育又有大幅度进展。显著的标志是书法学科已与美术学科并列，书法博士增多，书法博士的创获更加丰硕。当下的书坛，无论是研究领域，还是创作前沿阵地，都能看到众多书法博士努力探索的身影，生力军的作用更加突显。较为可喜的是，正在攻读博士学位的谢孜菡，科研意识和创作意识都较强，已自觉加入创作和研究行列，不断创造新作。这次展出的书法作品，是她近期创作实践方面的汇报。

我鼓励孜菡把近期创作展示出来，目的是想请大家检阅审视提意见，帮助她进一步提高。在我看来，孜菡的书法创作已达到一定水平，此时此刻，更需要大家的点评，提出中肯意见，帮助她改进。从优点方面讲，孜菡的创作有底气有追求，手头功夫过硬，根底扎实。其学习经历，先是毕业于中央美术学院书法专业，四年的本科学习打下了牢固的专业基础，继而考入中国艺术研究院研究生院研究书法。硕士毕业后，又以优秀成绩考取书法专业博士研究生。

由书法本科到书法硕士再到书法博士，孜菡一路走来，一路成长，认真钻研，勤学苦练，练就了真功实能。在理论认识逐步提高的同时，书法创作上也一步步迈进。其书法创作，博涉多优，诸体兼善。从这次展出的作品可以看到她对篆、隶、楷、行、草五种书体的深研。大篆之活泼，小篆之硬朗，隶书之开张，小楷之稳健，行书之流畅，草书之奔放，以及点画之生动，用笔之自如，结体之灵活，章法之开合，笔线之质量，均体现了过硬的专业水平。更值得肯定的是孜菡的艺术感觉灵敏，有着自觉的艺术追求和强烈的创作意识。创作时注重用笔，更注重立意和精神境界的表现。曾有一些专家对孜菡的草书给予肯定和鼓励，赞其行草书整体上气势开张，张弛有度，浑然一体，细节上把握到位，笔法丰富，点画凝练。对此，我也有同感。搞艺术，重要的是立意，对艺术境界的追求和表现。艺术创作，包括书法艺术在内，最为重要的是用艺术的方式、艺术的语汇表现精神境界。好学而又有灵气的孜菡早已悟到了这一点。

孜菡的首次展览，从某种意义上说，是一个书坛新锐锋芒初试的展览。其作品还不尽完善，还有着很大的提升空间。孜菡要借此次展览机会，认真听取大家的意见，进一步调整改进，提高创作水平，争取再上一个台阶。更要进一步加强学术研究与创作实践的结合。继续持艺舟双楫，求学艺相成，在艺文兼备、诗书合一方面下功夫，努力为新时代创作更多的精品力作。

2024 年 3 月 19 日写于京华开元室

王燕楠近作展寄语

王燕楠是阴澍雨先生的高足。2016 年我有幸与阴澍雨先生在河南省美术馆合办“一雨成秋：李一、阴澍雨作品展”，二人一书一画，共同展示，相得益彰，一时传为佳话。很有师脉传承意味的是，八年后的 2024 年，王燕楠和我指导的学生谢孜菡两位女生在北京华夏艺术馆以“同砚”为题举办作品展，也是一书一画。阴澍雨先生一向对学生认真负责，指导有方，提议两个学生一同举办展览，展前对作品进行审读和挑选。于是定好时日，师生数人会聚于澍雨画馆。燕楠提前运来一大批近作，大幅小幅，册页斗方，扇面手卷，条屏中堂，或悬挂于墙壁，或铺之于地毯，惊人的作品数量，足见燕楠之勤奋。

此前我对燕楠的学习经历略有了解。燕楠出生于山东青岛，主攻花鸟，自大学本科阶段就锁定目标，侧重于花鸟画的研习，传移摹写了大量的宋代院体花鸟画。宋代院体画，格物穷理，造型工细，是初学花鸟画的好范本，燕楠于此打下基础。大学毕业后，燕楠考取中国艺术研究院研究生，有幸入当代著名花鸟画家阴澍雨先生门下专攻花鸟。硕士阶段，燕楠在导师指导下，按部就班，沉潜于传统，研习没骨和写意花鸟，深入研究传统花鸟画的发展脉络和法、理、意、趣，于明代孙隆、沈周、陈淳、周之冕和清代恽寿平用功最深，且学以致用，用于花鸟画创作实践的提高。大体而言，燕楠的花鸟画研习之路是循序渐进的，走的是由院体而没骨，由没骨而写意的路径。这样的路径既稳妥又有可持续发展的空间。更为关键的是，燕楠通过写生，取花木之精，得天地之气，得以大幅度提高创作水平并渐渐形成了自己的艺术风貌。中国艺术研究院的实践类研究生教学，非常重视写生和田野考察，阴澍雨先生在花鸟画教学中，一直强调写生的重要性，强调取花木之精，得天地之气，并身体力行，每年逢春秋之际，带学生至山东等地写生。去年秋天至山东临朐，我曾见已毕业的燕楠仍随导师在野外写生。通过写生，燕楠逐步寻找到了适宜表现的题材和手法。

品读挑选的过程也是审美欣赏的过程。通过品读挑选，我对燕楠的作品有了进一步的了解。这批精心准备的近作，多是由写生稿加工提炼而成。大致分淡彩没骨和淡墨写意两类，两类之间又多有相融交汇，总体印象是清雅之气扑面而来，风格清和淡远，雅气袭人。读燕楠近作，如同清风徐来，赏心悦目。第一感觉是，燕楠真不愧澍雨先生的高足，下笔能传天地之清气，花鸟之精神。

慢慢品读，则觉得画中的花木草虫有温度有情感，其笔下的密枝疏叶、红果紫蕊，在春风或秋风中摇曳着，洋溢着世间的温暖，人间的真情。善于品物、心细如发的燕楠以自己的感受画花鸟的姿态风神，画出了清新淡雅之美。细细观摩，知燕楠喜欢秋色。这批近作中多秋草、秋花、秋果、秋瓜、秋虫、秋鸟、秋露等秋意秋景。如《陌上生秋草》《秋意在枝头》《初秋清品》《旦饮秋露》《丰物向秋》《秋意犹存》《万物惊秋》等，均是秋色秋意。秋天是收获的季节，也是燕楠室外写生画出佳作的季节。喜欢画秋，大概是寄美景于清秋之缘故。燕楠的秋季写生，善于从身边选取题材，近距离观察状写身边花草的情态精神，将对象置于自然的原生态，故尔生气沸沸，得生活之真境雅气。寻常的景物，如山花野卉、茄子豆角，均入其眼、入其心、入其画。再如宅边路旁的洋姜花，是寻常之物，常人多不在意，而燕楠则留意于此，酝酿于心，下笔神来，跃然纸上。在燕楠笔下，秋风中的洋姜，枝节穿插摇曳，花朵或俯或仰，既肖其形，又得其趣，更见秋意之美。

燕楠既工花卉，又善翎毛草虫，尤擅画大型禽鸟，将大型禽鸟画于巨幅是其成功的尝试。如3米大画《秋风向晚》，画秋风阵阵。几只大鹅栖息于洋姜花下，太湖石又隐映于洋姜丛中，诗意画意浓浓，呈现出清雅野逸的格调和意境。鹅是文人所爱之物，古有王羲之抄写《黄庭经》换鹅之美谈。古代画家画鹅者颇多，小幅居多,3米巨幅则少见。依我看，此作可为燕楠近期的代表作。

燕楠还走在探索的路上，正如阴澍雨先生所说，她的作品还不够完善。我个人感觉，其淡彩没骨一路已达到很高的水准。淡墨写意一路，还有大的探索空间。好在也正如阴澍雨先生所说，燕楠每天在进步，希望燕楠在花鸟画探索的路途中，迈出更大的步伐。

2024年3月于京华开元室

第四辑

刊物书耑

《美术观察》卷首语（2010年至2017年）

2010年第1期

中国美术观（一）

本刊从本期开始，探讨建树中国美术观的问题。

这是一个大问题，之所以探讨，是因为当下美术发展的需要。无论是理论研究还是创作实践，国内状况还是国际交流，都需要思考和回答这一问题。中国是一个热爱艺术的文明古国，无论美术队伍还是作品数量都堪称世界之最，当下的中国又处在中华民族伟大复兴，中国美术繁荣发展的关键时期，我们应该有自己对美术的看法，民族文化的复兴更同样不能缺少美术观的建设。然而，当下中国美术观，包括美术价值观、形态观、审美观，究竟是怎样的还不明确，美术界在这方面多显得有些立场摇摆、思路不清。我们在对各种美术现象的观察中意识到，中国美术要大发展大繁荣，在美术观方面尤其需要达到共识。鉴于此，我们提出建树中国美术观这个思想建设课题。

拆房容易建房难，过去的一个世纪中国美术界是拆多建少。从当下的情境看，建树中国美术观并非易事，但建树的工作是必须要做的。唯其难，我们更感到责任所在。衷心希望关心中国美术建设的同道参加讨论。

品田兄履职新岗，我这个《美术观察》的老兵接任主编，深感责任重大。年过半百，别无他求，唯求旧雨新知进一步关心支持《美术观察》，使其在以往基础上有所发展，为美术事业发挥更大作用。

2010年第2期

中国美术观（二）

中华民族正处在伟大复兴的重要阶段，中国美术家应该深知历史的重任和时代的重托。中华民族的伟大复兴离不开中华文化的伟大复兴，文化是国家之根、民族之魂，文化兴则民族兴，文化强则国家强。美术作为文化的方面军和国家形象的艺术呈现，理应为中华民族的伟大复兴传神写照。君不见，历史上的汉唐美术极其鲜明、极其形象地表现了大国强国的风貌和精神。

相比于汉唐，今日中国美术家面临的课题更为艰巨和复杂。自鸦片战争后，经过一百多年的冲刷和洗礼，中国传统文化的根基发生某种动摇，核心的价值体系、符号系统几乎处于边缘状态，艺术上的西方中心主义曾甚嚣尘上。现实环境已远非汉唐，在全球格局中创造当代的、中国的、有民族特色的美术，在时空上不仅要连接古今，更要沟通中外。如何继承和发展、学习和借鉴、吸收和消化、包容和创造，今日的中国美术家应该有清醒的认识。这一切，都涉及艺术观。所谓“观”既包括观念、观点和观察，又包括理论表述。毋宁说，有什么样的美术观，就有什么样的美术形态、美术创作和理论表述。讨论中国美术观，回顾百年来种种美术观念和观点，总结经验教训，包括所走过的弯路，会使行进中的我们更清醒更理性一些。

面对中国美术观这样一个大课题，不可能马上找到答案，但通过讨论向真理靠近，或者说形成共识则是有可能的。本刊仍然以开放的姿态欢迎大家参加讨论。

2010年第3期

中国美术观（三）

建树中国美术观是一个长期的课题，本刊虽已连续讨论三期，并拟在年内适当时间专门就此问题与有关方面举办一次论坛。但我们深知，“中国美术观”作为中国美术事业这座大厦的地基，非一日能夯实，从某种意义上说，三期的讨论只是课题的开题。建树中国美术观又是一个集体攻关的大工程，需要整个美术界乃至文化界群策群力、集思广益、相互支持、协同攻关，需要大家的智慧和共同努力。我们也深知，本刊只是讨论的发起者，只是集体攻关工程中的一员。

虽然讨论仅仅是开始，但我们已被来自四面八方、五湖四海的关心支持而深深感动。仅以本期访谈为例，靳尚谊、邵大箴、冯远、吴长江、潘公凯、龙瑞、范迪安、许江、张晓凌先生都不顾劳累在百忙中挤时间给我们，许多访谈是在他们参加会议的间隙或夜间进行的。案旁的灯光和窗外的星斗会替我们记住那些访谈的亲切气氛，记住受访者迸发思想火花、闪烁智慧光束的特定瞬间。

植树节到了，春天已来快植树。植树造林，为今天，更为明天。亲爱的朋友，今日栽下当代中国美术之树，正是为了它明天的拔地参天。时不我待，唯共同努力才不负历史之重托。

2010年第4期

手工艺作为生产力

亲爱的朋友：生活中不知您感觉到没有，住在高楼大厦觉得压抑，向往的是自然的庭院；家里的电子玩具再多，也不如看到孩子亲手捏的小泥人更能使父母高兴；用机器按模式生产出的东西光洁规整却千人一面、冷冷冰冰，而手工制作的产品虽是手迹斑斑却千人千品，富有温情。现代工业机器生产纵然有千般好处，万般优长，也无法代替手工生产。何况，从可持续发展、生态文明的高度看，工业技术、机器生产已留下了一些难以根除的弊端。

手工艺作为建设小康社会，满足人们精神和物质需求的一种生产方式，如今越来越显示出其价值，在当下中国更是如此，应该发掘其巨大的潜力。

王朝闻先生生前十分喜爱并多次与我谈到的一副古人的对联："两手把大地山川捏扁搓圆撒向空中全无色相，一口将先天祖气吞进肚里咀来嚼去放出光明。"此联气势博大，富有哲理，强调双手的创造性，可藉以悟主与客、人与物、现实与传统、接受与创造的关系。以此联阐述手工艺的创造性、文化性和审美性，甚为贴切。人的手蕴藏着人类的智慧，社会越发展，科技越发达，人的手应该越灵巧而不是越笨拙，应该越勤快而不是越懒惰。因此，请动起手来，创造我们更美好更富有诗意的世界。

2010年第5期

寻求共识：美术批评建设的途径

美术批评对美术建设的重要性是不言而喻的。写好美术批评不容易，既要鲜活生动引人入胜，又要有理有据以理服人；既要有个性风采、独立之见，又要有社会责任、时代担当。批评家要有胆量，敢于针砭时弊，驱除歪风，更要有见识，识别高下，发现人才；要有才情，使笔下生风，挥斥方遒，更要有学养，能厚积薄发，意接千载。批评家因人而异，批评对象因事而异，批评应该百花齐放、百家争鸣。但是，批评家也应该有基本的学术素养和学术操守，更应该有社会责任感和文化使命感。批评文章是自己写的，但不是只写给自己看的，白纸黑字世人看，文章得失既"寸心知"又由世人评。批评家手中之笔、口中之话，既要对自己负责，对评论对象负责，更要对社会、对美术事业负责。评论别人其实也是写照自己，写照自己的眼光长短、见解高低、学术深浅、胆识大小。从当下美术批评的现状看，批评家更应该注重社会责任感和文化使命感。常言求同存异、异中求同，批评家们应该共同为美术事业的健康发展发肺腑之言，写千秋文章。

2010年第6期

书法教育与国民文化素养（一）

书法教育的首要任务是培养国民的文化素质。通过书法的练习，使国民认识民族文化的特点，提高文化素养。也就是说，普及是书法教育最重要的工作，应该让每一个受教育者在书法练习中受到中国文化熏陶，加深中国文化体验，历练文化品格，养成良好习惯。然而从目前的情况看，大多数中小学没有开设书法课，不开此课，通过书法接受文化教育又从何谈起。目前书法的普及教育是一个亟待解决的大问题，不解决这个大问题，书法的可持续发展无异于痴人说梦。更为严重的是，书法普及教育不推行，势必削弱中国文化发展的根基。道理很简单，中国的青少年，如果连中国的毛笔都拿不动，书写不了汉字，对本应熟悉、本应掌握的民族文化已陌生，像不像中国人都成了问题，提高民族文化素质便无从谈起。长此以往，民族文化的根基就会不稳。基础不牢，地动山摇。文脉不传，何谈文化。毛笔字不练，又如何谈文化特色？鉴于此，本刊从中国文化发展战略角度讨论“书法教育与国民文化素养”专题，希望通过讨论，引起包括教育行政部门在内的社会各方面的重视，尽快推行书法的普及教育。

2010年第7期

书法教育与国民文化素养（二）

书法的普及教育是百年大计，需要包括书法社团组织、学校、家庭等各方面的共同努力和协作，更需要教育行政部门采取必要的措施，制定行之有效的规划。我们欣喜地看到，进入 21 世纪后，文化界有识之士为书法普及教育积极呼吁并身体力行，各级书法家协会也越来越认识到书法普及教育的重要性，发挥自身优势，举办各种类型的书法培训班和书法进万家等活动。部分省、市的中小学开始恢复书法课，一些家长也意识到文化承传的重要性，鼓励孩子拿起毛笔。这些虽然已初显成效，但距离目标还很遥远，只要行动起来不断努力，就会向目标靠近。千里之行，始于足下。当前最重要的是从娃娃抓起，需要全社会各个方面的紧密配合，应该教育儿童从小写好中国字，长大做好中国人，把写好字和读好书、做好人放在同等重要的位置，把优良的文化传统继承并发扬光大。

2010年第8期

书法教育与国民文化素养（三）

书法是中国人生活中的艺术，用书法来修身养性、净化心灵、历练意志、提高品格，是中国人生活的重要方面，中国人在书法中体会到了生命的尊严和生活的快乐。书法又因为操作简便，在生活中随处可练，成为从古到今实践者最多、受众最广的艺术。从根本上说，书法来自生活，存身于生活，它的传承和发展动力也在生活之中。

近现代以来，虽然中国的社会形态和人们的生活方式发生了很大变化，但书法存身于社会生活的根本性质并没有改变。“礼失求诸野”，如今书法顽强地生存于民间，仍是中国老百姓生活中的艺术。为了进一步观察书法与国民文化素养的关系，为了寻找当下书法可持续发展的动因，本期“热点”在第七、第八期的基础上，将观察点由“书法圈”扩大到民间，深入到社会基层，走进乡村，走进街巷，走进军营，进行社会调查。以代表性的案例反映农民、城市居民和解放军战士的书法生活。这样做对本刊而言，是一种尝试，望能给读者一些新的启示。

衷心感谢在酷暑中热情接待我们的每一位受访者，我们从你们身上看到了中国书法的希望。

2010年第9期

上海世博会观察（一）：展馆设计与国家形象

美术创作关系国家形象，一个国家的美术形象地反映着一个国家的精神、气派和风度。数年前，本刊曾从文化战略角度宏观讨论过美术创作与国家形象的问题。而当下上海世博会上的各国展馆，则直观呈现了各国的国家形象。从某种意义上说，上海世博会是世界各国美术的集中展示，是当代大美术的典型案例，是各国国家形象的直接反映。可以毫不夸张地说，公元2010年的黄浦江两岸，比历史上任何时期都更光彩照人、富有魅力、令人神往、举世瞩目。因为在此时此地，各有特色的展馆，领时代风骚的设计，集世界众多艺术家的大智慧，融建筑、设计、环境、雕塑、绘画、影像等艺术形式于一体，以视觉的形式形象地反映着众多国家的精神面貌，吸引和牵动着全世界的目光。

上海世博会观者如潮，看点颇多。本刊一贯用观察家的眼光审视美术，用美术家的眼光观察世界。从本期开始，连续两期观察这个全世界视觉文化的盛会。本期以展馆设计与国家形象为切入点，观其表，察其里，比较各展馆之造型，分析代表性之作品，力求冷静地看待世博园中众多的展馆设计，深入地探讨造型艺术表现与国家形象之间的关系，汲取经验和教训。这样做既是为了中国，更是为了世界。

2010年第10期

上海世博会观察（二）：更好的城市，更好的生活

中国正在以前所未有的速度加快城市化进程。如何建设更好的城市，使人们在城市中更好地生活，是城市化进程中最重要、最迫切需要解决的问题。而什么样的城市是更好的城市？什么样的生活更好？如何解决城市化进程中所出现的问题，使生活的家园更美更富有诗意，更具有文化特色，世界各国都在探索中寻找答案。上海世博会在黄浦江两岸举办，主题是“城市，让生活更美好”，各国场馆各有招数表达对这一主题的理解。千百万人看世博，也是想感悟体验城市生活的美好，应该说各有各的观感，不可能人人满意，也确有抱怨之声，但都向往更好的城市、更好的生活。人同此心，心同此理。上海世博会如同镜子，反映着人们对美好城市、美好生活的渴望。对大踏步走向城市化的中国而言，世博会主题的积极意义更显得突出。

更美才能更好，更艺术才能更好。更好的城市应该是更美的城市，更艺术的城市。从某种意义上说，更好的城市是大美的显现，是大艺术的表现，大美和大艺术需要生活在城市内外的每一个人去创造。尤其是担负城市设计、担负丰富城市精神生活重任的艺术家，更应该为城市的更美、更艺术而不懈努力。

2010年第11期

十年中国艺术市场反思（一）

20世纪90年代以来，中国美术界最突出的现象之一是艺术市场的迅速崛起。艺术品的流通、收藏热的兴起、拍卖行的热闹、画廊的林立，形成了一道道靓丽的景观，发生了数不尽的新闻事件。近十年艺术市场发展之快，规模之大，交易之频，流通之广，远超古代中国和近代中国的任何一个十年，已达到历史之最。但也不必讳言，近十年又是艺术市场问题最多的时期。急功近利、造假卖假、盲目投资、自卖自买、虚抬价格等社会性现象层出不穷。这些前进中所出现的问题如果不正视，任其蔓延，规范健康的艺术市场就无从谈起。为了促进艺术市场的健康发展，本刊以“十年中国艺术市场反思”为切入点，连续两期观察中国的艺术市场现象，探讨艺术市场规律。反思过去，正视现状，是为了将来。我们认为，艺术生产、艺术流通、艺术消费的最终目的是对人心的造就和文化的追求，建立规范而健康的艺术市场，通过艺术品流通，充分发挥其养心价值，是最为重要的事情。

2010年第12期

十年中国艺术市场反思（二）

中国当代艺术市场的变化是惊人的。新中国成立的最初几年，当时健在的一代大师齐白石，一幅作品的市场价也不过几十元；而当下，一些还处于探索阶段的青年画家，一幅作品能卖出几万元乃至几十万元。艺术市场的迅速崛起，使许多画家的钱包鼓了起来，这是计划经济时代连想都不敢想的。富起来是好事，富起来总比穷下去好。但不要忘记，画家富起来的最根本原因是国家的改革开放和经济的腾飞。没有这个前提，你画得再好，价格也提不起来。有市场有价位的画家应该感恩，感恩于这个伟大的时代，最好的感恩方式是画出更好的作品奉献给社会，努力出精品。已经富起来的画家千万不要老盯着市场，和别人去比价位。老盯着市场，就会被市场左右而丧失自我。艺术市场很复杂，起与落有它自身的路数，画家是无法左右的。而画得好与不好，进步还是退步，却是画家自己的事情。人的生命和精力是有限的，画家应该把有限的生命和全部精力投入到艺术的创造之中，只有这样，才不辜负这个伟大的时代。

2011年第1期

美术馆与公共教育（一）

近年来，随着经济的腾飞，中国的美术馆建设迈出了新步伐，出现了和将要出现各种各样的新馆，无论是政府还是民间，都意识到建造美术馆的重要性，投资也相当可观。应该说，这是令人振奋之事。处于文化大发展大繁荣时期的当代中国，美术馆建设应该有大的举措。回想新中国成立初期，在经济还较为落后的情况下，国家就建设了首都十大建筑之一的中国美术馆。以今天的经济基础论，确实可以建造比其他国家更大更好的美术馆。

但应该注意的是，美术馆建设并不仅仅是建楼，重要的是建立起先进的、亲民的公众教育服务体系。美术馆当然要为艺术家服务，要展现艺术家的才华，但最为根本的是为公众服务，通过公共教育提高公众的审美素质。我们已观察到，国内的美术馆在开展公共教育方面取得了可喜的成绩，但还远远不够，还存在着许多待开发的潜能。客观上讲，在公共教育服务方面，我们与国际上一些优秀美术馆相比还有一些差距。鉴于此，在新年伊始，我们提出美术馆的公共教育问题供大家讨论，希望通过讨论，进一步重视和发挥美术馆的教育功能，因为这是美术馆建设和发展最根本的大事。

2011年第2期

美术馆与公共教育（二）

在人们的心目中，美术馆一向都是“艺术的殿堂”，它是公共的、开放的、惠民的文化空间，是进行艺术教育、促进文化交流和传播价值理念的重要场所。走进美术馆，观赏艺术品原作，展开对话交流，用艺术丰富人生、提高素养，乃人生之快事也。特别是在美术馆里体验身临其境的艺术熏陶，这是别的教育形式所无法代替的。从某种意义上说，美术馆是独特的艺术教育的课堂，不分年龄和国籍，无论男女与老少，从五洲四海来到这里的人们都可以在其中得到艺术的熏陶，学习和领悟使人终生受用的真谛。尤其在今天，在一个生活节奏加快、彼此交通便利的时代，鼓励人们到这个“艺术殿堂”里去接受艺术的再教育，对于民族素质的提高与和谐社会的建设，都显得更有必要，也存在实现的可能性。正因为如此，世界各国的美术馆越来越认识到公共教育的重要性和时代重任，诸多美术馆在充分发挥公共教育功能这方面做了种种新尝试。应该说这个大趋势是可喜的，因为，开展公共教育是民意所需，更是美术馆可持续发展的百年大计和关键所在。

2011年第3期

动手写春联——书法与国民生活

一年之计在于春。在中国所有的传统节日中，春节是中国老百姓最重视的节日，也最能集中体现出中国传统节日文化的特点。男女老少写春联、贴春联、赏春联是千百年来中华民族的传统，这个传统在今天应该更好地加以继承和发扬，因为这不仅关系到书法的可持续发展，更关系到中国文化的延续和文脉的传承。每个人只有参与到春联的书写、张贴和欣赏过程中，才能更深刻地体会春节那特有的意味，特别是与家人、亲戚和邻里的共同参与，带来的多方面快乐和收获是很难用言语表述的。我自少年起在山东年年参与春联的写、贴、赏，今年仍到京郊平谷参与了中国书法家协会组织的“写春联、送温暖”活动，对春联文化有着多年的温暖体验。“送温暖”是组织者的说法，而我个人首先感到的是心的温暖，在这年复一年的温暖体验过程中，鲜红的春联一次次给我力量和信心。

正如春节年年过，古人过，今人过，后人也要过一样，属于春节文化的春联也必将传承下去并会有所发展。民族传统文化与现代化并非简单的对立关系，事实证明，民族传统文化是能够与时俱进的。中国的现代化必然要有民族文化的特色，社会如此，造型艺术亦如此，关键在于我们如何继承和发展民族传统文化的特色。

2011年第4期

当代少数民族美术的生态(一)

从民族的角度看，中国美术是由多民族创造的。中华民族中的每个成员，都对中国美术的形成和发展做出了贡献。在民族团结、融合的过程中，各民族美术家共同努力，创造了光辉灿烂的中华美术。在这一过程中，少数民族美术是一支很给力的生力军，不断地为中华美术的发展输入新鲜血液。特有的自然环境、风俗习惯、文化信仰使少数民族美术形成了各自的特点，少数民族美术和汉族美术又有着相互吸收、相互渗透、相互借鉴、相互影响、共同发展的密切关系。从根本上说，少数民族美术不仅是中国美术的重要组成部分，而且是中国美术丰富多样特色的重要基石。在今天，我们更要重视这个基石，因为中国美术丰富多样的特色是建立在这个基石之上的。尤其是在经济全球化、美术创作趋同化的当下，我们更要保护这个基石，关注少数民族美术的生存状态，想方设法解决少数民族美术生态面临的问题，使少数民族美术之花在整个中国美术的大花园中开得更鲜艳。

2011年第5期

当代少数民族美术的生态（二）

“和而不同”这句先贤之语在今天越来越显示出它的意义。就各民族美术而言，“和”意味着共同生长、互相促进，只有百花齐放、万紫千红才是春；而“不同”则是各自特色的呈现，如没有特色，就丧失了自身的价值。我们之所以关注少数民族美术的生态，目的是希望少数民族美术之花在今天开得更加鲜艳，更加异彩夺目。要实现这一目的，关键在于要有一个良好的生态环境。如何保护和改良有利于少数民族美术可持续发展的生态环境，使少数民族美术进一步彰显特色，在“和”中更加显示出其“不同”，是今天面临和亟待解决的重要问题。应该说在今天，少数民族美术的生态保护，遇到了前所未有的挑战，也有着前所未有的机遇。只要按照科学发展观的思路，从文化发展战略的角度看问题，包括政府、文化界在内的社会各方面都重视起来，大家齐心协力，少数民族美术的生态失衡问题就一定能够解决。

2011年第6期

手工艺的品格

人有人品，艺有艺品，中国人和中国艺术最重视品格的修炼。做人讲究修身养性，提高品位；为艺讲究精益求精，不断完善。正是在重视品格、不断完善的过程中，中国的手工艺人创造了包括玉器、瓷器在内的伟大艺术。玉器、瓷器外润内刚的品格，合天至诚的表达，至善至美的追求，形象地反映了中国文化精神。它们之所以令世人惊叹，说到底是因为文化品格的高贵，是一代代手工艺人用他们的智慧和精湛的技艺追求品格的结果。从古代到今天，社会发生了很大的变化，今天的手工艺既有新的机遇也面临新的挑战，现实环境的某些方面也确有不尽如人意之处，但无论何时，对品格的追求却不能有丝毫的放松。这不仅因为追求品格是手工艺的传统，而且是当今盛世社会的需要，更为重要的，品格是手工艺人的立身之本。从某种意义上说，品格就是生命。

2011年第7期

雕塑如何面对公众？（一）

为人民服务是社会主义文艺的方向。倾听民众的意见，创作出人民喜闻乐见的作品是艺术家和艺术管理部门应该注意的大问题。尤其是室外雕塑这样的公共性艺术，更应该把民众的意见作为重要的方面来考虑。回顾新中国成立初期的杰作——人民英雄纪念碑的立项、设计和建造，每一个环节都广泛听取了民众的意见。建造之前，还特地把建造方案和模型公示于天安门广场，听取民众意见后进一步修改。可以说今天耸立在天安门广场上，成为新中国最重要、最典型的标志性建筑和雕塑的人民英雄纪念碑，是艺术家、政治家和广大民众共同创造的结果。这样一个伟大的作品，从设计开始，就置于民众的视域，让民众参与其中，为雕塑如何面对公众树立了榜样。但近年来，一些地方在立项、设计和塑造室外雕塑时，却不敢面对公众，忽视征求民众的意见，仅由相关领导意志或商业利益来决定，结果是制造了垃圾，丑化了环境，破坏了生态。我们应该正视这一问题的存在。解决这一问题需要多方面的共同努力，最重要的是尊重民意和尊重艺术规律。

2011年第8期

雕塑如何面对公众？（二）

选择雕塑如何面对公众这样的题目并连续两期进行讨论，目的是希望雕塑艺术有更大的发展，使雕塑艺术在建设和谐社会中发挥更大的作用。从我们的调查来看，公众心目中的雕塑杰作多为古代雕塑，对当代雕塑则不无期盼，企盼自己所生活的城市和社区出现精彩的雕塑之作，企盼雕塑成为美化环境的点睛之作。调查显示，目前城市雕塑现状与公众的企盼有着一定的距离，公共环境中的雕塑存在着许多问题。要解决问题，目前迫切需要的是社会各方面包括城市管理者、雕塑家和公众之间的互动合作。城市管理者更需要补课，补公共艺术建设之课，应虚心听取公众的意见，选择和规划公众最满意的城市雕塑方案；严肃的、有艺术追求的雕塑家，其努力的方向应该调整，要改变目前创作重参展、轻城市建设需求的倾向。应该明白，公众的需求和公共空间的美化是建设美好城市的前提，更是雕塑家实现自我价值、展示艺术才华的最佳选择。

2011年第9期

不错的版画界，困境在哪里?

版画是为中国革命和建设做出巨大贡献的画种，有着光荣的传统，与其他画种相比，今日版画界的创作态势也是健康的。无论是回顾20世纪的美术史，还是观察当下的美术现象，我们对中国版画家都充满了敬意。但历史发展到今天，不错的版画界也面临许多新的问题。在新形势下，版画自身如何发展？各版种之间乃至于版画与其他画种如何相互渗透、相互促进又保持自身的特点？尤其是在市场经济的大环境中，版画如何发挥自身的优势向前发展？版画家如何有新的和大的作为？都是不可回避的问题。历史的光荣不等于现实的光荣，版画的新辉煌要靠今天的版画家尤其是青年一代版画家去创造。我们衷心希望不错的版画界勇于接受新的挑战，解决新的问题，抓住新的机遇，迈出新的步伐，再创新的辉煌。

2011年第10期

忽略中国问题的“中国设计”

改革开放30多年来，是中国设计艺术大发展的时期，无论是设计理论、设计实践还是设计教育，都有可观的成绩。仅以设计教育为例，各类设计院系已在全国普遍开花。但与此同时，这个时期也是中国设计出现问题最多的时期。今天的设计，最突出的问题是不能满足今天中国人生活方式的需要。过去工艺美术讲实用和审美的统一，现在强调的设计艺术，其内涵和外延似乎要比工艺美术大许多，但无论多么大，设计艺术终究是为人服务的。中国设计首先要考虑为中国人服务。为中国人服务，首先要考虑中国人的需求，包括中国人的生活习惯、社会环境、人文传统、实用和审美的需要等方面。然而正是在这些问题上，设计界却往往忽略中国生活方式，设计出的作品满足不了人民日益增长的文化需求。我们衷心希望设计界多考虑实际问题，多考虑中国生活方式，以人为本，而不是为设计而设计。只有从中国出发，从中国人的生活需求着眼，中国设计才会发挥更大的作用，做出更大的贡献。

2011年第11期

十年美术教育反思（一）

美术的发展靠人才，人才的培养靠教育。近十年来，美术教育的发展是空前的。招生规模的扩大，美术院系的增加，从专科、本科到硕士、博士的培养，我国建立了完整的高等美术教育体系。特别是最近美术学已上升为一级学科，标志着美术教育进入了一个新的发展阶段。但在取得成就的同时，也暴露了一些新的问题。如一些院校盲目扩招带来了毕业生的就业困难，学生数量增加而教学质量没有提高甚至下降，重视技能训练、忽视素质教育，中小学美术教育没有得到应有的重视等，这些存在的问题如果不解决，就会妨碍美术人才的培养。本刊一贯重视观察美术教育，与各地各类美术院校有着密切的联系，曾多次讨论美术教育问题。为了促进美术人才的培养和美术事业的发展，现以“十年美术教育反思”为题，再次聚焦美术教育存在的突出问题，希望能引起包括教育界在内的社会各界的注意，以求解决问题的方案和措施。因为教育是百年大计，是美术事业可持续发展的重要基础。

2011年第12期

十年美术教育反思(二)

中华民族的伟大复兴，需要中国当代美术家来描绘和表现。擘画社会主义文化强国的宏伟蓝图，需要中国当代美术家的才华智慧。生在这个伟大的时代是幸运的，画出这个伟大时代最新最美的图画是中国当代美术家的光荣使命。当前最重要的是美术人才的培养，而美术人才的培养靠教育。教育要面向未来，未来美术大师的诞生，要靠今天的美术教育从基础着手，靠教师的辛勤培育。从这个意义上说，从事大中小学美术教育工作是伟大而神圣的。我们对为培养美术人才付出辛勤劳动的美术园丁怀有深深的敬意。

十年树木，百年树人。教育是百年大计。只有全社会重视美术教育，打好培养美术人才的基础，大力推行素质教育，营造美术教育可持续发展的生态环境，解决目前美术教育所存在的问题，美术教育才能有大的发展。从实际情况看，虽然近十年美术教育取得了很大成就，但在重视程度上还不够，在基础建设、素质培养、生态环境，尤其是教育质量上还有待完善和提高。我们应该重视问题的存在，寻找解决问题的方法，采取有效的措施，使美术教育迈向新的台阶。

2012年第1期

发掘中国动漫的原创力量

动漫艺术的重要性是不言而喻的。今天，它实实在在地影响着社会中的每一个家庭，尤其对每一个少年儿童的成长发挥着重要作用。爱看动漫是少年儿童的天性，动漫艺术的故事情节、思想内容、动作形象对未成年人的人格塑造、是非判断、美丑辨别有着巨大作用、深远影响。好的动漫艺术会长久地嵌在心田，引人积极向上、奋发有为直至终生。

与其他艺术相比，动漫艺术历史不长；与日本、美国相比，中国动漫也有差距。中国动漫尽管也出现了一些优秀之作，但在总体上不尽如人意，不能满足今日中国社会中国家庭的需要。近年来人们力图改变发展滞后的现状，大力发展中国动漫的呼声越来越强烈，时代需要中国动漫大发展。发展中国动漫，需要解决的问题很多，诸如技术技巧、市场经营、人才培养都需要加大力度，但最为重要的是要发掘中国动漫的原创力量。中国动漫，应该是有新意的中国故事，有不同于他国的独特造型动作，有本民族的文化内核和审美情趣，从内容到形式都有中国特色，而不是抄袭模仿他国。

2012年第2期

聚焦影视美术

本期的热点“聚焦影视美术”是从“大美术”的角度设立选题的。“影视美术”顾名思义涉及“影视”和“美术”，两个艺术门类相互渗透和相互影响，虽然各自有其本体的语言和特点，但并不妨碍一起交流，在交流中相互促进、共同提高。实际上，在当代艺术进程中，两者是你中有我、我中有你，是一起摸爬滚打着向前行走的兄弟。影视离不开美术，正如论者所说，影视美术是影视艺术作品视听空间造型的主体，美术在影视中的造型作用非常重要；同样，当代美术也离不开影视，不仅动漫艺术、影像艺术与影视有着必然的联系，而且影视中的影像表现手法也常常被当代美术家所借用。许多成功的影视艺术家原是学美术出身或酷爱美术，而从影视中吸取营养壮大自身并取得成功的美术家也可一一列举。

这个选题涉及学术界讨论的本体与跨界的问题。在我们看来，在小圈子内待久了，不妨跨到圈外反观一下，跨一步海阔天空，许多灵感和超越是从跨界中获得和开始的。天地相通，万物相连，宇宙是一个大圆，应该做大圆的文章。姊妹艺术之间，应该进一步交流，共同提高。特别是在文化大发展大繁荣的时代，中国美术和中国影视更应该携手同写中国神韵，共呈中国风采。

2012年第3期

滥用“写意”何时休？

近来美术领域的一个突出现象是：中国画中的“写意”一词被广泛地挪用到油画、版画、雕塑、书法、建筑乃至设计等门类，于是就有了“写意油画”“写意版画”“写意雕塑”“写意书法”“写意建筑”“写意设计”等各种理论和实践上的强调，以至于到了滥用“写意”的地步。

这一现象值得观察和思考。就词性而言，“写意”一词有诗性和文化特性，其范畴有活性和拓展性，其本身也含有“观念”和“技法”上的双重含义。许多艺术门类在其自身的发展中意在借用中国画的“写意”扩大内涵和边界以求创新，但出现的问题是，一些人用“随意”代替“写意”，滥用“写意”导致忽视本体的特点和规律，借此掩盖功力的不够和对本体艺术语言探索的偷懒。“写意”不等于“随意”，艺术创作应该是严肃认真、精益求精的，切忌“随意”。即使是中国画中的写意画，也不是随意的粗制滥造，而应遵循先工后写、熟能生巧的规律，有着观念和技法上的双重标准。而油画、版画、雕塑、书法、建筑和设计诸门类，都有其自身的特点和规律，从事各艺术门类的探索者，首先应该做到的是掌握本门类的特点和规律，先求真工实能，抓好基本功训练，而不应该是在还没有掌握本门类特点和规律的情况下就随意地去“写意”。实际上，如果真正能钻研透本门类的特点和规律，就能认识到“其中有真意”了。如果还未掌握就去随意地“写意”，结果只能是粗制滥造。我们希望艺术家们抓住文化强国的好环境，潜下心来把自己从事的艺术搞清摸透，深入地钻研进去，从而创造出无愧于时代的精品。

2012年第4期

《美术观察》出刊二百期纪念专题

本期是本刊出刊第200期，特开辟出刊200期纪念专题。我们荣幸地得到了文化部领导、美术界专家和热心读者惠赐的墨宝和寄语。捧读这些义比山重、意比海深的墨宝和寄语，我们的胸中暖流滚滚，内心只有“感动”和“感谢”四字。我们为《美术观察》得到关爱、信任、鼓励、鞭策而深深感动，我们衷心感谢给予《美术观察》支持、帮助的方方面面的朋友。从创刊初期到今天200期的行程中，《美术观察》同仁最切身的感受是来自四面八方的关爱，是众多的作者和读者的扶持。可以说，200期的每一期都是大家关爱和扶持的结果。办杂志虽然忙碌辛苦，但因为有大家的关爱和扶持，我们才不觉得辛苦，才切身感到办杂志的意义和价值。大家的关爱和扶持，是我们一往直前的最大动力，也是我们不敢懈怠的最重要的原因。出刊200期对本刊而言，是一个里程碑，更是一个新的开始。《美术观察》是大家的杂志，我们将铭记大家对本刊的呵护，深入领会大家的寄语，特别是其中的中肯建议，解决自身存在的问题，进一步发展和提高。我们更希望得到大家进一步的关心、支持和帮助。再次感谢为《美术观察》成长付出心血的前辈和朋友。

2012年第5期

艺术家的自我实现与社会担当

我之为我，自有我在，世间生我，我惠世间。每一个艺术家都应该以艺术为立身之本，潜心于艺术之探索，挖掘自身之潜能，发挥自身之能动，不断努力和追求，创造艺术之精品，用优秀之作证明自身之存在，体现人生之价值，以此奉献于社会，服务于人民，圆自我实现和社会担当之大梦。

艺术家是大地之子，应该用艺术精品报大地养育之恩，报答生他养他的土地。站在生他养他的土地上，应该有抱负、有作为、有担当，有独立之精神和独特之艺术创造。尤其是生在今天这个伟大的时代，中国这块伟大的土地，艺术家更有条件敞开自己的胸怀，树立自己的雄心壮志，发挥自己的聪明才智，实现自己的梦想和追求。一个具有独立精神、理想追求和担当意识的艺术家，在其作品中理应体现民族性、艺术性、思想性和时代性，理应搜尽奇峰打草稿，为祖国山河立传，为人民大众造像，为民族英雄写真，为伟大时代传神。一定不要忽视自我实现和社会担当的关系。艺术家要实现自我，作品要有个性和独特性，没有个性和独特性不是真正的艺术作品；同时，但艺术家不能忽视社会公众性和时代的需要，因为作品一旦完成，就会对社会产生影响，而不完全属于艺术家个人。如何以优秀的作品感染人、鼓舞人，呈现审美的世界，净化人们的心灵，是当代艺术家应该深入思考的问题。

2012年第6期

美术理论与文化强国（一）

党的十七届六中全会吹响了建设文化强国的号角。如何贯彻全会精神，如何在建设文化强国的伟大时代里建设中国特色社会主义美术，是摆在美术家和美术理论家面前的重大问题。伟大的时代应该产生反映时代的艺术精品力作，更应该走向文化自觉、建树当代的中国美术观，建立当代中国的美术理论评价体系和评判标准。从现实的状况来看，由于种种原因，美术理论的自身建设还存在着种种问题，甚至滞后于美术创作的发展。令人欣慰的是美术理论界已开始反省自身存在的问题，已展开当代中国美术理论建设的大讨论。前不久中国美协理论委员会召开的“美术理论与文化强国”研讨会，讨论的就是如何为中国美术立言的大问题。当然，问题是复杂的，任务是艰巨的，但使命是光荣的。本刊一直关注美术理论建设，观察美术理论前沿的动向。衷心希望在学术上百家争鸣、有志于建设当代中国美术理论体系和价值评判标准的理论家们，各抒己见，各献良策，提出自己的见解，贡献自己的智慧和才华，以理论创新引导和启发美术创作，为伟大的时代做出应有的贡献。

2012年第7期

美术理论与文化强国（二）

继“走向文化自觉，建树中国美术观”专题讨论之后，本刊又连续两期讨论“美术理论与文化强国”的重大问题。之所以讨论这样重大的问题，是希望美术家特别是美术理论家在建设文化强国的时代发挥更大的作用。当前的美术创作和艺术市场都很活跃，但出现的问题也比较多，理论家应该面向现实，对现实中出现的一些问题做出实事求是的分析和评判。对理论家而言，直面现实需要勇气，需要花大力气进行调查研究，其难度可能比研究古代传统更大。但为了当下美术的健康发展，必须加强对美术界现实问题的调查和研究，特别要加强美术批评的力度。衷心希望美术理论家既高瞻远瞩，又脚踏实地，敢于直面现实，放胆谈问题，对当下美术的发展提出建设性的意见。本刊将一以贯之地持开放态度，欢迎有批评力度并提出建设性意见的文章。

2012年第8期

当代中国画的文化精神面孔

近百年中国社会的变革给中国画带来的机遇和挑战，是古代画家无法想象的。古人甚至不用考虑“中国画”的称谓问题，但今天我们必须面对中国画发展的种种问题。如果说古人主要考虑绘画的“古今”问题，那么20世纪以来不仅要考虑绘画的“古今”，更要面对“中外”。古今中外的时空观使中国画面目变得多样，文化责任更为重大。中国画不仅仅是一个画种的问题，在世界艺林中，它更多地与中国文化、民族精神的兴衰联系在一起。

中国画经过近百年的发展，其面貌已与古代大大不同。期间取得的成就是巨大的，在许多方面具有开拓性的贡献，但存在的问题也是多方面的。目前突出的问题是，在建设优秀文化传承体系和表现中国艺术特色上与时代的需求有很大距离，在展现当代中国人精神风貌和时代精神上远远不够。本刊讨论当代中国画的文化精神面孔问题，是希望当代中国画在继承传统文脉的基础上进一步发展，使其面孔进一步彰显当代中国的文化精神。正如走向文化强国的中国人是由祖先而来，应比祖先更有精神；在开放环境中的中国人，朋友遍天下，要与“洋人”相处，相处中更要显示中国文化的修养和品格。当代的中国画应该显示出不同于古，也不同于洋的当代中国文化精神。

2012年第9期

书法与文化养成

当前书法创作面临的突出问题是文化学养的不足。一些书法家只注重书法外在的视觉张力和展览效果，而忽视书法内在的精神意蕴和文化养成。长此下去，书法则会变成缺少精神内涵的空壳或缺少真功的花拳绣腿，书法家则会变成头重脚轻根底浅的墙上芦苇。我们应该知道，书法之所以被历代所重视，书法家之所以被世人所敬重，正因为书法是中国文化的体现，书法家是有学问的文化人。书法之根扎在中国文化的土壤，书法家最重要的是文化学养。今日的书法家也应该是以文养成，应该在文化修养的内功上多下功夫。古之书圣、近现代之书法大师无不注重以文养成，都是文化学养高深者，因而其下笔能“郁郁乎文哉”，作品充满文化意蕴。说到底，中国书法是由中国文化养成的。文化养成书法，书法体现文化。为了书法的可持续发展，我们要继承和发扬书法的“以文养成”传统，重视书法“以文养成”的重要性。以文化书，以书彰文，当代书法家应该加强文化修养，注重文化品格的提高，创造出有深刻文化内涵的作品。

2012年第10期

理想的艺术区

艺术区是改革开放以来，特别是迈入新世纪后出现的社会文化现象。就艺术创作而言，艺术家既需要独立安静的创作空间和环境，也需要便于相互切磋、相互交流的区域场所。近年来快速的城市化进程和艺术市场的崛起，更吸引着艺术家聚集到城市的“一角”共同发展，加之政府扶持文化产业，打造文化品牌，使得艺术区在一些大城市快速产生。应该说，艺术区的产生和发展是令人振奋之事，艺术区是新生事物。在计划经济时代，在穷苦落后的时代，不可能出现艺术区，只有在社会发展到一定程度的时候才可能出现艺术区。但由于种种原因，新出现的艺术区存在着这样那样的问题，与艺术家心目中理想的艺术家园还相差很远。我们观察艺术区的种种不足和存在的问题，是希望包括艺术家在内的全社会重视艺术区建设，使这一新生事物不断完善和进一步发展。

2012年第11期

中国当代艺术的当代性

通常所说的当代艺术，是 20 世纪 60 年代先出现于西方，后于 80 年代出现于中国，具有“前卫”“先锋”“试验”性质的艺术。中国的当代艺术出现的时间不长，参与的人数也不算多，但其发展的速度很快，影响也很大，已成为国际、国内艺坛的重要景观。作为改革开放、思想解放以来新生的艺术，中国当代艺术已取得了可观的成绩，在艺术观念更新、表现方式多样等方面激活了中国艺坛，但在其发展过程中，出现的问题也不少。在建设文化强国的今天，我们应该进一步观察中国当代艺术的走势，分析存在的问题，促进其健康发展，使其在多样化的艺坛进一步发挥积极作用。

至于当代性，就不仅仅是当代艺术探索的专利。实际上，历史悠久的中国传统艺术在今天也在探索当代性，探索由传统向当代的转变，并且已经取得可观的成就。中国当代艺术当然要有当代性，问题是何种当代性。是中国的当代性，还是西方的当代性？此问题不可不察。中国当代艺术的当代性应该是当下中国所特有的不同于古也不同于外，有自己原创性的艺术新探索。而且这种新探索要考虑本民族的审美需求。我们应该看到在探索当代性的征途中，各种艺术是可以相互借鉴、相互促进，共同发展的。

2012年第12期

十年美术出版反思

近十年美术出版的变化是惊人的，成就是显著的，问题也更加突出。电子出版物的增长，各类出版社对“美术蛋糕”的切分和共享，改变了纸质出版和专业出版社出版美术图书的传统格局。近十年出版的精品美术图书有目共睹，更可喜的是，中国的美术出版已走出去，在国外建立出版机构，成为传播中国文化的生力军。但近十年美术出版出现的问题也越来越多，重视经济效益、忽视社会效益的倾向日益严重，粗制滥造、质量下降的快餐式出版，选题重复性出版屡见不鲜，跟风出版也愈演愈烈。出版画册越来越大，越来越重，越来越豪华，但也越来越不方便阅读和存放。画家个人画册满天飞，但真正有历史价值和研究价值的却不多。问题的出现当然有诸多原因，有的问题出在整体的社会生态环境上。平心而论，出版业竞争日趋激烈，出版社也居之不易。我们对美术出版界辛勤劳动的编辑同仁怀有深深敬意的同时，更希望能解决目前所存在的问题。

党的十八大已发出建设美丽中国的号召，美丽中国需要美术去装点，需要美术出版去传播。为了美术出版事业的科学发展，本期以“十年美术出版反思”为热点选题，观察十年美术出版取得的成就和存在的问题，希望蓬勃发展的美术出版业在建设文化强国中多出精品。

2013年第1期

新视域下的美术与影视

一元复始，万象更新。新年到来之际，向广大读者道一声：新年好！

本刊一直用观察家的眼光审视美术，用美术家的眼光观察世界，一直坚持大美术视野。不仅注意观察绘画、建筑、雕塑、工艺美术等美术自身的发展动向，更注重观察美术与其他姊妹艺术的相互影响、相互促进的关系。

本期所探讨的热点选题是美术与影视在新语境中如何彼此共同提高、携手发展的问题。这一选题缘于前不久由本刊与中国电影评论学会、西安建筑科技大学共同举办的影视与美术论坛。与会的美术界、影视界专家深入地探讨了艺术的本体与跨界的关系，一致认为在建设文化强国的时代，本来就有着密切关系的美术与影视，更应该携手奋进。大家越来越深切地感受到合力的重要性，合作的紧迫性；越来越认识到，当某一门艺术发展到一定阶段，更需要从姊妹艺术中汲取营养。艺术家创作的灵感、突破的契机，往往来自于对姊妹艺术的学习和借鉴，往往从跨界的试验中获得。甚至一门新的艺术的产生，也是跨界试验的结果。立足本体，敢于跨界，多方借鉴，拓展自身，不仅仅是美术创作需要的，也是其他艺术门类创作所应该注意的问题。

2013年第2期

中国设计主体性的崛起

生活需要艺术设计，建设小康社会和美丽中国需要艺术设计，作为美术的重要门类，艺术设计的社会功用越来越突显，人们对艺术设计的要求也越来越高。改革开放以来，艺术设计领域的朋友在虚心地学习世界各国优秀设计的同时，也一直在探索富有中国特色的设计之路。近日，我们欣喜地看到，由文化部主办的首届中国设计大展及其相关的学术论坛在深圳举办。此次大展和论坛是当代中国设计史上的重要事件，从某种意义上讲，标志着中国设计主体性的崛起。诚如评论者所说，中国设计起步较晚，追赶的脚步却很紧迫。至今天，中国设计应认真思考许多重大的问题，如设计师在什么样的环境下设计，为谁设计，怎样设计，如何“回到中国”，如何建立中国自己的标准，如何规划中国设计的发展方向，中国设计何时能引领世界创意的潮流，等等。解决这些问题需要一个过程，只要大家齐心协力，中国设计一定能够开辟自己的复兴之路。

2013年第3期

建筑创新对城市建设有贡献吗?

中国正在大踏步迈向城市化进程，城市越来越多，面积越来越大，楼房也随之越来越高。在大规模的城市化建设中，每天不知有多少新建高楼拔地而起。我们在惊叹城市化进程之快和城市楼房之高的同时，也发现了城市布局和楼房样式的雷同化倾向。偌大的中国，东部和西部、江南和塞北，各城市新起的大楼乃至新开辟的街道，似乎都是一个模样。虽然城市中的高楼增加了，但城市特色减弱了，给人千城一面的感觉，这暴露了城市规划和建筑设计盲目跟风的问题。城市是现代人生活的家园，家园应该各具特色而不是千篇一律。正如每个人都有自己的个性，每个城市更应有自己的个性，有本地域的特点和本城市历史文化的特点，建筑师应该深入了解其个性特点，设计出具有本城市文化内涵的建筑作品。城市建筑，最重要的是彰显城市的文化内涵和品格，应重视城市的文脉特点。从现存的中国历史文化名城名街看，古代建筑师设计作品时是非常注重城市文脉特点的，因而建筑的个性特点也随之突出。希望今天的建筑设计界少一些跟风现象，多一些有历史文脉特点的创新，多考虑建筑与城市文化和空间秩序的关系，多一些彰显地域文化特色的建筑作品。

2013年第4期

实验艺术与学院生态

虽然各种艺术都有其实验性，也都在实验过程中表现新的观念和寻找新的表现手法，但通常所说的实验艺术更强调先锋作用和前卫性，更强调新尝试、新探索、新创造，更希望以观念更新、视觉独特令人刮目相看。近年来中国的实验艺术作为后起之秀发展很快，作为艺术大家庭中的一员，在美协、画院、艺术科研机构，特别是美术学院中不断发展壮大，重要的标志是在美术学院中开科立系。曾经被认为与学院派对立的实验艺术如何教、如何学，成为人们议论的话题。我们应该看到，当代的中国美术各种类之间、各机构之间，关系越来越密切，彼此之间越来越认识到相互促进、共同发展的重要性，也越来越具有包容性。“风乍起，吹皱一池春水。”但愿充满活力的实验艺术能够激活艺坛画苑，能够在美术人才的培养上发挥大的作用，继续行进在新探索、新创造道路的前列。

2013年第5期

践行之路——当代中国美术评价体系的构建

艺术评价标准和评价体系的建构是近年来本刊重点观察和讨论的问题。从讨论“书法的当代标准”到探讨“构建当代中国美术评价体系”再到对“当代中国美术观”的多次探讨，本刊一直在坚持努力从多方寻找解决问题的途径和答案。虽然困难重重，许多难题还没有解决，还没有达到预期的结果，或者说离目标还很远，但我们始终没有放弃，不仅没有放弃，而且越来越坚信和充满希望，越来越认识到讨论的重要性，我们今后更要加大讨论的力度。希望经过广泛而深入的探讨，在学理上研究透，使大家对艺术评价标准和评价体系的认识越来越清晰，以形成共识。

学理认识重要，如何践行更不可忽视。评价标准和评价体系不是空洞的理论，与创作实践密切相关，必须具有可操作性。而且，它的价值和作用是通过评审过程体现的。在美术评审活动中，评审规则、评审方法与评审标准同等重要。近年来的某些美术评奖活动之所以被人们所诟，原因之一是评审规划或评审方法出了问题。我们欣喜地看到，前不久中国艺术研究院举办的“中国青年艺术家提名奖”评选活动，在评审标准、评审规划、评审方法上都做了有益的尝试，评审过程也十分严肃认真。我们希望这样的尝试更多一些，进一步推动当代中国美术评价标准和评价体系的建构。

2013年第6期

让少儿美术教育回归本真

少儿美术是整个美术事业的重要组成部分，美术事业的可持续性发展，在很大程度上取决于少儿美术教育水平的提高。少儿美术教育与成人美术教育不同，有着自身的特点和规律。如何培养少年儿童审美的心灵、善察的眼睛、灵巧的小手，使他们画出自己心中的图画，画出童真，画出快乐，是少儿美术工作者的神圣职责。少儿美术教育，学问很深，实践性很强，难点也很多，在教育方式、教育手段上，专家们也有一些不同的意见。现在大家应该认真讨论一下，传统的教育方式有哪些还可以继承和发扬，近年来的中小学美术教育和社会美术教育有哪些经验和教训，特别在全球化、信息化的今天，国外的少儿美术教育又有哪些优点值得我们学习。这些都是事关美术事业大发展的大问题，不可不察。本期正值“六一”儿童节之际，谨向少年儿童朋友，道一声：节日快乐！

2013年第7期

当代书法的技与道

艺术的技与道关系虽然是一个老问题，但在今天仍有探讨的必要性。因为技与道关系的探讨，既有普遍性，又有针对性。不仅艺术的诸多门类都涉及技与道的关系，而且具体到某一门类，技与道关系的探讨对其进一步的发展也有促进作用。本期探讨书法的技与道，既关系到书法自身的发展，也会对其他艺术门类的发展有所启示。书法之所以被称为书法，就字面来看，“法”当然包含技法在内，书法如果没有技法，就不成为书法；但书法又不仅仅是技法，如果其中没有道的内涵，其价值又从何谈起？书法有法，书法有道，法中显道，道在法中。书法，在日本被称为书道，就字面而言，“书道”是强调“道”的，但只强调“道”而忽视“技”也不行。没有“技”的手段,“道”又从何显现？古代书论、画论中所讲的“一笔”“一画”，既是“技”亦是“道”,“技”“道”是一体的，仍然应该是“技”“道”并重。

2013年第8期

版画的当代价值

版画，顾名思义，以“版”为其特点，就材质而言，有木版、石版、铜版、丝网版等版种，也因为有“版”，所以可复制，可复制是版画的特点之一。中国的现代版画，在革命战争年代贡献很大，影响也大。在新中国成立初期，版画宣传为社会主义建设也发挥了不小的作用。到了改革开放，特别是市场经济时期，有人认为版画发展的步伐缓慢了，价值减少了。实际上，版画一直在阔步前进，版画界在观念更新、语言探索方面一直走在艺术前列。经过改革开放 30 多年的发展，至新世纪，中国已经有了一支很可观的版画队伍。而且中国版画在国际上屡屡获奖并有引领潮流之趋势，中国的版画基地已成为国际著名版画家的创作中心，版画市场在中国也已形成，作品逐步由展厅走进千家万户。随着中国城镇化建设的推进，喜欢版画、收藏版画的人会越来越多，版画在当代的价值会越来越突显。衷心希望版画家创作出更多的精品。

2013年第9期

笔墨传统与时代生活

中国是文明古国，艺术上有着悠久的文化传统。以中国书画为例，千百年来，经历朝历代积累，形成了丰厚的笔墨传统。今天，我们学习中国书画，就不能丢掉笔墨的传统，如果丢掉了笔墨传统，就等于丢掉了中国书画的特色。笔墨传统不仅不能丢掉，而且要认真研究，发扬光大，把它研究透，并在此基础上有新的创造。就时代而言，今天的中国既非古代之中国，也非 20 世纪之中国，而是经济腾飞、一日千里之大国，而且正在建设文化强国。新时代、新生活、新科技、新思想发展之快，变化之大，前人无法想象。与过去相比，目前又是艺术创作环境最为宽松、条件最为优越的时期，生活在这样一个前所未有的伟大时代，中国书画家更应该在反映新时代、表现新生活上有大的作为。把握新时代的脉搏，体验新生活的真谛，以新的笔墨、新的表现手法创造新的艺术风格，熔铸新的中国气派，是今日书画家的神圣使命。早在新中国成立之初，长安画派就提出了一手伸向传统，一手伸向生活的主张。今天，我们更应该深入研究笔墨传统和时代生活的关系，承传统之文脉，写时代之篇章，用艺术创造新世纪的中国梦。

2013年第10期

中国美术走出去

中外美术交流，走出去和引进来是常态。上个世纪，西方美术引进来比较多，中国美术走出去比较少，不太对等。新世纪以来，情况有了改观。随着经济的腾飞，特别是建设社会主义文化强国战略的提出，无论是国家文化部门，还是有关社团组织，都认识到文化战略发展问题的重要性，越来越重视中国美术的对外传播，把中国美术走出去作为重要的工作之一。中国到欧美等国家举办的美术展览逐年增多，中国美术家去世界各国考察交流的人数和次数也与日俱增，随之出现的问题也越来越多。随着时间的推移，中国美术走出去的势头会越来越大，任务也会越来越艰巨。

中国美术走出去，如何走？出什么？去哪里？很值得研究。中国美术传统悠久，博大精深，古代和现当代美术都卓有成就。如何对外传播优秀的、经典的、真正有代表性的中国美术，是当前的重要任务。还要研究中国美术对外传播的渠道、方法和步骤，研究对外传播和接受的关系。我们应努力用美术讲好中国的故事，用中国美术传播中国好形象。

2013年第11期

十年美术研究反思

近十年的美术研究有了很大的发展，成就是显著的。无论是研究队伍，还是研究成果，在数量上都大大增加，各种形式、各种主题的研讨会也越来越多。随着中外美术交流的增加，美术研究的视野在不断扩大，而市场经济体制下美术事业的快速发展，促使美术研究的领域和路数不断拓宽和创新，观念更加多元，方法更加多样，并出现了一些新的研究课题。如美术场馆研究、策展机制研究等，是近年来美术研究的热门话题。最令人振奋的是70后、80后青年美术理论家的崛起，显示出美术研究队伍的朝气和活力。

在看到成就的同时，更应该看到发展中的问题。与美术创作相比，美术理论研究相对滞后，基础理论研究、美术史研究尚有不少薄弱环节，人才流失、学术失范问题越来越严重。尤其是美术批评，声音很弱，远远没有发挥出它原本应该发挥出的正能量。对近十年美术研究进行反思，总结经验，吸取教训，对未来的发展提出一些建设性意见，进一步促进美术研究的发展，是本刊的愿望所在。

2013年第12期

聚焦“十艺节全国美展”

文化的大繁荣时代，需要大型的美术展览，人民群众日益增长的精神文化需求，也需要大型的美术展览。在当下，大型美术展览尤其是政府文化部门主办的大型美术展览，体现出美术创作的导向性。新中国成立以来，文化部和中国美术家协会已连续成功举办了十一届全国美展。五年一届的全国美展作为大型美术展览，已是新中国美术史上的重要篇章，但仅此还远远不能满足人民群众的精神文化需要。从第九届中国艺术节开始，文化部决定增设全国优秀美术作品展，作为全国性常规性的大型美术展览。目前还在山东展示的“第十届中国艺术节全国优秀美术作品展”是今年中国美术界的一件大事，是大型美术展览的进一步尝试，为如何办大型美术展览提供了成功经验。三年一届的中国艺术节是“艺术的盛会，人民的节日”，增设“全国优秀美术作品展”，体现了国家对美术的重视。我们相信，随着时间推移和不断完善，中国艺术节全国优秀美术作品展在当代美术发展史上的分量会越来越重。

2014年第1期

如何塑造“中国形象”？

塑造中国形象，是近年来美术界越来越重视的问题。因为，随着经济的腾飞和综合国力的增强，中国的国际交往越来越频繁，中国在国际上发挥的作用越来越大，国家形象的问题也随之突出。中国在国际舞台应该树立什么样的形象，中国的当代艺术如何塑造中国形象，越来越显得重要。而恰恰在塑造中国形象方面，中国美术界在正能量的传递上还远远不够。尤其是在当代艺术的推广方面，传播到国际的一些中国当代艺术，或是西方推出的所谓中国当代艺术，未能恰当地塑造中国形象，甚至扭曲丑化了中国形象，而许多主流的代表中国艺术水平的作品却未能传播出去。当然，问题是复杂的，在塑造中国形象的自我体认和文化自觉方面，中国的美术家还要进一步提高，还要充分认识用艺术塑造中国形象的现实意义。当前更重要的问题是文化传播，应该在文化传播方面，加大力度在国际上传播中国主流的、传递中国改革开放正能量的美术精品力作，把真正熔铸中国气派、正面塑造国家形象的美术作品推向世界。

2014年第2期

摄影的人文关怀

就出现的时间先后而言，与绘画等传统艺术门类相比，摄影确实是后起之秀，它的历史只有一百余年。摄影虽然诞生的时间较晚，但发展迅猛。就普及的程度而言，摄影在今天是全民性的，它与社会成员中的每个人都发生着关系，社会中的每个成员几乎都用相机或手机“照”过别人，或被人“照”过。相比而言，今天摄影爱好者多于绘画爱好者，摄影的普及程度超过了绘画。摄影对绘画的影响也是很大的，摄影自诞生以来，不断促进新的绘画流派风格的出现。更为重要的是，摄影的纪实功能、纪录作用和快速的传播效能，使其在当代社会中发挥的作用越来越大，因此，摄影的人文关怀问题也越来越突出。正如绘画面临着“画什么”“怎样画”的问题，摄影家和摄影爱好者也面临“拍什么”“怎样拍”的问题。从根本上说，任何艺术都要有人文关怀，用镜头歌颂真善美、揭露假丑恶的摄影艺术更应该彰显人文精神，担当社会责任。摄天地大美之景象，拍人间至真至善之瞬间，后起之秀的摄影艺术应该在建设美丽中国的伟大征程中充分发挥它的独特作用。

2014年第3期

策展人的价值

美术的传播有多种方式，展览在众多方式中最直接、最突出、最集中、最有效，且具有龙头的作用，往往是展览一开幕，带动其他传播方式，电视、网络、报刊等媒体传播便随之跟进。可以说在当代社会，美术展览的重要性越来越突出，越来越受重视，这是时代的必然。近年来，与美术展览相关的突出现象有两个：一是美术馆数量的增多，一是策展人的出现。应该说，任何展览都需要策划，需要设计，需要创造，有了展品仅仅是开始，重要的是如何展、展什么，这就需要策展人贡献才华智慧了。策展人在中国出现的时间不长，还算是新生事物。目前中国的策展制度还不健全，展览的评价机制也有待于完善。衷心希望策展人立足中国的现实，根据公众的需要，充分发挥主动性和创造性，策划出高水平的展览。

2014年第4期

材料何以艺术？

任何艺术都需要载体来呈现，无论多么伟大的精神，多么高超的气质，在表现上都离不开载体，尤其是造型艺术，载体的重要性更是不言而喻的。正是从这个意义上说，材料作为艺术载体的物质基础很值得研究。中国艺术有着重视材料的传统，如文人用的笔墨纸砚称为文房四宝，千百年来中国人创造了各种具有文化意义的品牌。改革开放以来，随着对艺术的深入探索，艺术家们更加重视材料和艺术语言的试验，从材料的开发试验中寻找新的突破，并把国、油、版、雕等以往使用的各种材料和前人未曾使用过的新材料综合在一起，探索新的艺术语言。我们应该肯定这样的探索，因为艺术总是要不断发展的，材料的使用也是不断变化的。材料的广泛选择、综合运用和方法的创新，往往能激发艺术家产生新的灵感、新的思想。当然，艺术创作不能为材料而材料，作为物质的材料是为表现精神服务的。

2014年第5期

美术馆时代的文化福利与公民权利

新世纪中国美术最突出的现象之一是众多美术馆的建设。美术馆是美术作品聚集、观众聚集、新闻媒体聚集之地，是时代美术的聚焦点，因此有人把当下称为“美术馆时代”。美术馆承担了展陈、研究、收藏、公共教育等多种任务，最为重要、最根本的任务是为观众服务，从大的方面来说，是坚持为人民服务的大方向。美术馆是公益事业单位，尤其是各级公立的美术馆，都是为民众而建的，由政府投资兴建，建造资金是取之于民，建造目的是用之于民。在如何用之于民上，美术馆大有文章可做，大有空间可拓。目前许多新建美术馆的硬件设施堪称一流，但展览缺乏策划，展陈缺乏设计，展品缺乏精作，公共教育缺乏具体措施，服务意识淡薄，与观众的期望还有很大的距离。对于广大观众来讲，到美术馆参观是为了获得审美的享受、精神的愉悦，如何进一步施惠于民，满足民众的需求，是今天美术馆建设应该注意的大问题，不能仅仅停留在硬件建设和免费开放的初级阶段。

2014年第6期

中国美术研究的自身建设与海外风潮

中国是世界上美术文献最多、美术史论传统最为悠久的国家，中国古人留下的美术史论著述可谓浩若烟海、汗牛充栋。但近现代以来，随着社会的转型，美术史论研究发生了很大的变化。最明显的特点是在大量引进移植西方艺术理论的同时，中国美术理论的原创性逐渐丧失。很多美术理论同行谈西方艺术理论如数家珍，但对本土的传统理论相当陌生，往往记住了“他山之石可以攻玉”，却忘记了自身山石的功用。西方的艺术理论固然伟大，也应该借鉴，但并不能解决中国艺术的所有问题。比如讲，用西方艺术理论研究中国书法，总觉得隔着一层，甚至是驴唇不对马嘴。

经过改革开放三十余年，本以为美术理论的情况会有好转。但一观察发现，中国当代美术理论的原创性问题还没有解决，又出现了理论研究队伍萎缩、人才大量流失的现象，更有甚者，原来还比较有厚度的基础理论也变得薄弱起来。人们常说，理论研究和创作实践是美术起飞的双翼，目前看，理论研究这一翼的问题很大，如果不解决，美术想飞也飞不起来。

2014年第7期

中国美术研究的自身建设与海外风潮（二）

上一期的“中国美术研究的自身建设与海外风潮”专题在美术界引起了积极的反响，诸多同道通过电话、书信等方式反馈说，这是一个很值得讨论的问题，现在讨论这一问题的时机也最为合适。我与本刊编辑同仁都是美术研究者，都在研究美术的过程中亲身感受到中国美术研究自身建设所存在的问题和海外风潮时的扑面之力，当听到各院校和科研机构同道及时反馈的信息时，我们备受鼓舞，并决定再次对这一专题进行深入讨论。因为这样的讨论不仅是中国美术研究自身建设的需要，而且也是中国美术的创作实践、对外传播和交流所需要的。“我们与他者”“自立与他山”是客观存在，不能回避，如何处理二者的关系，处理得当与否，直接影响到中国美术何去何从。处理得好，不仅会促进中国美术的健康发展，而且对促进世界美术的繁荣也具有重要的意义。

2014年第8期

国画生态与国画发展

包括艺术生态在内的生态环境问题越来越成为人们关注的话题，因为生态环境的优劣与社会的兴衰和艺术的消长有着直接的关系。诚如雾霾会摧残人的身体，影响人的心情，浮躁的社会风气、急功近利的艺术市场在催生文化快餐的同时也会降低艺术的质量。就中国画的生态而言，现在确实遇到了一个好时代，创作环境宽松自由，交流切磋机会越来越多，画家学习生活条件之好超过了已往任何一个时代。但这个时代又弥漫着浮躁的气息，利益的追逐，物欲横流、拜金主义、官本位、市场泡沫等不良现象愈演愈烈，严重干扰了中国画的发展和提高。今天的中国最重要的是驱逐雾霾，需要蓝天白云和绿色生态。今天的中国画坛，最重要的是戒骄戒躁，需要一个安静有序、可持续发展的艺术生态，培育这样的生态，需要包括画家在内的全社会的共同努力。

2014年第9期

摆脱浮夸：当代建筑的诉求是什么？

建筑作为家园的象征，无论在物质上还是精神上都非常重要。它是人们行旅的归宿处，前进的出发点；它既是人们生活的场所，又是人们寻梦的宅基。改革开放以来，中国建筑取得了巨大的成就。经济的腾飞、国力的增强为建筑业的发展提供了雄厚的物质基础，城市化进程的加速为建筑业带来了前所未有的发展机遇。全国各地，遍地是高楼大厦；大江南北，到处是建筑工地。城市中各种风格、各种样式的建筑层出不穷。正因为有这样的发展机遇，世界上许多著名的建筑师也纷纷把目光聚焦到中国，不远万里到中国施展其设计才华。毫不夸张地说，近三十年来，中国是世界上盖楼最多的国家，中国已成为国际著名建筑师的创新试验基地。但问题也随之而来，如千城一面、万楼雷同的建筑跟风现象，再如"高大上"的攀比之风。更为严重的是，近年来出现的脱离实用的浮夸之风愈演愈烈。一些建筑为了标新立异，不顾建筑的实用功能，忘记了建筑为人服务、为人提供舒适便捷的宗旨，而是为设计而设计，为形式创新而创新，结果是既不实用也不美观，只是造作而已。这种浮夸之风，与平面设计中"为设计而设计"忽视实用的风气是相同的。建筑设计和平面设计在今天都应该注意"形式主义"的问题，应该重温实用和审美相统一这一基本的原则。

2014年第10期

失去乡土情境的民间美术

美在民间，文化之根在民间。民间美术是美术之源、美术之基、美术之根。在中国美术的发展过程中，民间美术发挥着重要作用，古代的宫廷美术和文人美术都是从民间美术中汲取营养发展而来，中国美术史上每一次重大的变革，也都是返本到民间美术中获得力量，从而开出一条新路。历史发展到今天，虽然发生了重大的变化，美术的形态样式也和古代大大不同，但民间美术仍然是我们的基础、根本和源泉。我们要从民间美术中汲取营养，增加动力，获取正能量。值得注意的是，随着城镇化进程的加速发展，民间生活方式的变化，民间美术也发生着很大的变化，部分传统民间美术品类样式在衰微甚至是消亡，新的民间美术在产生或者兴盛。我们要注意观察民间美术的发展变化，保护民间美术的生态环境，正视民间美术发展中出现的问题，使民间美术健康有序地发展下去。从根本上说，重视民间美术，扶持和发展民间美术，是百年大计，不可掉以轻心。

2014年第11期

观察第十二届全国美术作品展

创作是文艺工作者的中心任务，作品是文艺工作者的立身之本。五年一届的全国美展是一个阶段内美术创作的集中展示，从新中国成立至今的六十余年中，全国美展举办了十二届。举办单位的权威性，跨世纪的时间连续性，国、油、版、雕，以及水彩、粉画、漆画、壁画、设计等作品的丰富性，参展美术家的广泛性，使全国美展成为新中国美术史上的重大事件和重要品牌，也是中国特色社会主义美术多方面历时性的体现。每一届全国美展都有各自的特点，其中的优秀作品都有闪光点和动人处，都书写着新中国美术的光辉篇章。也正因为如此，全国美展成为人们广泛关注的对象。分别在十三个展区展出的第十二届全国美展，目前受到了观众的热议。本届展览有多少思想精深、艺术精湛的作品？哪些是动人心扉、催人奋进的作品？哪些是人民喜闻乐见的作品？美术家的中心任务完成得如何？有没有经得起考验的立身之本？种种问题需要人民大众去鉴赏评判。我们对第十二届全国美展的观察有赞扬也有批评，目的只有一个，希望全国美展越办越好，希望发扬优良传统，进一步完善展览体制，多呈现精品力作。

2014年第12期

建构当代书法评价体系

当代文艺评价体系的建设是一项重要任务。随着文艺事业的繁荣和发展，人们越来越认识到当代文艺评价体系建设的重要性。在与文学、美术、音乐、戏剧方面的专家交谈中，大家都感到许多混乱现象的产生与当代评价标准的缺失有关，都认为建设当代文艺评价体系有利于推动文艺的健康发展，特别是在国人走向文化自觉、文化自信的当下，在强调弘扬中华优秀文化、传承和弘扬中华美学精神的今天，为了伟大的文艺复兴，更应该建设当代中国文艺评价标准和评价体系。大家同时又感到，在评价标准和评价体系建设上面临着许多难题，最难的是评价标准的确立和共识。因而我们需要从实际出发，进行广泛深入的讨论和研究，既要着眼于当下，又要着眼于未来。通过脚踏实地的努力，完成建构当代艺术评价体系的历史重任。

本期刊发的当代书法评价体系的研究和讨论，既是书法本身的问题，也涉及其他艺术门类所面临的问题。本刊今后还要展开艺术评价标准和评价体系的讨论，希望有更多的人参与讨论，因为这是事关艺术发展的百年大计。

2015年第1期

因地而设计

“因地制宜”是一个古老的成语，意思是根据各地的具体情况，制定适宜的办法。这个原本谈城市建设的成语，在千城一面的今天具有很强的警示意义。“因材施教”也是一个古老的成语，意思是要根据学生不同的情况进行不同的教育，这一出自《论语》的成语，对今天的艺术设计教育更有着重要的启发意义。两个成语一是强调具体的环境，一是强调人的个性特长，都是讲针对性的。对今天的环境设计、艺术教育而言，前一个成语启发我们要“因地而设计”，设计要有地方特色，要改变“千城一面”的雷同现象；后一个成语启发我们要以“学生发展为本”，要善于发现学生的个性特长，分层施教定制培养，培养出更多的设计人才。

中国文化的丰富性是由东西南北各地文化的多样性组成的，突出当地的特点，发挥当地的优势，形成当地的文化品牌，在今天越来越显得重要。从这个意义上说，“因地而设计”的提法具有前沿性和导向性，应该大力提倡。

2015年第2期

编码与解码：新媒体艺术在当代

本刊在创刊之初就开始观察新媒体艺术的发展状况，曾多次讨论计算机艺术、影像艺术等热点选题。我们通过观察发现，各种新的艺术现象的出现都与时代有关，艺术的发展是有着与时俱进、与科技同步的特点的。现当代美术史告诉我们，声光电的运用不仅使传统美术的创作观念、呈现方式、表现手段、传播途径发生了重大变化，而且出现了各种面目的新媒体艺术。新媒体艺术与社会变革共生，与科技相连，与日常生活相融，是时代发展所需要的，是人民大众生活所需要的。随着时代的发展，新媒体艺术越来越显示出它的重要作用和价值。以计算机和互联网兼容声响、图形、图像、语言、文字，以及各类科技手段创作的作品，不仅为人类提供创造新形式、新理念、新成果的方法，更是开放、交互、移动、参与、融会等新的表达方式的体现。如果说在上世纪新媒体艺术还是“小荷才露尖尖角”的话，那么到了今天，它已是庞然大物且有着旺盛的生命力，更是我们应该仔细观察和深入研究的重点对象。

2015年第3期

青年艺术家的生态与成长

青年人朝气蓬勃，是国家建设的生力军，更是美术事业可持续发展的重要力量。在现当代美术的发展过程中，每个时代的美术青年都发挥了重要作用，绘写出光辉的篇章。许多划时代的美术力作、体现正能量的美术精品都出自青年美术家之手。从某种意义上说，青年美术家的探索既是当下美术思潮的集中反映，又体现出今后美术的发展趋势。也就是说，衡量一个时代的美术，关键要看青年美术家。本刊自创刊以来，就一直把青年美术动向作为观察的重点，曾数次集中讨论过青年美术的有关问题。本期以正走在路上的80后、90后青年美术家为重点，观察他们的所思所想、所作所为，观察他们用艺术构筑“中国梦”的创作状态、表现手法和传播方式。衷心希望全社会进一步关心扶持青年美术家，为青年美术家脱颖而出提供更多的平台，更希望走在路上的青年美术家不辜负时代的期望，努力进取，从艺术高原登上艺术高峰。

2015年第4期

失去公共性的公共艺术

所谓公共艺术，顾名思义，首先应重视它的公共性。阿伦特曾指出公共性的两条标准：一是在公共领域中展现的任何东西都能被所有人看到听到，因此具有广泛性；二是要共同体的人们都加以关照，具有明显的公众能见度。从某种意义上说，公共艺术是存在于公共空间的艺术，与社会公众发生着密切的关系，体现着公共空间的民主、开放、共享的精神和态度。近年来，中国随着城市化进程的加快，包括城市雕塑、城市环境设计在内的公共艺术发展很快，但也出现了许多问题。当下的中国公共艺术，在体现民主、开放、共享的精神和态度等方面还远远不够。诸多公共艺术设计，缺乏与公众的交流，很少听取公众的意见和建议，公共艺术的管理机构和制作机构也没有深入认识公共性的重要意义。而某些公共艺术或忽视本土的自然生态和文化传统，对西方样式生搬硬套，或不顾当代公众的审美需求，造一些假古董。这样的公共艺术，是拙劣的，丢失了公众艺术的公众性。我们希望公共艺术的创造者、管理者进一步重视公共性问题，以民主、开放、共享的精神和态度从事公共艺术的创造和管理。

2015年第5期

美术馆如何生产知识

人们习惯上把美术馆称为“艺术殿堂”，殿堂有庄重严肃的意味，实际上，美术馆不仅是艺术殿堂，更是生产传播美术知识，进行审美鉴赏的艺术课堂。在艺术为人民服务的今天，美术馆在艺术的公共教育、知识生产和传播上发挥着重要的作用。美术馆一场高质量的展览发出的正能量是巨大的，可发出时代的呼喊，传递文化的心声；可鼓舞人心，启发思想，愉悦精神，净化心灵。人们走进美术馆，置身其中，直面作品，与作者进行心灵对话，那种直观性、鲜活性、现场感是特有的，是铭记在心的，是其他教育方式所无法替代的。古人曾有“听君一席话，胜读十年书”之叹，今天若遇上一场好展览，更是胜读十年书。如今已被称为“美术馆时代”，中国的美术馆建设速度之快令世人注目，大中小城市已耸立起众多的美术馆，美术展览也遍地开花，但存在的问题是高质量的展览不多。美术馆如何策划展陈高水准的展览，如何充分发挥出公共艺术教育的作用，如何提高服务公众的水平，成为生产知识、传播知识的重要基地，这是一个重要课题。

2015年第6期

美术与通识教育

当代社会分工越来越细，艺术教育的专业设置也越来越多，出现的问题是重视了“专”，忽视了“博”，培养出的学生的知识面越来越窄，学生所学的专业技能也很有限，满足不了社会的需要。近年来研究生招生量扩大，硕士、博士大增，但就知识面而言，出现了硕士不“硕”、博士不“博”的现象。所谓“硕士”“博士”，在知识上应该是丰硕之士、博大之士，应该有全面的文化素养，我们的高等艺术教育，恰恰在这方面出了问题。我们呼吁艺术学院加强通识教育，目的是促进培养具有全面文化素养的人才。我一直认为，通识教育是培养人才的基础和前提。所谓“专识”是建立在“通识”基础之上的，“专识”的前提是“通识”。也正如做学问，精深的见识是建立在博大底蕴基础之上的。从古代的“六艺”之教来看，中国有着重视通识教育的传统。在社会分工越来越细、专业设置越来越多的当下，更应该发扬光大这一优良的传统，因为通识教育仍然是人才脱颖而出的重要基础。

2015年第7期

重思国画教育：书画同源与专业分工

近现代以来，艺术专业越分越细。不仅有了创作实践和理论研究之分，而且在艺术教育设置上，有了国、油、版、雕等分科。在国画教育上，又细分为人物、山水、花鸟等科目。人生有限，艺海无涯，术有专攻，时代使然，但不可片面理解这些区分。分是为了合，分是过程，合是结果；分是手段，合是目的。比如，创作实践和理论研究的关系，应该是相互结合，以理论研究带动创作实践，以创作实践促进理论思考，两者相辅相成，最终合二为一。缺乏理论思考和学问修养，不可能成为杰出的画家；同样，没有创作实践的切身体会，也很难成为出色的理论家。为什么前辈们一再强调文化修养和理论认识的重要性，一再告诫“不学一艺莫谈艺”，深意即在于此。再看看黄宾虹、潘天寿、傅抱石、王朝闻等前辈大家在理论研究和创作实践上的突出贡献，更会得到一些启示。从艺不能单打一，应该学艺相成、多方综合，正如走路需要两条腿，艺舟游海需要学艺之双楫。但目前反映在国画教育上的突出问题是视野越来越窄，手法越来越单一。我们本来有着书画同源、书画齐学并进、诗画相互促进的传统，但目前被许多院校丢掉了。许多习国画者不习书、不学诗，缺乏文化素养，这样的问题不解决，国画是很难出作品出人才的。目前的院校国画教育应该反省，正确对待专业分工问题，要发扬书画结合、诗画并进的传统，在诗、书、画的综合学习上下功夫。尤其是国画教师，要做表率。

2015年第8期

遏制中国动漫的坏品位

在电视和互联网普及的时代，具有新科技性质的动漫艺术，受众多、传播快，它迅速走进千家万户，走进人们的心灵，成为日常生活中最为普及的艺术种类。动画片最吸引少年儿童，是少年儿童成长的伙伴，也是少年儿童较早接触的艺术样式，在少儿教育方面具有重要的作用。中国有句老话叫“先入为主”，最先进入儿童心灵的艺术会令儿童铭记在心，终生难忘。就此而言，动漫艺术的作用是非常重要的，优秀的动漫艺术促进儿童身心的健康成长，而低劣的动漫艺术会把儿童引向歧途，在未来拉低国人的审美品位。当前中国动漫发展速度不慢，但数量多却质量低，无论是艺术性还是思想性都存在着一些问题。最为突出的问题是一些品位低下、思想不健康作品的传播，严重影响了少年儿童身心的健康发展。少年儿童身心健康是大事，不可轻视，我们希望各方面都支持动漫艺术的发展，提高中国动漫艺术的品位。

2015年第9期

美术家，你读书了吗?

“读万卷书，行万里路”是中国古代美术家留给我们的箴言和经验。用读书增加修养，开阔胸襟，扩大视野，提高认识；在行路中观察、体验、写生，搜尽奇峰打草稿，激发灵感，创造精品。读书和行路，既是创造时代精品的途径，也是为中国美术立言的过程。悠久的中国美术史告诉我们，读书和行路同等重要，越是优秀的美术家，越注重读书学习和行路体验。他们边读边写，边行边画，为后世留下了大量的经典画论和作品。

时代的发展为今天美术家的读书行路提供了远比古人优越的条件。飞机、高铁等各种现代交通工具都为行路提供了方便，电子书等现代图书为阅读提供了便利。但应该看到，条件的改善不等于收获的增加。今天行万里路很方便，但是否做到了深入大自然，搜尽奇峰打草稿，是否做到了深入生活，搜妙创真，对许多美术家来说是要打问号的。同样，万卷书得到也不难，但是否读了也要打问号。事实上，美术界的浮躁风气较重而读书风气不盛，许多美术家热衷于场面活动而不愿静下来读书。我们之所以关注美术家的读书问题，是希望今天的美术家继承发扬先辈的读书传统，多读书，读好书，切实提高文化素养，为攀登艺术高峰增加正能量。

2015年第10期

环境与艺术

生态问题似天大，尤其是在雾霾重重、饮水污染、山林草原不断被毁坏的当下，问题更为严重。生态问题实际就是人类的生存问题，生存问题不解决，何谈发展？在付出了沉重的代价后，我们终于认识到绿水青山就是金山银山，认识到清新空气、清洁水源、美丽山川、肥沃土地、生物多样是人类必需的生态环境，意识到必须保护森林、草原、河流、湖泊、湿地、海洋等自然生态，开始树立自然价值和自然资本的理念，认识到自然生态的价值，认识到保护自然就是自然价值和自然资本的增值过程，就是保护和发展生产力。

在加快建立系统完善的生态文明制度、加快推进生态文明建设的今天，艺术家应该充分发挥积极的作用，以建设美丽中国为目标，以解决生态环境领域突出问题为导向，用艺术的方式、生动的形象，表现生态山水与美丽家园，歌颂生态文明建设的突出贡献者，抨击破坏生态和污染环境的行为，用艺术进一步唤醒世人保护生态资源、维护生态平衡的意识，给子孙后代留下天蓝、地绿、水净的美好家园。

2015年第11期

威尼斯双年展中国馆十年回顾

艺术的国际交流越来越重要，越来越频繁，越来越成为人们注目的大事。随着国家开放的扩大和深化，人们越来越认识到，中国离不开世界，同样，世界也离不开中国。世界需要中国艺术，中国艺术更需要自主地走向世界。中国艺术和世界艺术的走向是相互联系的。中国艺术家也越来越认识到“走出去”的重要性，越来越意识到艺术的国际交流对自身发展的重要性。中国艺术如何更好地在世界舞台上彰显自己的文化特色和大国文化形象，已成为近年来讨论的热门话题。在众多的艺术国际交流活动中，“国际双年展”最为鲜活、最为直接、最引人注目，其中，“威尼斯国际双年展”历史悠久、影响广泛。在此设立“中国馆”也已有十年历史，应该说，在用中国的标准和中国的方式向世界介绍中国的意义上，“中国馆”是国际舞台上讨论中国问题的一个特定空间。如何更好地使用这个空间彰显中国艺术，还需要各方面的共同努力。我们把“威尼斯国际双年展”作为观察的对象，是希望“中国馆”在国际上更大地传播正能量。

2015年第12期

《美术观察》创刊20周年纪念专题

转眼间，正在前行的《美术观察》到了弱冠之龄。作为一个服役时间最长的老兵和现任主编，谨向为《美术观察》付出心血的新老编辑，向为《美术观察》热情撰稿的新老作者，向关心支持《美术观察》的新老读者道一声感谢。

20年的岁月既短又长。在历史长河中，20年不过短短一瞬，但就具体的经历者而言，20年是一天天累积而成的，《美术观察》是一期期、一篇篇、一字字铸成的。20年可追忆的往事甚多，韦编三绝今始信，个中甘苦寸心知。概而言之，《美术观察》的20年，诚如它的名字，是敏锐观察当代美术现象、积极推进当代美术进程的20年；是努力弘扬民族精神，建设先进文化的20年；是用观察家的眼光审视美术，用美术家的眼光观察世界的20年；更是自身不断发展壮大的20年。

回顾是为了前瞻。抬望眼：春风万里，生机一片。正在前行的《美术观察》是大家的杂志，艺术的园地，对话的场所，学术的平台。在艺术多元共生、快速发展的当下，《美术观察》更知责任的重大，更应该努力，在推动当代美术进程中发挥更积极的作用，更希望得到新老作者、读者的进一步关心支持。

《美术观察》与大家同行。

2016年第1期

中国艺术品市场的危机与转型

艺术市场近来有些低迷，艺术拍卖不甚景气，礼品市场大大缩水，许多艺术家尤其是部分当代名家有价无市，诸多画廊已关门，当然也有新的画廊开张。二十多年来，中国艺术市场的发展是动态的、变化的，是与大的市场环境联系在一起的，有起有落、有暖有冷也是常态。艺术市场低迷时，正是经营者和艺术家接受考验、冷静思考之日。在市场经济社会，艺术市场是艺术发展的重要环节，对艺术品的生产和消费起着重要的作用。有抱负的经营者在市场低迷时应经得住考验，克服困难，调整心态，为健全健康的艺术市场机制尽心尽力。而真正的艺术家，更要经得起市场的考验，不被市场之起落冷暖所左右。实际上，艺术市场低迷之时，正是艺术家潜心创作之日。艺术家应该牢记深入生活、认真体验、搜妙创真，创造时代精品是最重要的使命。

2016年第2期

何为有效的公共教育？

美术馆是公共的艺术殿堂，是展现美、欣赏美的公共场所，是学习交流的公共平台，是培养审美眼光、净化审美心灵、提高审美修养、增长审美见识的公共教育基地。美术馆的功能有多种，最为重要的是其公共教育功能。公共教育是美术馆的立身之本，国家之所以花费大量人力物力财力建造美术馆，就是为了公众的需要，为了提供公共教育的空间。国家有关部门评审考核美术馆的业绩，公共教育是非常重要的方面。客观上看，中国的美术馆建设方兴未艾，美术馆的公共教育成绩有目共睹，诸多美术馆人为美术的公共教育尽心尽力，值得敬佩。但由于美术馆建设还处于初级阶段，公共教育还属于新课题，还有许多潜力可挖掘，诸如与馆外专家的合作、与院校的合作、与社会团体的合作、义工的培养、公众与艺术家的互动等方面，还有许多可拓展的空间。人们常说，今天是展览时代，所谓展览时代，可理解为艺术的公共教育时代，抓好艺术公共教育，正是时代的需要。

2016年第3期

互联网时代的美术传播

近年来，艺术传播突飞猛进，其成效远远大于艺术创作，其形式、其速度、其成本用多、快、省来形容当不为过。微信、微博等新媒体的兴起，为艺术传播提供了前所未有的便利。就艺术而言，在今天，如果说人们常提到的一句话——“人人都是艺术家”的理想色彩还较浓的话，那么，另一句“人人都是艺术传播家”则是真真切切的现实。只要关心和热爱，每个人都可以用微信、微博传播艺术。其传播之快之广，不仅前人难以想象，就是昔日的我们也难以梦想。新媒体给艺术传播带来极大方便的同时，也促使传统的艺术纸媒谋求新的发展。在“微信”时代纸媒体怎么办？纸媒体与新媒体是怎样的关系？这是近年来媒体朋友经常谈论的问题。在我看来，纸媒体与新媒体不是你死我活，而是相辅相成、互动融合的关系，各有其长处，各有其特点，也各有其阅读人群。纸媒体应该充分利用新媒体传播快的优势，把高质量的艺术和学术观点传播出去。而新媒体也要学习纸媒的严格把关、注重学术性的优点，在传播时把质量放在第一位。事实上，纸媒体和新媒体已开始互动，许多纸媒已开辟新媒体传播新渠道，而一些新媒体，也尝试创办纸媒体。在传播方式越来越多、传播速度越来越快的今天，艺术媒体无论纸媒体还是新媒体，都应把艺术质量放在首位。

2016年第4期

振兴传统工艺

不久前全国人大会议表决通过的国家“十三五”规划，明确把“构建中华优秀传统文化传承体系，加强文化遗产保护，振兴传统工艺，实施中华典籍整理工程”列为今后文化建设的重要内容。应该说，这是时代的觉醒，人民的意愿。曾经辉煌的传统工艺在过去相当一个时期，由于受大工业生产挤压等多种原因，被边缘化，有的或陷入困境或失传。在饱尝现代工业生产带来的环境恶化等苦头以后，人们才重新认识传统工艺的价值和作用。中国传统工艺是传统文化的重要组成部分，不仅历史悠久，而且有着先进的造物观念和完整的生产体系。传统工艺重视物以载道、备物致用，强调因地制宜、因材施艺，追求得体合宜、尽善尽美。更为可贵的是，传统工艺具有生态和谐、品质优秀、投资小、产出优等优势。尤其是它的实践过程及其成果的审美性，强调手脑并用和身心皆动而带来自由创造的快乐，都是大工业生产无法达到的。在今天，我们应该响应政府号召，行动起来，为振兴传统工艺尽心尽力，应该充分认识到振兴传统工艺是时代的需要。随着政府的倡导和社会重视程度的提高，传统工艺将迎来新的发展时期。

2016年第5期

中国传统雕塑的当代转换

中国艺术有着伟大的传统和丰厚的资源。在成为过去的20世纪，由于种种原因，中国很注重从西方拿来，注重学习西方艺术，但许多人忽视或轻看了本国固有的艺术宝库。以雕塑为例，中国近现代的雕塑是以学习西方雕塑开始起步的，所谓学院派雕塑也是由学习西方而来的。相对而言，许多雕塑家对传统雕塑的学习和借鉴则远远不够。学习和借鉴西方雕塑固然重要，也取得了很大成就。但很多雕塑家对传统雕塑的伟大缺乏深刻认识，亦是一个明显的问题。今天我们应该充分认识到，中国传统雕塑应是中国现代雕塑之根源，中国当代雕塑应该有自己的特色，这个特色要从传统雕塑的宝库中寻找、吸收和开发，并结合时代的需要逐步来体现。可喜的是，随着文化自觉和民族自信的增强，中国雕塑界近来在反思近百年中国雕塑之得失，已认识到传统雕塑是中国现当代雕塑最重要的资源，开始大规模的田野调查。重新认识传统雕塑，研究传统雕塑的特点，这既是传统雕塑进行当代转化的前提，也是塑造中国特色当代雕塑的必由之路。

2016年第6期

十年“非物质文化遗产保护”反思（一）

中国的文化遗产，无论是物质的还是非物质的，都应该加强保护措施，因为这是先人和历史留下的宝贵财富，是中华民族伟大复兴的重要文化资源。客观上讲，近十年来，各级政府、社会团体和科研机构，对文化遗产的保护都做了大量工作，制定了一系列保护文化遗产的政策法规，采取了许多行之有效的措施，加大了研究的力度，举办了众多的活动，引起了社会的重视。“非遗”“申遗”“传承人”等已成为人们经常谈论的话题。但随着非物质文化遗产保护工作的深入开展，人们发现存在的难题也不少。比如传承问题，传承是保护非物质文化遗产非常重要的工作，如果不传承就会消亡。如何传承？谁来传承？在社会生活发生重大变化的今天，传而有承并非易事。传承人固然重要，为传承人提供一定的条件也是必要的，更为重要的是创造有利于传承的社会氛围和生态环境。我们希望社会各方面都充分认识非物质文化遗产保护的重要意义，关心支持非物质文化遗产的传承，为传承建言献策，尽心尽力，使非物质文化遗产的保护工作进入新常态。

2016年第7期

十年“非物质文化遗产保护”反思（二）

许多被命名为“非物质文化遗产”的艺术，不仅具有历史价值，更具有现实价值。虽名冠“遗产”，但实际是仍活在当下、起作用于当下的艺术。比如被称为“非物质文化遗产”的书法，爱好者、欣赏者越来越多，书法组织、书法展览、书法交流越来越多，近四十年的“书法热”持续升温，说明书法是活在当下、作用于当下，生命力极强的艺术。当然，书法与其他“非物质文化遗产”艺术一样，需要保护。保护的重点应放在生态改善和活态传承上，需要为“非物质文化遗产”的传承提供好的环境和条件。而传承更应该是活态的、自然而然的，是靠一代代人用心去领会、用手去掌握的。还是以书法为例，传承要从娃娃抓起，教育娃娃们从小写好中国字，长大做好中国人。让娃娃们用心去领会书法的文化内涵，用手去掌握书法的技艺。书法家作为传承者，责任重大，应该积极承担起言传身教的重担。

2016年第8期

国家美术作品的收藏与捐赠（一）

随着我国美术馆建设的不断发展，美术作品的收藏和捐赠越来越显得重要。人们常说，美术馆是艺术殿堂和艺术宝库。艺术殿堂和艺术宝库中有多少宝贝、有什么样的宝贝是衡量美术馆建设水平的重要条件之一。就美术馆自身而言，收藏工作涉及家底的厚薄，作品收藏又是作品展示和研究的基础。就艺术家所创作的艺术作品而言，在种种归宿中，捐赠给亟待充实藏品的国家美术馆，应该是作品的最好归宿。近来的可喜现象是，国家有关部门越来越重视国家美术作品的收藏和捐赠，开始制定一系列政策条例，采取一些积极的措施，鼓励美术作品的收藏和捐赠。而众多美术馆加大了收藏的力度，使更多的国内外优秀美术作品在展示后进入收藏宝库。更令人感动的是，向国家美术馆捐赠美术作品的人越来越多。许多德高望重的老艺术家或其亲属，纷纷将优秀的美术作品无偿捐赠给美术馆。这些现象表明美术馆建设进入了新阶段。盛世重收藏，盛世多捐赠，中国的美术馆建设方兴未艾，美术馆的收藏和捐赠已进入新常态。衷心希望全社会重视国家美术作品的收藏和捐赠，使美术作品更好地为公众服务。

2016年第9期

国家美术作品的收藏与捐赠（二）

国家美术作品的捐赠收藏工作，有了好的政策和制度，关键还要看落实。比如对捐赠者如何奖励，对捐赠作品如何收藏和保护、如何展示和交流、如何宣传和研究，都要有具体可行的落实措施。也就是说，国家美术作品的捐赠收藏工作要做到位，使捐赠者放心满意，看到捐赠作品有了最好归宿；更应该使捐赠作品得到最好的保护，得到最好的展示，受到更多观众的关注，发挥更大的审美作用，体现更大的社会文化价值。大家应该充分认识到国家美术作品捐赠收藏工作的意义，应该看到这项工作是艺术为人民服务的重要环节，是美术大国迈向美术强国的重要环节。作品捐赠给国家收藏，实际是为了方便广大人民群众去欣赏，而国家收藏美术作品，更是为人民而积宝。目前我们正处于文化大发展的盛世，盛世多捐赠，盛世多收藏，盛世多有捐赠收藏的动人事迹。谨向为国家美术作品捐赠收藏工作付出心血、做出贡献的人们，致以深深的敬意。

2016年第10期

“互联网 +”时代的设计

互联网方便了美术家的相互联系，方便了美术家与社会的相互联系，使美术传播更加迅速，使美术交流更加广泛，甚至使美术研究也发生了很大的变化。传统的用笔“爬格子”写作越来越少，电脑写作、网上查阅、微信切磋越来越普遍。设计作为美术的重要门类，作为与生活密切相关的艺术，其对互联网的使用更为广泛。“互联网 +”时代的设计，正是今天不同于以往之处。信息的无边界传播，“互联网 +”个性化定制，大数据决策，用户导向，用户体验，服务设计等新现象、新趋势的出现，使设计领域发生着日新月异的变化。新现象、新趋势会带来新机遇，同时也是新挑战。如果说任何时代都有着发展的机遇和挑战，那么，到了互联网时代，机遇更多，挑战也更多。设计领域已意识到抓住机遇、迎接挑战的重要性和紧迫性，美术的其他门类也在与时俱进，充分重视和利用互联网，通过互联网获得新生，增加活力，发展自身，扩大影响，迈向新的台阶。

2016年第11期

建立当代美术评价标准

《中共中央关于繁荣发展社会主义文艺的意见》明确提出，要建立健全文艺作品质量的综合评价体系。随着我国综合国力的增强和民族自信、文化自觉的日益提高，大家越来越认识到建立当代中国文艺评价标准和评价体系的重要性。中国是文化大国，文化大国应该有自己的文艺评价标准和评价体系。从当代中国文艺的发展来看，取得了很大的成就，同时也存在很多问题。如何看待取得的成就和存在的问题，需要用标准来衡量。文艺评论应激浊扬清。哪些是浊哪些是清，怎么来分辨，更需要标准。目前文艺界有些乱象，乱象之一就是标准的混乱和缺失。

本刊一直重视艺术的评价标准问题，一直致力于中国当代艺术评价标准和评价体系的建构。从2006年起，曾多次策划组织专题讨论，并在北京、重庆、浙江、广东等地先后举办相关主题的论坛，先后约请了一百余位专家学者就美术、书法评价的当代标准发表了建设性意见。本期的讨论可以说是以往讨论的深化。今后，我们还要进一步探讨，希望广大读者积极参与，建言献策，更希望在充分讨论的基础上达成共识。

2016年第12期

十年艺术创意产业反思

创意产业的关键是原创性和创新性。近年来，我国的文化创意产业基地建了不少，文化创意产业园、产业区随处可见，国家在这方面的投资也逐渐加大。但仔细观察，诸多文化创意产业园、产业区的艺术产品缺乏原创性和创新的思路，尤其在彰显本土特色和开发利用本区域文化资源上还未能充分展开。所谓创意产业，是在经济全球化背景下以创造力为核心的新兴产业，这个新兴产业的发展一定要在发挥创造力上下功夫。发挥创造力要从本土出发，从文化特色上寻找创新点。每个民族、每个国家甚至每个区域都有着自己的历史文化特点，各个民族也有着差异性。如果对自身的历史文化资源认识不足、重视不够，没有对本土的艺术进行产业化发展，本土的文化艺术产业就会受到其他国家文化艺术产业的冲击。目前包括视觉艺术、环境艺术、工艺与设计在内的中国艺术创意产业，正面临着这样的冲击。在现阶段，中国艺术创意产业的发展，最为重要的是重视本土文化资源的开发和利用，着眼于民族特色，开发具有原创性、创新性的艺术产品。

2017年第1期

当代主题性美术创作前瞻

在艺术由高原向高峰攀登的过程中，主题性美术创作的重要性是不言而喻的。中华文明五千年历史进程中的每一阶段都有重大的主题、生动的故事需要深入表现，中华民族近现代百余年奋斗的足迹、不屈的精神需要精心描绘，新中国成立尤其是改革开放的宏伟篇章需要用彩笔重点挥写。无论是悠久的历史长河，还是今天的社会现实，都有重大的题材、鲜活的人物、可歌的事迹需要美术家去创作描绘。近年来，随着几项国家级美术创作工程的陆续推出，全国各地各方面美术创作力量积极响应，出现了一批主题鲜明、水准上乘的精品力作，作为热点关注的主题性美术创作引发了美术界乃至社会各界的关注。当然，在引起关注的同时，主题性美术创作在创作构思、创作方法、创作质量上也暴露了一些问题，在重大题材的生动表现和艺术风格的卓然独立上还留有很大的探索空间。我们之所以在新年伊始观察主题性美术创作，是希望担当重任探索主题性美术创作的美术家们，潜下心来，深入理解中国文化的独特性，深入挖掘自身的潜能，解决自身面临的一些问题，牢记时代的重托和人民的信任，勇于攀登艺术高峰，创造出更多的经典作品。

2017年第2期

再论书法的当代标准

书法是连通着文脉和国运的艺术，近现代以来，这门融实用和审美于一体的传统艺术在环境发生重大变化的同时，自身也发生着变化。在取得显著成就的同时，也出现了一些问题。显著的变化是实用性的减弱和审美性的增强，突出的问题是乱象丛生，包括评价标准的混乱。为了书法艺术的健康发展，本刊以建构当代书法评价体系为目标，自 2006 年开始，十年来数次开展当代书法评价标准讨论。参加讨论的百余位专家学者各抒己见，引起了广大读者的关注，产生了积极的社会影响。随着文化自觉、民族自信的不断增强，我们越来越认识到建构当代艺术评价标准和评价体系的重要性和迫切性，认识到应该进一步深入讨论。书法的评价标准无论在学理上还是实际操作上，讨论都应该深化，通过深入讨论逐步取得共识。鉴于此，本刊再次约请有关专家发表建设性意见。

2017年第3期

民间艺术与当代生活

朱熹《观书有感 》诗之一云:“半亩方塘一鉴开，天光云影共徘徊。问渠那得清如许？为有源头活水来。”丰富多彩的生活永远是艺术的源头活水。古往今来的艺术又告诉我们，艺术来源于生活同时又作用于生活，艺术和生活密不可分、相通相融，生活的艺术化和艺术的生活化也是中国人的审美追求和精神向往。但在当代社会，一些人为了强调艺术的独立性，往往把艺术和生活割裂开来，或者颠倒艺术与生活的关系。这种倾向在学院派艺术方面尤为明显。相比而言，包括传统工艺在内的民间艺术还传承着固有的文脉，依然致力于生活的艺术化和艺术的生活化追求。更值得赞赏的是一些有抱负的美术家，深入民间，踏踏实实地为老百姓的生活和民间艺术的发展献策献力，为老百姓解决一些实际问题。我们希望有更多的美术家到民间去，学习了解民间艺术。因为民间艺术是一切艺术的基础，学习了解民间艺术不仅可以帮助正确认识艺术和生活的关系，而且可以帮助领会艺术的真谛，激发创造的活力。

2017年第4期

核心素养与美术教育

美育和核心素养的重要性越来越引起社会的关注，国家有关部门和研究机构采取了相应的措施，加大了研究力度。教育以培养“全面发展的人”为核心，少了美育这个重要的方面，不可能培养全面发展的人。“全面发展的人”必须要有深厚的文化基础，具备高尚的文化情怀和审美情趣，具有以人为本的意识，具有艺术知识、技能与方法的积累，具有发现、感知、欣赏、评价美的意识和基本能力，具有健康的审美价值取向，具有艺术表达和创意表现的兴趣和意识，能在生活中拓展美和升华美。以这样的要求来看当前的中小学教育，应该说还有着一定的距离，还有许多潜力有待挖掘。当前最重要的是，由“应试教育”向“素质教育”迈进，由“知识核心”向“核心素养”转变。学校的美术教育，要从培养“全面发展的人”出发，在培养人文情怀和审美情趣上下功夫。可喜的是，目前已有一些学校在学生发展核心素养方面，加强了人文情怀和审美情趣的培养，开始了有益的尝试。美育和核心素养教育是百年大计，我们希望全社会都重视核心素养，重视美育在核心素养中的作用。

2017年第5期

21世纪中国的外国美术研究（一）

美术研究，简而言之，可谓研究美术的“古今中外”问题。“古今”指时间纵向，“中外”指地域横向。如果说古人的研究主要是研究美术的古今问题，那么现当代以来，美术的中外问题尤其是外国的美术，就成为重要的研究对象。近百年来，中国美术的发展进程，中国美术的重大事件、审美思潮，中国的美术教育、美术社团、美术创作、美术研究，都与外国美术的诸多方面有着密切的关系。中外美术交流是现当代美术史最光辉的篇章，从某种意义上说，中国现当代美术所取得的成就得益于中外美术交流，在交流中中国美术家扩大了眼界，开阔了胸襟，增强了自信。生活在今天的中国美术家和美术爱好者，更需要了解外国美术，他山之石，可以攻玉，知己知彼，方能确立前进的目标。也就是说对外国美术的了解，与了解中国美术同样重要，因为今天已是全球化的时代。从这个意义上而言，中国的外国美术研究是非常重要的。尽管国人对外国美术的研究，开始的时间稍晚，研究者也相对少数，但贡献是很大的。借此机会，向从事外国美术研究付出辛苦劳动的专家学者们致以深深敬意。

2017年第6期

21世纪中国的外国美术研究（二）

本刊一直关注当代中国的外国美术研究，2006年，本刊与山东艺术学院在泉城济南共同主办了以“走出编译状态”为主题的外国美术研究专题研讨会，与会专家围绕主题展开了热烈讨论。虽然已事隔多年，但当时专家们争鸣的场景仍历历在目。当时之所以选定“走出编译状态”作为会议主题，是因为当代中国的外国美术研究领域，编译者多而独立思考有真知灼见者少。11年过去了，虽说今天的外国美术研究有了长足的发展，但存在的问题仍然不少，“走出编译状态”仍有着现实意义。学术研究，要通过研究提出学术上的真知灼见。这并非易事，即便是中国人研究中国美术，不人云亦云、能独立思考、有真知灼见者也不是多数，何况研究相对生疏的外国美术。比较而言，研究外国美术比研究中国美术难处更多一些，首先要精通外语，研究外国美术必须要过外语关，不下力气是过不了外语关的。翻译外国美术典籍，要做到“信、达、雅”也不是一件容易的事。“走出编译状态”不是轻视编译，而是强调对外国美术，在深入了解研究对象和相关的研究状况后，通过分析比较，进行严肃的学术评判，提出真知灼见。

2017年第7期

21 世纪外国的中国美术研究

随着全球多元互动进程的加快，中国与世界的关系越来越密切。中国美术在前进中需要了解世界各国美术的走向，同样，诸多国家的美术家也希望了解中国美术的来龙去脉。当中国学者把外国美术作为“他山之石”研究时，外国的学者也把中国美术作为研究的对象。就研究现状而言，中国的外国美术研究和外国的中国美术研究是有所差异的。如果说研究外国美术的中国专家较少的话，那么研究中国美术的欧美国家学者更是少而又少了。在欧美，虽然研究中国美术属边缘学科，但其研究成果颇受中国学术界注意，无论是以风格分析方法见长的派别，还是以美术考古方法见长的派别，都有其学术建树，对国内的美术史研究都有其影响，起着积极的作用。当然，在具体的研究中，是否恰如其分地阐释了中国艺术表现方式的独特性，则是另外的问题。我们注意到，学术界已开始国际合作，研究规模也在突破。到了 21 世纪，新视野的开拓，会使古今的中国美术成为有待开发的宝贵资源，成为全球重建现代生活和人类创造力的源泉。因为美术作品是研究世界不同文化表达最好的载体。中国美术具有其自身的传统和历史，只有对中国艺术史视觉风格和特定内容进行分析，采取异于传统西方艺术史学的方法加以研究，才能提供研究世界艺术史的新颖视角。

2017年第8期

21 世纪中外美术研究投稿选登

本刊今年连续四期观察新世纪以来中国的外国美术研究和海外的中国美术研究状况，采取对话座谈等形式，约请多位专家学者发表意见，并刊登征稿声明，欢迎广大读者为促进当下的美术研究建言献策。细心的读者已注意到，本刊的“学人档案”栏目从今年起，陆续介绍外国美术史论家的学术成就。本刊自创刊以来，一直坚持用观察家的眼光审视美术，用美术家的眼光观察世界，一直把美术研究作为重中之重来观察。因为我们是学人办刊，编辑都是美术研究人员，都有着自己的研究方向和研究课题。凡从事美术研究者都知道了解国内外美术研究现状的重要性，我们之所以花费气力探讨国内外美术研究现状，就是为从事美术研究的同行提供重要的参照。衷心感谢参与讨论的众多专家和关心美术事业发展的广大读者。今后，我们将继续关注国内外美术研究的动向，希望得到更多专家和读者的支持。

2017年第9期

自主与协作——建构美术学的世界眼光

今天的美术研究，无论是研究美术史，还是研究美术的基础理论；无论是研究中国美术，还是研究外国美术；无论是研究当代美术，还是研究古代美术；都应该将研究对象放在世界美术研究的视域范围，应该具有世界眼光和全球视野。如果说在以往，仅注意本土纵向的研究还不算太落伍的话，那么在今天，则是大大落伍了。因为在学术国际交流新常态的时代，美术研究已处于全球化和国际性的平台，应该从全球化和国际性的角度看问题。今天，即使是研究中国古代美术，也不能仅注意本土纵向的研究成果，而应该注意本土以外世界范围内的学术动向和研究方法。事实上，近年来海外学者的中国美术史研究成绩显著，值得学习和借鉴。学术研究，诚如钱锺书所言："东海西海，心理攸同。南学北学，道术未裂。"我们应该进一步敞开胸襟，面向世界。多方位多角度地观照世界，更能促使我们深入地察觉自身。需要说明的是，我们所说的世界眼光，不是西方眼光，而是站在学术前沿，洞察"东海西海""南学北学"的眼光。

2017年第10期

人工智能与艺术的未来

艺术与科技密切相关，科技的发展对艺术创作、艺术研究、艺术传播、艺术交流有着重要的影响，甚至促使新的艺术品种的产生。本刊密切关注艺术与科技的关系和因科技出现的新艺术动向，早在上世纪 90 年代，曾专题探讨计算机艺术。人工智能作为计算机科学的一个分支，近年来发展迅速，计算机视觉和图像处理在艺术创作、艺术传播中的作用日益显著。随着科技的进步，人工智能在艺术创作中发挥的作用越来越大。应该看到，人工智能应用于艺术创作是好事，因为人工智能在艺术创作中承担一些劳动，可以减轻艺术家的劳动量，使艺术家将主要精力用于艺术的创意和审美的创造。诚如专家们所指出的那样，人工智能作为艺术创作的辅助工具，可以替代艺术家的一些脑力劳动，但不能代替艺术的创造活动。人类情感意志的独特表达，对生命和世界的自由体验，是人工智能无法承担的，只能靠艺术家的创造性思维、创新性灵感来承担。时代越是发展，科技越是进步，艺术家越是不能偷懒。艺术的未来仍然要靠艺术家的心手去创造，在创新性发展和创造性转换的时代课题中，艺术家应该更加凸显创造的活力。

2017年第11期

超越与创新：大数据时代下的美术研究

大数据时代的美术研究与以往已有大大的不同，我本人已深刻地感受到这一点。在上世纪80年代末90年代初读研究生时，我还是用手写卡片的方式收集研究资料，今天看来，显得又慢又笨。当时为了到北京图书馆借一本书，来回就要跑大半天。而今天，我们可以不出家门查阅包括《钦定四库全书》在内的电子数据，可以用手机随时查阅某一个典故。大数据时代也为编辑工作带来了极大的方便，前不久我在出国考察期间仍然可以用互联网、微信等工具处理编辑业务，这在过去是不可想象的。新的科技成果的确为美术研究、美术传播带来了极大的方便，使我们节省了大量搜索材料、处理材料的时间和精力，大数据时代为美术研究的超越和创新提供了良好的条件。但另一方面，大数据时代每天又制造大量的垃圾信息，浪费了我们诸多的时间和精力。这也是不可忽视的问题。如果说以往的美术研究是资料难找，那么到了大数据的今天，则是资料难挑。在众多的资料中，如何选择可靠的有价值的资料是今天研究者面临的重要问题。敏观锐察、去伪存真、激浊扬清、实事求是，在今天更有着特殊的意义。

2017年第12期

坚守文化属性 唤醒产业命脉

尊敬的新老作者、新老读者：

这是我任《美术观察》主编以来的最后一期卷首语，亦可称为告别语。本来，到龄离任，是很平常的事，微不足道，况且在年初，我已向院方提交离任的书面请求。现在真要离开了，心里还真有些波动。因为二十多年来，我与《美术观察》可谓形影不离，荣辱与共，诸多朋友也往往把《美术观察》与我连在一起说事。作为《美术观察》创刊以来服役时间最长的一个老兵，离任之际想说的话很多，千言万语浓缩为“感谢”“希望”和“祝贺”几个词。感谢院方同意我离任的请求，感谢《美术观察》全体同仁对我的信任和帮助，感谢新老作者、新老读者多年来对《美术观察》和我本人的大力支持和关爱。希望今后的《美术观察》越办越好，希望新老作者、新老读者进一步关心支持《美术观察》。祝贺董立军、孟繁玮二位同仁履职新岗。长江后浪推前浪，我相信，今后的《美术观察》定会走向新的辉煌。至于我本人今后的工作，也向大家做一汇报，我自博士毕业在中国艺术研究院的工作，分杂志编辑、艺术研究和研究生教学三方面，告别杂志编辑工作后，我将专心从事书画研究和研究生教学工作。待有了新的研究成果，向学术刊物投稿时，我将首选《美术观察》，因为在我心目中，《美术观察》最有学术含量，最值得信赖。

第二编

跋文

第一辑

碑刻画像跋

莱子侯刻石跋

《莱子侯刻石》出吾乡邹县，凡七行三十五字，字皆隶体，而笔多方折，时带篆意，清峻开张，拙奇朴茂，非蚕头燕尾、波磔显明之纯熟汉隶也。细玩其结体、用笔，于两汉间篆隶嬗递更代之情势，思过半矣。

石右小字三行，略曰：嘉庆丁丑秋，滕七四老人颜逢甲同邹孙生容、王辅、仲绪山得此于卧虎山前，盖封田赡族，勒石戒子孙者。近二千年未泐，亦无知者，可异也。逢甲记，生容书。

马寄园《汉碑录文》亦载其事，足与此跋互证，记云：右王莽时刻石，旧在凫山东北支山俗名卧虎山之阳，去余家二十许里。余于乾隆壬子夏闻内弟王仲磊言有一方石，刻字似篆似隶，首行有国字凤字，偕往寻之，仲磊忘其处，未见也。迨嘉庆丁丑，滕人颜逢甲、王辅，邹人孙升容共拓之，以一拓寄余。余命儿辈往舁之，乃于前一日已送至邹县孟子庙中，置斋宿房内。则此石孤行天壤百五十纪始获面世，与《五凤二年鲁孝王刻石》《鹿孝禹碑》等并传，同为西汉一代金石文献，不可谓非幸也。至刻石之文，诸说各异，迄难定论。

瞿镜涛《古泉山馆金石文编》莱子侯赡族戒石条释之云：始建国天凤三年二月十三日，莱子侯为支人象封，使储子食等用百余人，后子孙毋坏败。

翟舜堂《隶篇》名之曰《天凤刻石》，释文与古泉山馆略同，惟莱疑当释羡，象疑当释为，食疑当释良。按《礼记·檀弓上》吾见封之若堂者矣句下，郑注曰：封，筑土为垄。所谓封墓是也。瞿氏以支为姓，人象为名，谓莱子侯为支人象封墓，似未免牵强。论者多从舜堂说，以为莱子侯为宗支之人为封，其义实较镜涛为长。

偶睹康生跋此石拓本长文，云所谓莱字中画皆不联，而以羊木结为一字，释为莱则误矣，故函请郭鼎堂考之。郭氏接函后，加以研究考证，费终日之力，撰成跋文以应命。据康生所录鼎堂之跋，莱当释羕，殆样字之异，样子侯或为邹县附近侯国之君长；支当释丈，书为支形，尚存篆意，丈人者，先人也；储系储之初文，食当释良，储子良即世子以良为名者。康生手书后，鼎堂复自跋之，谓陈君阁道碑中二百余丈之丈字作支，结构与篆同，为本石刻支人为丈人之佳证；更举陆莘农《金石续编》所征引洪赜煊释储为储、冯晏海昆仲释食为良诸例以自壮。郭氏所考，颇多创获，尤以释支为丈最见超卓。然样子侯于史无征，其名似亦扞格难通。

徐森玉谓《武梁祠画像题字》莱子父之莱与此石莱子侯之莱相类，均似羕字，若无他确据，仍以作莱为是。惟古莱子国地当海滨，去鲁邦近千里之遥，而此石见于滕邹之间，其说似不可通。徐氏乃援引《左传》宣公七年“夏，公会齐侯伐莱”及襄公六年

“齐侯灭莱”“迁莱于郳”等语，以为新莽时莱子侯之爵名或与此有关。郳，小邾也，其地正当滕邹，徐说不为无见。然莱子侯何人，其国何所，所封丈人何来，皆茫昧莫明，其间多有待发之覆。则此石亦吾乡邦旧史之逸篇，又匪仅书史之断章也。世多博雅君子，愿于斯事熟研深思，有以教我也。

乙未春日于京师　鲁人李一

东汉永和六年画像石题记跋

汉世倡孝道、尚厚葬，建椁造墓，修祠立阙，蔚然成风，画像石应运而生，蔚为大观。近现代出土汉墓画像石数以万计，京、津、鲁、豫、苏、浙、陕、晋、皖、鄂、川、滇、青各地皆有其类，遍布广远。前汉至后汉间，画像石已成规模，历世相传，自选山采石至雕刻画像，诸工技渐臻成熟。各地争相礼聘著名画师与良匠业此，画像石工艺渐形突出。此刻鲁西所出，为墓前祭祀先人飨堂构件。书刻一百四十六隶字，历叙飨堂建造时间、何人所建、祀者谁何、采石何处、出资数目、工师姓名等。又叙孝子礼敬工师之况，极见其孝思不匮。概而观之，此飨堂殆民间祀所，题记由民间工师书刻，用笔活脱，结体松弛，章法大片留白，意趣洋洋无尽，迥与庙堂异趣。

甲辰芒种前三日鲁人李一跋于京华开元室

汉校官碑跋

自阮文达倡南北书派论，包慎伯、康长素继之，扬其余波，发为宏声，论者靡然风从，说遂大著，而书坛聚讼纷纭，莫衷一是。启元白先生力矫阮说，以为南北书风文笔，并未以长江天堑有所隔阂，中华文化容或有地区小异，终不影响神州之不同。擘经室主于唐宋法书、汉晋墨迹，寓目既稀，识解更无所有，其所论列，少见多怪，不过见橐驼谓马背肿耳。钱默存先生持论亦同，而语更明快，谓阮文达南帖北碑之论，盖系未睹南朝碑版结体方正与北碑不异。郭沫若见南碑，遂谓世传右军《兰亭序》非晋宋书体，必后世伪托。其隅见而乖圆览，与文达各堕一边。窃谓阮氏立论，或非无因，盖魏晋以还，山河破碎，南北之区划日显，《世说新语·文学》记褚季野、孙安国“北人学问渊综广博”“南人学问清通简要”两语，即其例也。文达谓北派拘谨拙陋，笔法劲正遒秀，南派疏放妍妙，长于尺牍，以风体气格言，实亦无可厚非。南北之分，初由地域之异，究而察之，实缘气质之殊。《礼记·中庸》有云：“宽柔以教，不报无道，南方之强也，君子居之。衽金革，死而不厌，北方之强也，而强者居之。”足征南北性行原存歧异，非起于汉魏六朝，尤非止于学问一事。钱氏《谈艺录》论唐宋诗之分曰：“天下有两种人，斯分两种诗。五七言分唐宋，譬之太极之有两仪，本乎人质之判玄虑、明白，非徒朝代时期之谓矣。”邻壁之明，适堪借照。阮以南北朝经学本有质实轻浮之别，推而至于书学，不为无见。然不知南北派之判当以体格风范为主，不宜斤斤于地域之分、书体之别。以褚河南之温雅腴润，赵松雪之遒媚秀逸，董玄宰之清浅古淡，文达悉归之北派，即思虑未周，有以致之。至其言南派字迹但寄缣楮，北派字迹多寄碑版，则见之不广，说遂固陋，宜其为启、钱二公所讥。

壬辰岁暮，友人以《校官碑》微仿刻石拓本见贻，原碑宋绍兴间出溧阳，有“江南第一名碑”之誉，与《天发神谶》《禅国山碑》鼎足而三。杨惺吾以为导夫孔羡之先路，但此浑融，彼峭厉耳。斯拓具体而微，点画不失，原碑精神未尝丝毫走漏，其书圆劲秀润，朴茂畅达，具见南人气象。曩读《曹全碑》，见其秀逸圆融，汉隶中之时花美女也，疑出南人之手。今复觏斯拓，真南碑也，乃与《曹全》气体相类，而峻整过之。南北之辨，难言之矣。因思阮氏南北书派论去其庸蔽，亦明通之学，推而广之，施于篆隶乃至甲金文字，均无不可。手倦纸短，不能多书，假我长日，当细阐其说。

李一癸巳春初识于灯下

高道悦夫妇墓志跋

高道悦，字文欣，辽东新昌安乡北里人，北魏太子中庶子。文欣立朝，适当孝文帝厉行汉化之时。太子不从，变生肘腋。文欣从而规之，遂罹其祸。墓志所谓“既殊潘崇飨羊之谋，遂同阳原头风之祸。以魏太和廿年秋八月十二日，春秋卅五，暴丧于金墉宫”正言斯事。《魏书·卷二十二·孝文五王·废太子》略谓：“恂不好书学，体貌肥大，深忌河洛暑热，意每追乐北方。中庶子高道悦数苦言致谏，恂甚衔之。高祖幸崧岳，恂留守金墉，于西掖门内与左右谋，欲召牧马轻骑奔代，手刃道悦于禁中。”则道悦丧于太子元恂之手，墓志不欲明言。斯实吾国乙部一重大关目，所谓太和汉化是也，所关非细。夫拓跋王朝，以异族而领北方广大土地，欲行一统之事，遂开古史胡汉融合之风。举凡迁都、尊孔、革衣服之制、断诸北语一从正音、改鲜卑族姓之类，均汉化过程中之措施。进而鲜卑贵族与汉之士族合而为一，影响及于婚宦，北魏文化遂升进于强盛之列。高道悦亦高祖孝文帝之忠臣也，观墓志所谓“高祖孝文皇帝，深相知体，雅见器爱，临轩称叹，形于诏牍”可见其情，观其于别出手眼之太子苦言致谏更可得其状。

文欣生逢其时，死得其正，为吾国不可多得之改革先驱，墓志谓其“辽海耀精，营龙辉灵。神区菴蔼，世育人英。遥源昭晰，绵叶贞明。如彼芳兰，根柯连馨。邈哉夫子，卓矣难窥”，有以也。

《高道悦夫妇墓志》一九六九年出土于山东德州城北胡官营，现藏山东石刻艺术博物馆。书法同出一人之手，结体端严，点画峻整，笔势跳岩，典型魏碑体也。

癸卯夏鲁人李一跋于京华开元室

兖州金口坝佛教题名残石跋

岁在癸酉，鲁南大旱，泗沂水竭，兖州金坝至泗河大桥段河床尽出，复见古碑碣残石。好事者搜罗剔鉴，兖州金口坝刻石遗珍遂重行世间。如是数百件佛教刻经、造像记、题名等，始于北魏，止于隋唐，北朝至唐代兖州佛教之繁盛由是足见。而遍地残刻支离破碎，斧凿之痕宛然，具见唐武灭佛之遗绪。千载以还，幸藉兹断碣残碑窥见往史之一斑。

新纪以降，学界研治泰峄摩崖者众，兖州金口坝刻经残石亦在目中，中国艺术研究院师生曾数至兖州参详。此残刻为北朝佛教造像题记，上书供养人姓字，楷体而兼涵隶意，小大错落，参差排列，用笔简捷精到，自由灵动，风韵独具，是亦民间书手所为耶?

癸卯霜降后一日鲁人李一于京华开元室

王益恭墓志跋

苏轼《天际乌云帖》有云："天际乌云含雨重，楼前红日照山明。嵩阳居士今何□，青眼看人万里情。"此蔡君谟《梦中》诗也。按所书为蔡君谟梦游洛中十首之一，原诗第三句为"嵩阳居士今安否"，苏子误忆为"嵩阳居士今何在"，名帖传世既久，复夺去"在"字，遂成今状。

嵩阳居士君谟诗有注，谓："司门员外郎王益恭，年四十余致政，居洛中，自号嵩阳居士。"正此墓志之具体而微也。读王益恭墓志，亦君谟所撰，正为亡友记家世、生平及志业，历历述及，迄无偏差，可谓不负亡友。其述益恭生平，以尝慕唐王龟之为人，务远权利及晚年喜释氏，笃好《华严经》，日翻一帙，深通体用止观之趣为志中着眼所在。刻画益恭恬淡本色，足见两人平日交谊及相知之深。

宋代自太祖立誓碑不得杀士大夫及上书言事人，遂致士风大畅。益恭为王晦叔曙之子，其父宦至相位，而益恭远离荣名，不喜政事，性耽释教，以出世为务。宋世名相綦繁，名相之子与益恭近者亦代有其人。晏同叔殊之子叔原，号小山，流连风月，所作小词倾动一世，自作《小山词》序曰："考其篇中所记悲欢合离之事，如幻如电，如昨梦前尘，但能掩卷怃然，感光阴之易迁，叹境缘之无实也。"与父齐名，号称"大小晏"。赵正夫挺之之子德甫雅好金石，有穷遐方绝域，尽天下古文奇字之志，日就月将，渐益堆积，或见古今名人书画、三代奇器，亦复脱衣市易。离乱仓皇间携所藏渡江，殁后遗书二万卷、金石刻二千卷并器皿多件，成《金石录》三十卷，洋洋大观，伟欤盛哉。览诸子所成就，亦吾国文化史之不朽篇章。总其所为，博洽方闻，不喜名利，淡于政治，或精于诗词，或娴于杂学，复近于佛老之道，斯举至后世尤大昌，《石头记》之怡红公子所为不亦类乎？

西亳张公，旧长中国书法家协会，书道日进之余，喜收览吾国有关书法之名迹，举凡墓志、题跋之属，悉罗致于前，揣摩研习，不厌其烦。《王益恭墓志》即其一，张公举以示余，余不揣简陋，故为说之如前，聊当《天际乌云帖》之笺释，张公览毕，其将莞尔哂之耶？

癸卯三月九日午后鲁人李一跋

西汉禳盗刻石跋

庚申岁，禳盗刻石出山东金乡鱼山。越八年，宫衍兴先生偶语及此，因共推考其事，释字定名，绎旨断代，撰为《新出土西汉禳盗刻石》，刊于《书法》杂志。

石字存五行又半，行五言，总得二十七字，而末行两字漫漶不可辨识。行间以线为界画，制近邹城《莱子侯刻石》。其文略曰："诸盗发我丘者，令绝毋户后，疾设不详者，使疾毋户后，毋谏卖人。"细玩其词，悉出之以墓主声口，遂以禳盗刻石名焉。

字皆古隶，朴质浑厚而不失篆籀意，取较新莽天凤三年之《莱子侯刻石》，益形高古，因断之为西汉物。迩来稍稍揩拭旧存，复睹斯拓，恍然忆及前事。石之刊刻去今二千年，出土面世亦经三十二载，桑海变易，曷胜尽言。人之修短随化，各具本末，而终难踰金石之寿。昔贤"人寿非金石，年命安可期"之叹，良有以也。

壬辰中秋再观并记　鲁人李一

徐州汉画像石跋二则

其一

徐州古称彭城郡，襟带楚淮，控引齐鲁，隐然为天下治乱枢机，刘项因之以兴，卒成一代霸业。事逾千载，古风未泯，按之传世像石，的然可见。其图境象恢廓，取材繁富，举凡狩猎耕织、舞乐庖饮、飞剑弄丸、射御博弈，以至鱼龙曼衍、麟凤蹁跹，靡所不容，具征一时风会。汉世仪制、器用、衣冠之属悉可据以考实，证之简编，若合符契，而时发书史之覆，补阙拾遗，功莫大焉。又多人神相接、鸟兽交亲之象，惝恍迷离，岸异难测。然稍绎其旨，无非汉人心迹之发露。

龚定庵有云：兰台能书汉朝事，不能尽书汉朝千百心。学者以兹意求之，或可疑滞渐涣、创获丛生欤?

其二

尝见太史公书《张丞相列传》记申屠嘉事，谓嘉“梁人，以材官蹶张从高帝击项籍，迁为队率”。裴骃集解引徐广之言蹶张曰：“勇健有材力开张。”复引如淳之言曰：“材官之多力，能脚踏强弩张之，故曰蹶张。”律有蹶张士。则嘉出于行伍，亦一蹶张士耳，而朱子直目之为踏弩之卒。因识汉初承周秦遗绪，蹶张之制仍遍行军阵间。此像得之彭城，而踏弩衔箭之态毕见，适与古史相证发。

辛卯春　李一

嘉祥南武山汉画像石跋

黄小松《小蓬莱阁金石文字》所录龚蘅圃《武梁祠像唐拓本》跋有云：武梁祠堂画像，汉镌唐拓，有宋洪景伯收入《隶续》中，当时已叹为难得，况又隔五百余岁乎？汉人碑碣石阙刻山林人物画绘之事，莫古于此。王厚伯云，顾恺之、陆探微辈尚有其遗法，至吴道子始用巧思，而古意遂减。今此本尚在人间，岂非天下奇宝？前贤于吾乡汉画之推尊有若有者。

此帧拓自祠南之嘉祥南武山新出土汉画，上下五层，人物故事依次为其一《秋胡戏妻》，其二《董永佣耕养父》，其三《赵盾救灵辄》，其四《除五毒》，其五《虞舜》。朴拙清隽，两擅其美，千载下犹令人望之如生。噫！造艺若斯，叹观止矣，古意云云，又乌足以尽之哉！

乙未小暑鲁人李一

临淄汉瓦当跋二则

一、天赍瓦当跋

汉瓦秦砖事可稽，神祠委草出天赍。
试看风卷云舒处，虎影龙文气吐霓。

斯品旧出淄水之湄，似璧初断，如月未盈，上镌“天赍”字，遂以天赍瓦当名世。赍与齐通，天赍者，天齐也。《史记·封禅书》：“齐所以为齐，以天齐也。其祀绝莫知起时。”盖虔祀天齐神之风尝久行齐地，天赍瓦当即神祠屋瓦所用。

细玩天赍二字，随形就势，风卷云舒，神照寰海，气吐虹霓，龙骧虎跱之意历久弥新，诚汉物之光华熠熠者。日月其迈，殿堂倾圮，惟遗此半瓦当以供吊古者追怀，可慨已。

二、千秋万岁安乐无极瓦当跋

梦断年深事杳茫，但持片瓦忆昭阳。
祥云若得长随日，万岁千秋乐未央。

此品亦出齐都临淄，后汉故物也。界格为八，半系篆文，凡四格，格二字，作“千秋万岁安乐无极”之吉语，体势方正，寓灵动于谨严之间。半饰以祥云纹，以祈瑞应。其字其纹合而成圆，相得益彰，有祥云捧日之势。噫嘻，竹头瓦石，细物也，而情韵邈绵，神气逼人，汉世之风会得此而尽显，一斑窥豹，谓之道在瓦甓，可乎？不可乎？

丙申冬鲁人李一于京华开元室

曲阜汉瓦当跋二则

一、曲阜西汉青龙瓦当跋

残瓦尚存气象淳，精神流动耀阳春。
椽头旭日青龙绕，鲁殿灵光意独真。

青龙瓦当出鲁城周公庙侧，直径十八厘米，应为西汉鲁王殿建筑构件，无迹草堂主人手拓。现存齐鲁之古瓦当，齐地多而鲁地稀，鲁城之西汉瓦当犹罕见。

史载曲阜之西汉殿宇，颇为壮观。东汉辞赋家王延寿作《鲁灵光殿赋》，写西汉鲁恭王受封及建造灵光殿之情景，赞灵光殿高峻博大、雄伟壮丽、嵯峨嶵嵬、希世特出。并叹灵光殿檐头瓦当“动滴沥以成响，殷雷应其若惊”，时有甘露下流。又言至王莽篡汉，盗贼四起，西京长安未央宫、建章宫皆被毁于兵燹，而鲁灵光殿岿然独存。世因以鲁殿灵光指称前代精华之遗留。

时移世易，灵光殿亦杳不可觅，而其檐头遗物独存，青龙盘绕，气象万千，汉代恢宏之气象。噫！微斯瓦当则何以见之。

甲辰二月鲁人李一跋于京华开元室

二、鲁城汉云纹半瓦当跋

此瓦当近年出鲁城，无迹草堂主人手拓。长三十二厘米，除燕下都饕餮纹瓦，形制类此大者，几无可见，此物亦汉鲁王殿所遗也。

察古之瓦当之类别，有图像、图案、文字之分，又有半圆形与圆形之别。早期为半圆形，西周中晚岁施半圆形当于筒瓦底部，至战国时演为圆形。瓦当之纹样，亦随审美之变迁，由写实至写意，由具象演为抽象。云纹之瓦当，属图案类，于出土图案类瓦当数量最夥。云纹之样，又有卷云型与羊角型之分。此当之云纹既有羊角型又有卷云型。构图对称，圆形居中，左右各列羊角形云纹。圆形内为四均匀扇形格界，格内分置卷云纹，格与格之间以双线分割。整体布局稳定而不失灵动，简约庄重和谐。

甲辰仲春鲁人李一识于京华开元室

咸阳汉瓦当跋二则

一、西汉“高安万世”瓦当跋

文字类瓦当之产生，虽后于图像、图案类，而后来居上。查考古新发现文物，文字类瓦当出现于汉景帝之时，普及于汉武帝之时，鼎盛于西汉中晚期。西汉中晚期，京畿之皇家宫殿、陵阙建筑，文字瓦当已成主流，而图像、图案瓦当则锐减。北至俄罗斯之贝加尔湖，东北至朝鲜半岛，南抵广州，东南至福建，西达青海，均有汉时文字瓦当出土。文字瓦当常见之形式为当面中央有一乳突，周围或有联珠纹饰，内圆外十字单线或双线等为四扇形区域，各区域填写文字。文字之排列，方式多样，或顺读，或逆读，或回环交错。其内容可分吉语、宫苑、官署、宅舍、祠墓、纪事等，吉语占文字瓦当之大半。吉言吉语，祈福致祥，高耸于屋檐，供人仰视，故广为使用。

是当出咸阳，为西汉物，泉石书屋主人收藏并手拓，直径十六厘米，字口清晰，品相完好。“高安万世”四篆字，形美力遒，结字随圆就势，用笔如锥画沙，笔道圆浑富有弹性，洵为少见之珍品。

甲辰杏月鲁人李一跋于京华开元室

二、西汉四神瓦当跋

四神者，青龙、白虎、朱雀、玄武四神兽也，四神兽古时分别代表东、西、南、北四方位之星宿。四神亦称四灵，有天之四灵以正四方护佑四方之说。由秦至汉，四神纹样多用于宫殿宗庙建筑之瓦头，祈望以此驱邪镇宅护佑宗庙乃至社稷江山永固。汉之四神瓦当，因其造型生动，制作精工，为历代藏家所宝。其版别又有多种，余以往所见，多青龙、白虎、朱雀、玄武四神各自独立，一瓦一神。

此拓一瓦汇集四神，青龙、白虎、朱雀、玄武，环月而立，宫内为月中蟾蜍，以寓意财富之意。泉石书屋主人得此，或可财源广进矣。

甲辰春分前一日鲁人李一识于京华开元室

晋永和砖跋

此二砖均出浙地，东晋所谓会稽国也，一成于永和四年，一成于永和九年，与世传王右军《兰亭序》帖作成之时相去至近。“兰亭论辩”为近世书坛一大公案，纷纭聚讼，久而难决。右军书名初未如是之盛，宋齐之际，尚与子敬并驾，且几欲为其所掩，梁武帝推之出大令上，始为世所重。唐太宗笃嗜右军书，称之不容口，亲为《晋书》右军本传撰论，曰：所以详察古今，研精篆素，尽善尽美，其惟王逸少乎。观其点曳之工，裁成之妙，烟霏露结，状若断而还连；凤翥龙蟠，势如斜而反直。玩之不觉为倦，览之莫识其端。心摹手追，此人而已。右军至斯，位尊誉隆，蔑以加矣。内府所藏至夥，而太宗最喜《兰亭》，珍爱逾恒，命赵模、韩道政、冯承素、诸葛贞四家摹拓以传，且有身后携入昭陵之说。何延之《兰亭记》、刘餗《隋唐嘉话》志其颠末甚详，文士好奇，言之津津，辞章志异，征乎渺渺。后之推波助澜者，代不乏人。世遂奉为书史第一名迹，有“墨皇”之号。

清世朴学肇兴，金石考辨之风大盛，致疑于此帖者踵接武继。何子贞跋《褚临兰亭》拓本云：右军行草书全是章草笔意，其写

《兰亭》乃其得意笔，尤当深备八分气度。初唐诸公临本皆窥此意，故茂逸超迈之神如出一辙。然欲遽指为山阴原墨，则诚未见何本为可据，以其中总不免有齐隋以后笔致也。程鱼石《南邨帖考》谓："法帖中逸少行草书迹已难尽信，若诸小楷及《兰亭序》尤可勿论，盖宋时所存已是唐人写本，且其中更有右军所本未书者。"孙渊如《续古文苑》全录《临河序》，注曰："此文唐人所传石刻名为《兰亭序》，详略小异，无篇末四十字，而莫字作暮，禔字作禊，暢字作畅，皆俗书，晋代所未有，疑唐时刻本漫漶，重书之误。"李畲光跋汪容甫旧藏《定武兰亭》本，尤见精思，其言曰："定武石刻未必晋人书，以今所见晋碑皆未能有此一种笔意，此南朝梁陈以后之迹也。按《世说新语·企羡篇》刘孝标注引王右军此文，称曰《临河序》，今无其题目，则唐以后所见之《兰亭》，非梁以前《兰亭》也。可疑一也。《世说》云人以右军《兰亭》拟石季伦《金谷》，右军甚有欣色，是序文本《拟金谷序》也。今考《金谷序》文甚短，与《世说》注所引《临河序》篇幅相应，而《定武本》自'夫人之相与'以下多无数字，此必隋唐间人知晋人喜述老庄而妄增之，不知其与《金谷序》不相合也。可疑二也。即谓《世说》注所引或经删节，原不能比照右军文集之详，然录其所述之下，《世说》注多四十二字。注家有删节右军文集之理，无增添右军文集之理，此又其与右军本集不相应之一确证也。可疑三也。有此三疑，则梁以前之《兰亭》与唐以后之《兰亭》，文尚难信，何有于字。且古称右军善书，曰龙跳天门，虎卧凤阙，曰银钩铁画，故世无右军之书则已，苟或有之，必其与《爨宝子》《爨龙颜》相近而后可。以东晋前书与汉魏隶书相似，时代为之，不得作梁陈以后体也。然则《定武》虽佳，盖足以与昭陵诸碑伯仲而已，隋唐间之佳书，不必右军笔也。”其后则黔贵姚茫父、姚俪桓继起，指《兰亭》之伪甚力。缪艺风、杨邻苏初未言辩及此，绎其谈艺微衷，亦属同调。

降及近世，而《兰亭》辩难作。其事盖由康生首引厥绪，其人固佥壬而多才者，博通文史，精擅章草，以为右军翰墨当不离隶书笔意，《兰亭》难脱伪作之嫌。郭鼎堂承其意，著为专论，都二万余言，谓见金陵出土王兴之夫妇、谢鲲诸墓志，书体皆隶，同于北碑，更证之陆士衡《平复帖》、前凉《李柏书疏》稿，悉含隶意，因疑世传《兰亭》帖非晋人王右军真笔。复援李畲光旧说而发挥其旨，言《兰亭序》系以《临河序》删改、移易、扩充而成，文既出于依托，书迹之为赝鼎自毋庸议。揆以当日情势，必出诸僧智永无疑。时郭名重庙堂，炙手可热，举世无敢撄其锋者。海陵高舒凫，狂狷士也，心不谓然，遂以所见形诸笔墨，而海内报刊畏郭之势，莫敢揭载。高乃驰函章行严，达于菊香书屋。书屋主人以笔墨官司有比无好为言，高文遂表见于世。其言略谓：“以《世说新语·自新》戴渊少时游侠条注引陆机荐渊于赵王伦之语与《陆平原集》原文对勘，可知注家有增减前人文集之事，非若畲光所谓可删不可增也。右军博精群法，不名一体，而畲光欲强之写《兰亭》必如铭石之书而后可，斯乃胶柱鼓瑟，亦其无博识常理者。右军书固未离隶意，《定武兰亭》本‘癸丑’之‘丑’作隶扁，‘曲水’之‘水’若《张黑女》，‘宇宙’之‘宇’似《西狭颂》，‘老之将至’中‘老’字与皇象章草同科，如斯种种，皆帖字多带隶法之明证。郭氏冀金陵近境或可有右军真迹出土，殊难必也，盖碑刻字体例固与《兰亭》字迹无可通耳。以太宗之玄鉴，欧阳信本之精摹，当时尚复有何《兰亭》真伪之可言。”鼎堂览之，复著论辩难，节节驳议，谓虞预《晋书》与唐人《晋书》皆录士衡语，互有详略，相为补充，盖两书删节不同，非刘注有所增减也。《兰亭序》帖无论写刻，皆为楷书笔法，已失东晋隶意。总高氏所举含隶意之字凡七，合之汪容甫旧举六字，为数止十三，视乎《兰亭》三百二十四字，仅为百之四，以此谓全篇具隶意，毋乃不合情理。平心论之，所言不为无据，惟末后引菊香书屋“唐宗宋祖，稍逊风骚”一语，以讥高氏过信贞观君臣，挟势凌下，不无刀笔之嫌。复因《兰亭序》中“一死生为虚诞，齐彭殇为妄作”二语，另缀一文，谓“夫人之相与，俯仰一世”以下一百六十七字有反庄之意，异乎喜述老庄之晋人，尤非骨鲠而有裁鉴、感时忧国之右军所能有。徐森玉、宗伯华、赵斐云、启元白诸家，或缘于见，或格于势，或囿于情，咸附和郭说。就中以徐氏之言最为平实，谓西晋太康五年杨绍买地莂、元康六年诸佛要集经一系陶文，一系经生书，而同为楷体，其时先于东晋永和九年数十载，而点画之间具见隶书用笔；西晋永嘉四年文书、东晋咸和永和之间李柏文书皆去永和九年不远，书风凝重朴拙，带隶意，后凉麟嘉五年《维摩经》书成之日后于永和九年四十四载，宋大明八年《刘怀民墓志》更成于百余载后，而隶楷更迭之迹未泯，楷法之纯熟不若《兰亭》远甚。传世《万岁通天帖》中十一月十三日帖多见右军精神，时带隶意，楷法亦未至兰亭之境，尤不见《兰亭》之捺笔。宗伯华则引芸台为助，赵斐云则以字体发策，启元白则藉帖刻应声，众口一词，《兰亭》伪书之说几成定论。力赞高舒凫者仅章行严、商锡永、严渤侯数人，商氏言尤警策，以为书法之时代差别当由基本笔画、用笔方法、字体结构、分行布白、时代风格多方观之，未宜局于笔画一端。无隶意之行、草、楷书早见于后汉，至魏晋已非新体，与含隶意之体并行无碍。右军诸体俱备，而以草与楷合，推陈出新，演为行书。其人则儒道相兼，且濡染释家之说，用世而复遁世，旷达而复隘陋，情随事迁，彷徨悲慨，何足怪也。其言甚辩，惟发之于后，遂为高舒凫所掩，世鲜称者。

《兰亭》辩难虽争鸣于一时，然数十年间，影响勿绝。钱默存《管锥编》第三册《论兰亭》文，以为王氏世奉五斗米道，右军薄老庄道德之玄言，而崇张许方术之秘法，其诋一死生、齐彭殇为虚妄，乃出于修神仙、求长寿之妄念虚想，以真贪痴而讥伪清净。立说新警，而隐驳郭氏之意甚明。其与人书中更谓重诸金石，字必端正。阮文达南帖北碑之论，盖系未睹南朝碑版结体方正与北碑不异。鼎堂见南碑，遂谓世传右军《兰亭序》非晋宋书体，必后世伪托。其隅见而乖圆览，与文达各堕一边。周太初《魏晋南北朝史札记》王羲之书札条则言东晋之际尺牍与碑刻即出一人手，亦可有所不同。魏晋以来碑志及经生书为一体，隋唐后经生沿之。尺牍、藁草、相闻书衍为行楷，别是一体，以陈隋为界，智永其佼佼者也。论者谓《兰亭》系陈隋后之作，或不为无因。启元白悔前之轻言，论书绝句咏《兰亭》帖刻曰：底从骏骨辨媸妍，定武椎轮且不传。赖有唐摹存血脉，神龙小印白麻笺。且谓李畬光习见碑版字体刻法，而疑《禊序》，不过见橐驼谓马肿背耳。辞幽旨显，不无湔洗旧论意，而与高舒凫、钱默存适成同声之应。语各有当，论不两全，欲执厥中，衡鉴为难。

三覆旧案，畲光时代为之一语，最为具眼。目验心识，世传《兰亭》摹本之体于唐为近，谓为晋人书，实未敢必。即以斯二砖拓证之，凡十二字，以势度之，当出匠役手，而点画寥寥，略具八分意，砖字与士夫贵冑书固不相侔，然一斑窥豹，当日通行书体之不离隶笔，从可知矣。高舒凫之说或未必尽是，然万马齐喑之际，以一布衣而据理抗言，风骨崚嶒，正士心折。昔金明馆撰《王观堂纪念碑铭》有云："先生之著述，或有时而不彰。先生之学说，或有时而可商。惟此独立之精神，自由之思想，历千万祀，与天壤而同久，共三光而永光。"即此数语，移赠高氏，亦足当之而无愧。至《兰亭》之果出右军手耶，楷法之成于晋耶抑成于梁陈之际耶，又其末事矣。

乙未初夏鲁人李一草于京华开元居

唐开元砚跋

曩于恭王府得砚拓百余帧，所摹多明清故物，独此本传移唐砚。铭文存者二十字，一以行书出之，用纪其开元旧主获砚颠末，锥笔刻划，清隽可喜，足窥当日风习。爱而熟玩之，宝为萧斋珍秘。因念砚虽微物，所关实巨，合诸翰楮，其用不穷，佐治而秉宣教之权，昌言而达造化之机，纪史而负抑扬之重，载道而体情性之微，系乎世运，有如此者。而其质坚润，其形浑朴，知白守黑，刓方象圆，每为好古通文之士所赏。

品砚之风，唐时已兴，藻鉴题咏不一而足。若李巨山之"光随锦文发，形带石岩圆"，韦苏州之"白水浮香墨，清池满夏云"，李山甫之"波浪因文起，尘埃为废侵"，李长吉之"纱帷昼暖墨花春，轻沤漂沫松麝薰"，皮鹿门之"石墨一研为凤尾，寒泉半勺是龙睛"，皆体物能工，得其神理。降及宋世，斯文益昌，士夫喜与石友周旋者代不乏人，品题之作连篇盈箧，以庐陵、眉山、双井、君谟、省斋诸家最著，而颠米于斯道尤致力焉，尝继苏太简《砚谱》成《砚史》一卷，《四库提要》以为"所论具得砚理"，"考据尤极精确，有足为文房鉴古之助者"。高续古之《砚笺》后起，备采诸家，说愈致密，世有精博之目。

明清以还，名士玩索文房诸具，习以为常，砚铭入集，灿然可观。陈老莲、吴渔山、高南邨、金冬心、翁覃溪、黄小松、阮芸台、杨惺吾辈踵事增华，或以书，或以画，或以篆，镌石成趣，生面别开，宝泓佳砚不惟属造艺之必需，亦成艺道之一端矣。世事新变，往往如之。

癸巳三月信笔漫记于一兰堂　鲁人李一

金寿门砚跋

偶检箧椟，得旧藏金寿门砚拓数纸，灯下展玩，或梅，或佛，或自写形容，寥寥数笔，像已应焉，而佐以分书，以漆书，以行楷，种种不一。寿门之笃好此道，当日朋侪颇有能言之者。

全谢山《鲒埼亭集外编》卷二十二有《冬心居士写镫记》，略谓：吾友钱唐金君寿门，畸士也。其博学好古似杨南仲，古文词似孙可之，诗似陆天随，其磊落似刘龙洲，洁似倪迂，尤喜狭邪之游似杨铁崖，而其痴甚笃远似顾长康、近似邝湛若。以故奔走江湖间，所际会亦不少，而年过五十，拓落如故。寿门所得苍头皆多艺，其一善攻砚，所规模甚高雅，寿门每得佳石，辄令治之，顾非饮之酒数斗不肯下手，即强而可之，亦必不工。寿门不善饮，以苍头故，时酤酒。砚成，寿门以分书铭其背，古气盎然，苍头浮白观之。其一善矾东绢作乌丝，尝游镫市，择其品之最高者买归，以乌丝界之，清瘦有寒芒，请寿门作分书其上，则石湖诗中所称吴镫不足道也。于是寿门虽穷愁，时时有户外之屦，或以砚，或以镫，其铭砚之多遂成一集。而其寓扬也，则镫之行为尤盛。即此知寿门富于巧思，善立新样以鬻书画。袁简斋《小仓山房尺陵》录其答寿门托卖镫一札，曰：“三月间芳讯至，属售画镫。适仆在江北弄田，未及裁答，致手书再问。先生笔墨，遗世独立，付烛奴以光明之，真奇宝也。但金陵人但知食鸭臊耳，白日昭昭，尚不知画为何物，况长夜之悠悠乎？旧令尹虽膏唇拭舌，不能担竿而悬诸市，使童蒙求我也。久存许处，虑有所伤，须挈而归之，明珠反照，自怜终胜人怜。”

谢山所谓“寿门虽穷愁，时时有户外之屦，或以砚，或以镫”，此亦一证也。然观寿门以书画镫属售而不及砚，颇疑其平日仅代客铭镌，自藏佳石原未肯一割爱也。李无放《皇清书史》卷二十二谓寿门以生于丁卯，号为老丁；行二十六，自称金二十六郎；又有冬心先生、稽留山民、百二砚田富翁、心出家盦粥饭僧诸别号。冬心之出唐崔国辅《子夜冬歌》，世所习知；稽留山民与心出家盦有关，寿门避嚣读书之家山也。至自号百二砚田富翁，岂非缘其广求佳石，治而藏之不去手耶？则寿门石癖固不下于米颠、黄忠烈也。

谢山有云，寿门正文字足为庙堂校石经勒太学，不仅区区铭砚已也。而况降趋时好，至于写镫，则真穷矣。而其著述益深湛，其平昔所嗜好一往而情深如故也，则诚不能不谓之痴之至者。读而感怀，因为之铭，聊书砚拓后，以志因缘，辞曰：不媚时，不问道。斗酒佳石，从尔所好。又：见石而拜，或谓痴之至。落笔而怪，或触世之忌。自家面目自撑开，梅耶佛耶同其事。

乙未夏杪　李一于开元室

紫云愁玉砚跋

此砚得自老友丁寺钟兄，石出婺源龙尾山之老坑，体质坚润，纹理缜密。注水试研，不淹不涸，濡笔而书，意到神随。余用而爱之，因戏成两砚铭。

一曰：凿混沌，荐琼瑰，长笺阔笔龙其飞。

一曰：从乞烟云，万象宾服。毋传文字，天将雨粟。

艺苑耆宿薛公永年、文坛巨匠莫言兄更手书“紫云”“愁玉”二题以赐，拜而受之，其喜若何。乃乞亚雄兄奏刀，刻成点画弗移，诚圣手也。事在癸巳盛夏，越十年，是砚经杨沆君精心手拓，墨色传神。良朋嘉贶，名师美意，足慰平生，不可无记。

癸卯夏至鲁人李一

青谿、知白二砚跋

青谿砚跋

青崖岸异姿，迥出尘表上。花树簇苍藤，草堂隐层嶂。家山廿载归，幽涧锁清旷。长歌思往哲，登眺心弥壮。扬藻绝罳阆，镵刻从良匠。斗折蛇逶迤，笔阵工揖让。微雨洗素襟，澄怀凭俯仰。南山净寒烟，岧峣势千丈。晴翠沁肝脾，巴渝春初涨。危峰玉殿开，排闼江声放。玄理重集虚，新铭阐道藏。可道道非常，毫端接万象。应手出擘窠，点画姿摩荡。苔深雾露滋，郁郁横苍莽。莽苍倚嘉城，齐鲁欣同壤。逸翮拂云门，春浓俨新酿。南驼负穹冥，海岱都一望。彫甍胃飞云，霁野盈梵唱。炎光金石流，溽暑苦鞅掌。壁裂字惊腾，槎枒各殊状。薄雷碾空濛，骤雨倾盆盎。万壑快载风，无言适闲畅。造化不可穷，鸿章天所贶。结褉事岩峦，回睇几忻怅。长与溪山盟，相知毋相忘。

得宋残砚，取名青谿，戏题十二字铭于其背。或弓学棣刻而拓之并送至萧斋。遂书青崖诗以遣兴，壬寅之秋鲁人李一。

知白砚跋

红桑阅尽太匆匆，笔塚墨池唐晋风。一任寰瀛交毁誉，无边心事托鸿蒙。书家六十恰中年，渐远尘嚣华满颠。浩荡孤怀存海岳，一波一磔信从天。宗帖宗碑归一同，方圆笔势意何雄。等闲习得屠龙技，万纸淋漓始策功。百代风华腕底舒，刊除藤蔓觅吾初。平生事业无堪问，自借青灯照读书。颖锋捭阖即文章，讵向抄胥竞短长。聊博心源开活法，奇情瑰句满诗囊。浩然心事总难眠，光焕吉金照海天。虫文鸟篆蟠彝簋，始悟刀锋在笔先。鼎钟斑驳气萧森，跳脱舒张字字深。如此星辰如此夜，直窥仓颉造书心。柔毫杀纸短锋轻，存古生新一力争。墨色清浑凭证取，十年字海掣长鲸。断笺零纸两三张，执管踌躇意已苍。写到无人无我境，任渠地老映天荒。

壬寅初冬得知白守黑老砚，注水试研，不淹不涸，遂濡墨戏笔书临池绝句九首，鲁人李一于京华开元室。

仇十洲圣迹图跋

唐镜海《学案小识》卷八记绛州陶视庵平生愿学孔子，即一部《论语》追想夫子之精神命脉，名曰《活孔子》。其自序曰："一部《论语》无非孔子精神流露，然更有夫子无行不与之语，或弟子极其赞扬形容之语，较寻常答问尤为亲切，故特录之，以备观玩想象精神命脉之所存，久之，殊觉夫子之真面目隐跃在阿堵中，恍若有亲相告语者。噫！孔子岂远乎哉，谓此即活孔子也。"钱默存札记评《论语》亦谓："孔子性情语笑跃然纸上，而经生学究将此老说成不通人情，可恨之至。"见深语快，足与陶氏相发。

《汉书·艺文志》有云："《论语》者，孔子应答弟子时人及弟子相与言而接闻于夫子之语也。当时弟子各有所记，夫子既卒，门人相与辑而论纂，故谓之《论语》。"盖《论语》杂录孔子生平言行，俨同今之回忆录、谈话记，特删繁就简，遗形得神，浑若碎金片玉，触手生春。尤妙者屡载夫子进退失据、笑啼两难情事，如《雍也》章记子见南子，子路不说，夫子矢之曰："予所否者，天厌之，天厌之。"《阳货》章记阳货欲见孔子，孔子不见，归孔子豚，孔子时其亡也，而往拜之，遇诸涂；复记公山弗扰以费畔，召，子欲往，子路不说；又佛肸召，子欲往，子路曰："昔者由也闻诸夫子曰，亲于其身为不善者，君子不入也。佛肸以中牟畔，子之往也，如之何？"子曰："然，有是言也。不曰坚乎，磨而不磷；不曰白乎，涅而不缁。吾岂匏瓜也哉，焉能系而不食。"皆言之津津，罔识避忌，夫子窘蹙之态、躁竞之心历历如见，初无待庄生托诸寓言，演为谐剧，藉盗跖、汉阴丈人辈腔吻相诮让也。杏坛师弟流风相接，而摹叙尊长行状，有若是者，足征孔氏门庭广大，气局宽闳，诸受业正心诚意，直言无隐，各具写真手眼而乏造神机括，儒行"言必先信"，洵非虚语。太史公深得其法，熔经铸史，别开新境，《孔子世家》记郑人之言，谓"东门有人，其颡似尧，其项类皋陶，其肩类子产，然自要以下不及禹三寸，累累若丧家之狗"，谑处传神，栩栩欲活，堪为夫子一生写照。质而言之，夫子之学实根柢人情物理，衍为鸿谟，非凿空谈玄者比。其持身也，清正不苟，择善固执；其应世也，通达多方，与物浮沉。观《季氏》章论君子三戒曰："少之时，血气未定，戒之在色；及其壮也，血气方刚，戒之在斗；及其老也，血气既衰，戒之在得。"又《阳货》章论三年之丧曰："子生三年，然后免于父母之怀。夫三年之丧，天下之通丧也。"则孔门心法，察其终始，定以是非，大类后世俗谚所谓"世事洞明皆学问，人情练达即文章"，乃复贯以忠恕之道，人有细行不谨，曲为周全，罔闻原壤之歌，弗假卜商之盖，均其显例，又类俗谚所谓"世事荒唐八九件，人情遮盖两三分"矣。然皆小德出入，大节何尝稍移哉。唐宋以还，乡曲之儒徒知窥窃陈编、蹈袭故步，震于先圣之威名，百计推尊，犹恐不至，而崇之愈甚，其去夫子也愈远，惟日见隘陋，尚足语于修齐治平耶？

娄东仇十洲、茂苑文衡山，明之淹雅通才也，据于德而游于艺，于夫子毕世功业悉心揣摩，择其尤要者表而出之，衣冠杂沓，须眉宛然，而题与画俱，备极工致，亦难能矣。然欲传夫子情性之微、謦欬之真，恐非图画所能尽，仍须求之简牍间也。斯图陋居旧藏一本，是岁仲夏重加拂拭，益增向慕，因聊识数语，以存仰止之诚。世之明通君子，或不以卮言为河汉乎？

乙未且月至圣同里末学李一沐手拜题

临兰亭跋

兰亭之作，今古同钦。米元章《宝晋英光集》卷三《刘泾新收唐绢本兰亭作诗询之》有“跽阅墨皇三复反”之语，叶正则《水心集》卷二十九《题桑世昌兰亭博议后》亦谓：“字书自兰亭出，上下数千载无复伦拟。”金圣叹《沉吟楼诗选》录其《上巳日，天畅晴甚，觉〈兰亭〉“天朗气清”句为右军入化之笔，昭明忽然出手，岂谓年年有印板上巳耶！诗以纪之》二绝句，略云：“三春却是暮秋天，逸少临文写现前。上巳若还如印板，至今何不永和年？”“逸少临文总是愁，暮春写得似清秋。少年太子无伤感，却把奇文一笔勾。”曰墨皇，曰无复伦拟，曰入化之笔，曰奇文，则右军斯作，书誉文名，两得之矣。近世有谓《兰亭》非出逸少手笔者，其论即确凿无疑，亦不过别立一主名，何损于《兰亭》之佳胜哉。何延之《兰亭记》谓其书字有重者皆构别体，就中“之”字最多，乃有二十许个，变转悉异，遂无同者。

乙未仲夏取神龙本试临数通，始知其遒逸之中别饶姿媚，腾翔夭矫，难以踪迹，昵焉若得，即之已非，诚瀛寰之秘宝，可旷观而不可轻攘者也，同字异构又其末事矣。因借圣叹韵戏成短章二首，聊志所感，句曰：

疏帘清簟晚风天，俛首神龙灯影前。
蚕茧鼠须凭跳掷，山阴嘉气郁千年。
生死彭殇讵足愁，管城托命鬓初秋。
幽思长绕永和岁，真伪何心细考勾。

乙未夏跋　癸卯立秋后七日重录于京华开元室　鲁人李一

虚白馆开馆书刘静修绝句并跋

独向舞雩风下来，坐忘门外欲生苔。

归时过著颜家巷，说与城南花正开。

庄子假借吾乡孔颜师弟发为寓言，立心斋坐忘之论。无忌诸兄虚白馆倘亦有取于此。因忆刘静修咏曾点绝句，另立一说，则宋后道学融合儒道禅之言也，录供一笑。

乙未立夏鲁人李一戏笔

录康南海论书绝句并跋

铦利森森耀戟铤，始兴碑法变钟传。

率更后出书名擅，谁识先师具义渊。

率更书有武库剑戟森森之气，窦皋以为出于北齐刘珉，想以其峻峭处近之。其实信本南人，南碑《始兴王碑》与率更《皇甫君碑》无二，乃知率更所从出，然南碑无不圆浑者，此则先变钟法矣。康更生素重北碑，而《广艺舟双楫》论欧书则谓得法南碑，其言深可思也。

丁酉五月鲁人李一录于京华开元室

名三恒说

子曰：善人，吾不得而见之矣，得见有恒者斯可矣。亡而为有，虚而为盈，约而为泰，难乎有恒矣。以子之圣识，而推有恒者为类于善人。善人，仁者俦也。孟子亦曰：无恒产而有恒心者，惟士为能。则守我弘毅，养其浩然，劳苦空乏，皆所不计，始足临大任而称君子，为世仪型。

吾友孙君江宁，温醇切挚，渊雅多通，德配程杰，亦著贤誉。伉俪偕游都门，编刊制版，业精且勤，凡所擘划，假坊间以行，悉能出彼肺肝，新人耳目，遂擅声一时，求为缀辑图文、勘订卷帙者踵门勿绝。无何，君负笈恭邸旧院，修研建筑之学，术愈纯而名愈盛，复出其余技，摹写丘峦，藻鉴画缋，侪属咸钦其能。乃于畿辅之东别立馆舍，营治梨枣，选列丹青，而时流雅集，率以其址为归。

予感君伉俪任事之劬、持志之坚，因以三恒命其馆。盖易之恒彖辞有云：天地之道，恒久而不已也。观其所恒，而天地万物之情可见矣。象曰：雷风，恒，君子以立不易方。许叔重纂述说文，亦以常为恒之的解。故知恒者，常也，久也，不易也。量力而为，不先骐骥；应时以动，讵后驽骀。旨酒渥花，重轩飞翰；良朋在迩，嘉树成荫。斯常之说也。元淳宋逸，与年俱深；亚椠欧铅，历劫弗替。笔汇百川，心传六法；天开一画，道继千龄。斯久之说也。蹇屯备经，未汨厥志；畅达载至，敢矜其隆。澄神适性，俯仰太和；蓄素饮真，逍遥终古。斯不易之说也。是岁君新馆初张，一仍三恒之名，无以申贺，聊为之说如右。噫！微君伉俪，孰足以语此哉。

丁酉暑月鲁人李一戏草于京华开元室

山盟跋

丁酉之岁，甲子重开。造物无私，假以天时地利，世缘多助，惠我挚友良工，遂得践写山之夙愿。暮春三月，返鲁登石门山，摩壁书刻一律，遥和东塘乡贤，念儒宗之兴仁，喜家山之无恙，感何如之。秋杪问道渝州，走笔南山老君洞。玄论涤胸，青崖留墨，相与徘徊林岚，不知夕曛之染鬓。昔安道一以石传经，清跨羲献，气壮山河，余耽于书事既久，益觉斋室之隘陋，无以尽其意，乃法前修之所为，捉巨笔，攀岩峦，驭长风，追至境，怀抱通于管锥，钩画系乎天地，山盟初证，后约可期。举世知我爱我者，或不以斯言为虚诞耶？

戊戌岁首鲁人李一谨白

峄山妖精洞摩崖经刻跋

鲁南泰峄之有摩崖经刻，由来亦旧矣，而以北朝为盛。泰山经石峪、徂徕山映佛岩、东平洪顶山、汶上水牛山，并邹城铁山、岗山、葛山、尖山、峄山之经刻，均皇皇巨制，绝后空前。惜乎隋唐以降，孤存天壤间，问津乏人，遂沦没不彰。清季黄小松、阮芸台目察身验，著录推挹，表而出之，始为世所重。后之研习者步武前修，为学日进，于诸摩崖经刻之义理、书法、刻镌等悉加考绎，海外汉学家起而响应，遂成一时风会。

余昔年尝往来泰峄间，谛观诸刻，发为浮词，与同道共参。日居月诸，转瞬二十七载矣。邹鲁故人忽持《峄山妖精洞经刻》拓本见贻，不觉忆及前事，欷歔久之。斯刻节录《文殊般若经》九十八字，见诸峄山之阳乌龙石，去妖精洞至迩，因以名焉。读其记，知经主为斛律太保家客邑董珍陀，书丹者则僧安道一也。道一游僧，以弘法故，奔走泰峄诸山二十余寒暑，书刻经文至夥。此品为其壮岁所书，通篇无一懈笔，结体端严，笔意沉厚，势纵意敛，简穆圆浑，有龙蟠豹趋之态，欲学北朝书，舍此安归？因略述其本末，为提要钩玄，以俟后来者深研细索之。

丙申夏日鲁人李一识于开元室

孟铭并跋

中道而立，舍生取义。养吾浩然，塞于天地。富贵不淫，何必曰利。贫贱不移，苦其心志。威武不屈，非其君不事。闻诛一夫，谓之自弃。民贵君轻，天下正位。尧舜之道，可坐而致。仁者无敌，大人之事备。敢问夫子恶乎长，孟子曰：自反而缩，虽千万人，吾往矣。

亚圣生战国纷扰之际，博洽通达，独传子思之学，举世滔滔，一身支柱其间，雄辩高风，震铄今古，其气至大至刚，千载之下犹凛然不可犯，盖儒家之雄也，垂范泽及于后世既深且远矣。幼读其书即景慕其人，客岁邹城重经，瞻礼圣殿，退而捧诵七篇，钦企益切，遂集经义为铭，敬志输悃之诚。

邹鲁后学李一恭书于开元室，

时丁酉春月，去亚圣之逝已逾两千三百又五年矣

金石缩刻版浩然之气合跋

李一书金石拓本释文

浩然之气

“敢问夫子恶乎长？”曰：“我知言，我善养吾浩然之气。”“敢问何谓浩然之气？”曰：“难言也。其为气也，至大至刚，以直养而无害，则塞于天地之间。其为气也，配义与道；无是，馁也。”

——《孟子·公孙丑上》

一、李一跋

今偶见此微仿刻石拓本，仿吾七年前为孟子研究院所书丈二之作。询问方知刻此石者，乃四十年前学弟孟圣后裔孟发君。先圣名言，师生先书后刻，亦趣事也。故记于此。

鲁人李一癸卯芒种前一日于京华开元室

二、杨家伟跋

癸卯夏业师李一先生惠寄手书拓本命余作跋，欣喜之余，不胜惶恐。原作丈余，此乃微刻。浩然之气为孟子语，意为正大刚直之气。苏轼词句“一点浩然气，千里快哉风”当从此出。余甚喜此境，尝书之以自勉。丁酉秋，余幸入先生门下求学问之道，博士论文研究方向又恰为古代法书题跋，今伏案作跋，感慨系之矣！先生不辞辛苦，耳提面命，解惑答疑之景历历在目。又拜观先生大作，如沐春风，虽远隔千里，当铭感师恩无既也。

时癸卯六月于盛乐古镇 学生杨家伟恭跋

三、张耀虎跋

跋一

业师李一先生章草书“浩然之气”，乃先生“孟子名言暨历代尊孟诗文书法展”之“浩然之气”缩刻也，原为丈二，此缩刻作二尺，宜张壁间而赏也。

“浩然”者，《管子·内业》谓：“精存自生，其外安荣，内藏以为泉源，浩然和平，以为气渊。”“浩然”为气之源泉，故有“浩然之气”也。“浩然之气”者，语出《孟子·公孙丑上》，（公孙丑问）：“敢问何谓浩然之气？”孟子答曰：“难言也。其为气也，至大至刚，以直养而无害，则塞于天地之间。其为气也，配义与道；无是，馁也。”故“浩然之气”者，乃胸中“至大至刚”之气也，“大”者纵逸开阔也，“刚”者直抒不隐也。胸存丘壑，心纳湖海之度也，故《管子》谓:“心全于中,形全于外,不逢天灾,不遇人害,谓之圣人。”

癸卯夏末,京城归来,赏读此拓,恭而跋之。张耀虎于古长安

跋二

先生章草直入汉魏堂奥,融简草开合相宜之势,化蘧草盘屈苍茫之象,成沉雄厚朴之气。先生章草作此四字,吾曾于网络寻见原作之图,四字擘窠盈丈,悬于展厅,沉雄厚拙之格,此缩刻之拓亦能窥之也。

癸卯立秋之日,登高远望,浩浩乎,千里风雨,尽收眼底。神闲意舒,放怀天地之间,颇合“浩然”之境也。

张耀虎又恭而跋之于古长安

四、吴彧弓跋

“浩然之气”语出《孟子》,天地之间,人心之志,至大至刚,修养而成。此作为李一先生于丁酉所书,原纸丈二,而此拓本仅尺余,盖因缩刻为之。缩刻之法,古已有之。前人缩刻,多为缩临。后因照相术传入而能将巨幅大字照小,然后勾摹付刻,与原样相肖,几无失真。今获观佳拓,满纸苍茫雄浑之气,又得先生及家伟、耀虎二兄精跋于前,更觉笔墨生香,略赘数语。是为记。

癸卯之冬于京华南郊　吴彧弓

邹城岗山摩崖刻经跋

吾国隋唐前释教刻经略分三期，一则北凉承阳至北魏孝文帝间百余载，所刻分布河西走廊及吐鲁番诸处，有造像塔并为数不多之碑刻可以考见；二则北魏宣武帝至北齐河清间，五十年中石经遍布中河以下晋、冀、鲁、豫数区，或以碑，或以摩崖，其制不一；三则北齐天统至北周末世，为时甚暂，计廿余岁，所刻见诸北齐邺都近畿与夫鲁地泰峄岩峦崖壁。百七十年间，经刻由塔而碑，由碑而崖，主其事者复由僧而俗，规模渐弘，足见法门张大之迹。

北齐僧安道一率众护法，以为简策易磨，缣帛难久，金牒非材，皮纸终朽，遂偕攀危崖，日事琢镂，勒银钩于名山，托金石以垂后。及今视泰峄诸峰，其传经之迹犹昭昭在人耳目焉。

岗山摩崖成于北周大象二年，其地当邹城之北，去铁山仅一涧之隔。峰岭嶙峋，巨石累叠，草树葱茏，境象幽邃。山北谷壁皆花岗岩石，所刻凡五种，自东徂西，《入楞伽经》大小字节文各一，大者见存二十七石、一百五十字，小者亦满五巨石，又一为《佛说观无量寿经》节文，又一为佛号佛名，又一为题名及刻经年月。雨侵风蚀，地震石崩，漫漶倾侧难免，而各字体整形完，笔画了了，岂传法心坚，遂在在而有神物呵护耶？岗山经主非一，曰比丘惠晖量，曰二郎，曰道成，曰僧岸，曰唐章，曰比丘尼法会；像主则朝思和、韦传竹妃，亦经主也。

岗山崖书夭矫善变,《佛说观无量寿经》隶意尽出，朴茂丰实，圆腴重厚，神光照人，流韵欲飞;《入楞伽经》小字结体任真，严于矩矱，世多叹赏；大字则隶楷杂糅，格奇笔露，雅健雄深，摄人心魄。

或谓岗山经刻亦安道一所为，而空言无据，以其书异乎铁山一端而论，当非道一笔致，而变化无穷，显非出于一手，岂护法僧群力成之耶？迩岁返乡，重访邹城，远眺岗山诸经，若花雨坠空，玄鹤纵羽，瑰奇不可方物。稍进，又若妙相庄严，静穆圆融，足销尘念三斗。噫嘻！安得长此结庐，梦守魂随，以出世铁画疗我笔篇俗病也哉！

己亥冬月鲁人李一记于京华开元室

重庆南山老君洞摩崖道铭并跋

象帝之先，万物之奥。冲而不盈，阴阳负抱。惟恍惟惚，不昧不皦。动反用弱，玄通微妙。能成其大，可名于小。上士勤行中士疑，下士闻之惟大笑，不笑不足以为道。

夜诵《道德经》，有触于怀，细绎八十一章论道诸语，缀集为铭。既竣其事，因思余姓继道宗，名则暗合“天得一以清，地得一以宁，神得一以灵，谷得一以盈”之旨，复以开元室自颜笔墨之堂，隐阐“道生一，一生二，二生三，三生万物”章微意，初未经心，而在在与老君之道相关，讵非圣教有以启之耶？倏焉若惊，旷然以喜，三稽首而后书之。

鲁人李一丁酉仲阳

重庆南山老君洞摩崖集虚书后

《南华内篇·人间世》章有“唯道集虚”之说，托孔门师弟之口以宣之。覆按其文，谓颜子以心斋之道为问，仲尼曰:“若一志，无听之以耳而听之以心，无听之以心而听之以气。听止于耳，心止于符。气也者，虚而待物者也。唯道集虚，虚者，心斋也。”

虚而待物句，郭象注:“遣耳目，去心意，而符气性之自得，此虚以待物者也。”成玄英疏曰:“如气柔弱虚空，其心寂泊忘怀，方能应物。”

唯道集虚句，郭象注:“虚其心则至道集于怀也。”成玄英疏:“唯此真道，集在虚心。”故如虚心者，心斋妙道也。曲体其意，殆以志虑纯一、泯除是非利害之见为入道之门，大宗师章以忘仁义、忘礼乐以至于堕肢体、黜聪明、离形去知、同于大通说颜子坐忘，亦同此旨。而《道德经》十六章所谓“致虚极、守静笃”，十九章所谓“绝圣弃智、绝仁弃义、绝巧弃利、见素抱朴、少私寡欲”，皆足相发。虚，空也，心空无物，尘虑尽销，始得出人入天，神与道合，此集虚之的解也。既书其语，复为之释证如右。

丁酉秋杪鲁人李一并识

老君洞摩崖纪略

明彭士望《树庐文钞》卷一〇《药格条》有云："圣贤，天地之心；豪杰，天地之耳目手足。……释老，天地之奇梦。"以人事追配天道，亦我华夏文化之一途。半世读书求道，困于牖户，未得正解。偶睹《东岳经石峪书金刚经》，惊其点画之精，妙接自然，旋知实出北齐僧安道一手，益服前贤之雅意弘图，实与天地之心相接而无碍。默志于中，深欲追仿。

乙未汇近时书迹列展武林，有巨书字踰丈二，观者灿然，曰：伙颐！亦庞然大物也。胡不书为摩崖，列陈丘壑，与天地并，而乃布于区区堂馆也？写山之志遂定。

初发轫于吾乡鲁城石门山，以和东塘先生诗刻画苍崖间，得同乡诸友推毂，不数月而成。因思更得嘉山水写刻摩崖，以逞夙志。适郑雷君告以渝州涂山长老君洞事者有重光山林之意，遍征丹青墨迹，遂因之为介，同往谒焉。老君洞，道院也，主其事者炼师邓公信德，深谙《道德》之旨，广接世务以兴，旧尝以十岁修真于燕台白云观，衔命出长涂山，孜孜矻矻，励精图治。相见莫逆，契阔谈心，公娓娓为述玄教宗风，旁及老君洞重振诸议，语次以山间摩崖为命。酒后兴发，以老庄铭书之石壁为应。归来遍阅《道德》《南华》二经，旁及他书，久未能得其绪。转思《道德》一书实玄教开基经籍，遂专力以攻，抽绎老君意指，集为道铭。邓公颔首，书遂成。

于是朝山开刻，得渝州匠师甘荣信等拊崖力刊，历溽暑而不辍，泉城韦子良成则去家就于逆旅，监理工务，遇事与匠师共商。邓公进而从旁襄助，以底于成。摩崖起自丁酉秋孟，讫于冬月，半岁而划事。复于山间空壁书“集虚”巨字，更作短跋以释其意，缀其下端。邓公日以漆红填跋文细字，朝夕忘倦，事道之勤见之言动。涂山居江之南，凭眺可见汪洋浩荡，层楼鳞比，长桥霓飞，灯辉波涌，回望涂山，遥见道铭悬诸崖壁，如瀑冲林，如龙降世，与大江相映发，天地之心得之而畅发殆尽，老庄奇梦因之而入世见形。老子曰：不笑不足以为道。言念及此，故当莞尔凭风以为邓公贺也。

壬寅春李一于京华开元室

题任城青华洞碑后

余弱冠负笈，首至任城。后任教职，读书临池不辍，任城亦其地也。朋侪论学，旧雨雅集，二十年前书记青春快意，多留笔墨于其间。固多笺帛挥洒，至留点画店匾间，及今思之，每增愧恧。幸未尝有书之石上，篆刻立碑者。壬寅早春，余方闭户摊书，不理外务，有以《重录修建纯阳仙师祠碑记》及《重建青华洞功德碑记》为请者。青华洞为任城观阁，始建于元，旧洞居城中闹市，时移世易，仅存一碑一亭。新青华洞近年重建于城北鹿鸣山庄，按原十一洞规制，据地十亩，三水环绕，而复草木交荫，亭台楼阁鳞次栉比，鸟语花香与钟磬香烟相谐，有世外桃源之势。

丁亥春余尝应邀为旧洞碑亭题“青华遗韵”匾额及楹联。亭中之《修建纯阳仙师祠碑记》，清初顺治间河道总督朱之锡所撰，山东巡抚方大遒书丹。新洞既立，长老扈高枫为传法脉，欲重立旧碑，因函请余重录朱之锡碑文。原碑今已漫漶难认，华峰以拓本相寄。灯下挨字细辨，与任城同好互较短长，标点句读，久之，碑文初现。因以楷书书丹于碑阳。

为纪新青华洞之重建，特请中国道教协会副会长、重庆老君洞监院邓信德撰构《重建青华洞功德碑记》。初，余以书老君洞摩崖得识监院，亦亢爽人也，肆志于道教文化之广播，与语清华洞事，一诺无辞，居无何，碑记脱手而成。余复书丹于碑阴，别择行书为之。书就，倩嘉祥梁花蕊、张雪云两女史镌刻上石。越明年，适值吕祖诞辰。吕祖，清华洞所奉。因特举行揭碑仪式，京、冀、渝、齐、鲁诸炼师纷往致贺。清华洞大开法会，盛况空前。

余因重有感于书碑碣，前此落墨楮笺，信手挥洒，初不经意。比书碑，则点画使转，皆须经心，既当美观，又便镌刻，至不当意之处虽再四重书，终难惬心。碑碣诚书道之试金石，而书家之锤炼炉也，可不慎哉！

癸卯处暑前三日鲁人李一于北京开元室

第二辑

当代著作、书画跋

王朝闻墨迹跋后

王朝老一代美学宗师，声震海内。余入中国艺术研究院适与同所，遂与先生颇有往还。时过先生门庭，探讨书艺，请益问难，视为平生一乐。先生亦时有翰墨颁赐，检点箧笥，现存先生书札多件，虽均以硬笔书成，而或抒读拙著观感，或谈科研课题作法，或言藏石之趣，或涉法帖之美，字里行间，论人论事，极饶风致，大家气象，其在此乎？

先生锥管墨迹，寒室仅存一件，盖余壬午展列书迹时先生所为题辞之作，殷殷厚望，勖勉有加。先生晚年，于书益有兴趣，因居处邻近，往还益密，数次耳提面命，以书法密奥相指授，言语富含滑稽，令人闻之难忘，顿生浮云尽去、豁然开朗之感，得悟无上妙道。题辞去今二十二载，先生谢世亦已二十春秋，阅水成川，阅人成世，每睹斯迹，辄忆先生之音容笑貌。逝者不远，愿生者有以继之。

甲辰四月二十日鲁人李一于京华开元室

黄苗子墨迹跋

二流堂内数名流，右绌左支人海秋。
阅尽中西归篆隶，甲金真草一时遒。

苗公粤产，祖黄芑香粤之名儒。父冷观居港岛，主编《大光报》，挈家同往，苗公因生长港岛焉。八一三战起，苗公思有以抵拒倭酋，激于少年意气，径北走海上，父闻讯大惊。时其父挚友吴铁城主掌沪市，得冷观急电，因辟苗公为卫戍司令部下帷行秘书。苗公名祖耀，至此以小名猫仔去其左部首，而以苗子为笔名，与张光宇、丁聪、叶浅予、鲁少飞、华君武、张乐平诸君沆瀣一气，逍遥艺林学海，竞以漫画名。又得妻郁风，思想日趋左倾。抗战军兴，移居巴蜀，复得与夏衍、吴祖光等相熟，平居恒出入渝州唐瑜屋宇，谈笑谑浪，漫无拘禁。俗呼无赖闲汉为二流子，郭鼎堂因戏称众人往来之所为二流堂，苗公与妻郁风亦均列名其中。世易时移，苗公居京师，数易其职，终入美术出版社为编辑。后于“反右”时与二流堂人物悉名在党籍，坐是沉沦，辗转下狱。出狱后适逢时世清明，乃复操故技，以诗文书画名。旅欧游美，足迹遍天下，眼界始阔，胸次豁然洞开，漫画、水墨画乃至美术史论均别出手眼，的然一代宗师巨匠。其书尤见风致，以现代艺术之法融汇古今翰墨，倜傥使气，霸悍逞才，罗真草隶篆于笔端，甲骨简牍亦时时腾踔纸上，以篆隶笔法为根底，贯通行间，而劲气盘折，得未曾有，既用今法，亦存古意，宛然我之生面。盖苗公幼而临池，旧从东莞名士邓尔雅学书，一生浸润斯道，至老愈苍浑可喜。其所书多自撰，善于俪辞比事，如赠作家王蒙一联曰："白鸥海客应无我，黄鹤山樵别有人。"上句取《列子·黄帝》篇海客欲擒白鸥典寓主人之无心尘俗，下句用与受赠者同名之元画师以潜指主人为谁何。字字巧对，具见奇思妙想，可谓文而善谑矣。与妻郁风相伴一世，此和彼应，同气相求，亦可云人间至福也。晚岁苗公因病入院，而适有撰文揭诸报端，谓公为告密者，曾陷聂绀弩入狱。公见而恚怒，形诸吟咏，既以讽世，兼且自辩。噫！公之一生，可谓左支右绌，先以国民政府之官员趋于左方阵营，后以右派之身而为左倾者所使。旧日朋侪，多为异物，皆自冰炭相煎中度生涯。举止无非伪饰，言动不由衷肠。深罪苗子，讵为平情之论？要之为吾国文化史留此一叶痛心记录存照耳。

甲辰秋李一于京华开元室

跋蒋维崧书札

浊世清容比玉山，简编贮腹意舒闲。
鼎彝千器摩挲遍，始觉杨吴笔力孱。

峻斋先生诗礼传家，清雅秀逸，温润冲和，曾履川、潘皀公尝以裴叔则玉山上行拟之，世以为知人。初，先生入金陵国学深造，抗战军兴，随师迁居巴蜀，亲炙沈秋明、波外翁诸先辈，篆法得波外翁指授，尽传其衣钵。以此而通小学，进身翰苑艺林，精研甲金文字，探赜钩深，时发新谛。其书遂根柢于斯，以自然简静之笔，追高古灵奇之迹，筋骨内含，风华外显，开阖错落，凝厚纯一，笔力之健，突过杨之舆、吴窓斋。晚作方笔渐多，秾腴日减，瘦硬通神，而终不失雍融之度。又擅作行草，则门由秋明先生所启，上溯羲献，旁及唐宋诸家，复参篆意于其间，姿致澹荡，天机流行，譬若公孙大娘之舞剑器浑脱，浏漓顿挫，独出冠时，刚健婀娜，两得之矣。

余自辛酉冬始请教先生书法，或造府面谒，或写信汇报，均得中肯指导。现存先生手札六通，均为硬笔痕迹，写于上世纪八十年代初，此为其一，距今已四十载。再次捧读，感余温犹存，字里行间，循循善诱，勖勉有加。先生谢世多年，读信思人，逾体会前辈辅导后学之真情苦心。

癸卯端午后二日鲁人李一于京华开元室

跋魏启后墨迹

结想晋元格亦侔，湖风山月满书楼。

锋开八面由心转，刷字偏从碑简求。

启后先生思致明敏，情性旷达，平生目晋书元画为艺道极诣，因以晋元颜其斋。尝深研简书、章草，以其笔意摹写汉唐诸碑。继运其法于帖学，上追二王，而得力于米南宫，合晋韵宋意于一手，八面出锋，天趣盎然，东坡所谓“风樯阵马，沉着痛快”，海岳所谓“振迅天真，出于意外”，落笔自见，诚堪与吴居父、王觉斯辈相逢一笑，把臂入林矣。子曰“知者乐水，仁者乐山”，先生世居历下，歌笑终老于斯，长倚满城山色泉声而抽毫落墨，隐然为海岱耆硕。世宝爱其书，四方求字者日塞户牖，而先生挥写不辍，恒以为乐，且故廉其直，不欲以驵侩之鄙、稻粱之谋杂诸其间。若先生者，其知者耶？仁者耶？

此墨宝书于上世纪八十年代初，先生至任城访碑，余陪同至铁塔寺观摩鲁峻、范式诸汉碑后，先生挥毫相赠。虽距今已四十余载，然先生当时挥毫之情景，仍历历在目。

癸卯端午后一日于京华开元室鲁人李一

书王伯敏画山水后

半唐翁早从黄宾老游，治绘画史论而复手习丹青。毕生著述丰厚，有“画史通儒”“七史罕人”之誉。丹青虽为著书之余事，亦洋洋巨观，歆动海内。晚年所积画稿愈多，翁以“落墨灯前不令闲”之句及“半唐斋里人长乐，壁上云山枕上诗”篆章自况。所为山水，于传统外自出手眼，取黄宾老命意，以松烟渍墨，而妙用水法，以水为墨，运化调和，以渍水、凝水、泼水、铺水诸法行，运笔于生宣，或以水破墨、水破彩，或以墨彩冲水，或以水冲宿墨，尽得苍润之意，氤氲满纸。

此帧近景以浓墨写山石，远山以极淡之墨法衬托，上题清湘老人之一画论，信手挥洒，点染钩皴兼施，苍中寓润，苍润兼得。斯盖半唐翁三十三年前所赐，由西子湖畔飞寄恭王府，近年悬于书房，为萧斋之珍品。春朝秋夜，静而晤对，平添幽兴。

甲辰小满后五日鲁人李一于京华开元室

跋王伯敏手札

王伯敏先生勤于笔耕，一生著述几十种，惠泽艺林。尝自言一生于故纸堆中讨生活，读历史、写画史、看山、画山、邀月、煮茶、闲吟，堪称艺苑之耆宿，学人之表率。先生常年居西子湖畔，因藏有唐代故物，以“半唐斋”颜其居，并有“半唐斋里人常乐”诗名留传于世。

先生生前，余多次至半唐斋请教，先生煮茶相待并曾赐其藏石藏墨。平时书信来往频繁，现存先生手札三十多件，其中最别致者为此札。于极窄纸本长条画横卧老梅，梅干苍劲有力，新蕊怒放，并题跋语曰“李一仁者书自然生趣，极富韵味”等文字。窄纸长条。既画又写，内涵丰富，趣味盎然。此札写于壬午，为祝贺余首次书法展而作，距今已二十一年矣。先生谢世已十年，当年所赠藏石藏墨及手札已为遗物，藏石藏墨置于案头，时时把玩，而此札装裱后悬挂于陋室之壁，每每读赏，感觉余温犹存。

癸卯大暑前一日鲁人李一记于京华开元室

冯宽堂题开元室匾额跋

开元室乃余后起斋号，七年前特请宽堂先生冯公提笔颜吾室。冯公硕学厚望，为学林所重，以其学广其艺，复以其艺尽其学，允称艺坛耆宿。一生著书逾千万字，喜吟咏，擅挥毫，善丹青，精摄影，收藏之富有声海内。余追随先生数十年，得其提挈，聆其艺道。研治美术学及书学半生，始终以先生“先为人后为艺”之教自警，不敢懈怠也。

先生之书，如庾信文章，老而更成。九十三岁书此“开元室”三字，不求工而自工，点画苍浑，可谓人书俱老矣。开元室匾额启用于余耳顺之际。开元者，开启新阶段之谓也。甲子重周，新元伊始，艺海学林除旧布新，冀如大涤子所言，于墨海中立定精神，笔锋下决出生活，尺幅上换去毛骨，混沌里放出光明。

癸卯大暑前二日鲁人李一于京华开元室

王学仲墨迹跋

摩顶放踵墨者铮，千山意气笔间横。

北碑南帖商量遍，更法一经五象并。

黾翁生于滕地，负笈京师，后任诸庠序教职，遍设绛帐于津门。因与墨翟同桑梓，幼即浸染墨家非攻、兼爱、苦行之想，涉足艺林学海，摩顶放踵，视造艺为孤寂之涂，终身笃行不辍。创为黾学，人以一画、二合、三怪、四我、五象、六学、七艺释之，谓“画重文气”“意象合一”“诗书画一体”“以我为主而与时代相联”“表象、意象、气象、空象、色象融通汇聚”“文学、美学、文艺学、宗教学、哲学、历史学、杂学兼取”“绘画、书法、诗词、篆刻、雕塑、散文、小说并作共赏”。少时取法齐鲁境内北朝摩崖经刻，渐得山岳之气，而后创经学书系新说，扩阮文达《北碑南帖论》为碑、帖、经三论，由写经渐至刻经，复由经生体创生摩崖体，一新书坛耳目。尝远渡扶桑，传习书画，以欧风汉骨、东学西行为倡。于书诸体皆精，融秦铸汉，粗犷雄奇，兴象磅礴，生气迥出。博涉多优，诗文书画史哲兼通，诗若文若画若学多为其书所掩。尤擅新赋，气势与词采之美并具，情思与风度之极同在，动人衷肠，历久弥新。

余与黾翁自上世纪八十年代相识，亲密交往，垂三十年而不变。现存黾翁软笔硬笔书札十数封。此墨迹乃黾翁读余楮墨编作品集后所赐，时在辛巳初春，距今已二十三年矣。再次品读，倍感亲切，点画之间处处见前辈关爱后学之真情。

癸卯小暑鲁人李一记于京华开元室

乔羽手翰书后

乔羽先生，任城所产，词作名一世，声名因之满天下。其人性情耿直，机巧幽默，德高望重。因谊属同乡，交往有年。犹忆二十三年前，余首出书法集，呈一册请正，旋得先生复函，谦言不善作字，品读之下，觉用笔熟练，结体老到，章法自然，墨香扑面。又有天机自动，雅趣横生之誉。非书界中人而有此誉，于后辈寄予重望，余得之，颇生感激之忱。此信余出《文质相辅》一书时曾加入其中，得若干读者来信，称誉先生之书法。

近日有朋来萧斋，出一纸请鉴定，细看则仿先生笔墨之赝品，结字呆板少灵气，章法支离破碎，去原件不啻万里。仿冒之风益炽，名人大家悉遭此劫，而造假者不知先生原书现在舍下，无端仿冒，真可笑事。纵仿造者一笔不苟，或得其形，然先生笔墨后之冲融气度、磊落襟怀，其能凭空造作耶？

辛丑初秋鲁人李一跋于京华开元室

沈鹏手札跋

余临池读书半生，得沈鹏先生提挈激励，故有小成。尝以硕士论文造谭请益，先生亲至恭王府主持答辩，卒获通过。三十余年前往事今仍历历在目。先生长中国书协之际，倩余参与《中国书法发展纲要》起草，且委以《历代书法珍本集成》丛书副主编之务。余尝主编《共和国书法大系》，先生拨冗亲任名誉主编，且不辞劳碌，赐予前言，发凡起例，详确论之，为全书增光不少。先生喜吟咏，常以新作相示。余略解平仄，竟蒙先生以知音视之。敝庐现存先生手札十数纸，或论诗法，或谈读书，或明议当世，其辞温，其心正，其论尤铮铮，掷地有声。此札为十年前之作，时余函告将论书绝句百首评近现代书家之事，先生得大喜，复函谓以诗论书颇不易，以"为自己出难题又加以征服"之语勖之，并随附傅雷点评民国画家之史料以供参考，曰愿见有识有力之佳作，重光诗坛，且照耀书坛焉。今论书绝句已粗成，然先生已驾鹤西行，遥望西天，无法再求教先生，怅然不已！因取先生函重绎，得窥长者激励后学重振吾国文化之心，能无感乎？

甲辰四月初二于京华开元室

《邓福星书法集》读后

说来有缘，我认识福星先生是从读他的文章开始的。那是在十年前，我大学毕业不久，偶然从《中国社会科学》杂志上读到一篇题为《绘画的抽象性》的论文。文章通过寻古析今、中西比较，精辟地揭示了绘画艺术中抽象因素的奥秘。那严密的逻辑性，深刻的分析，以及流畅的文笔，当即吸引了我。这就是福星先生那篇硕士学位论文。那时艺术理论界还讳谈“抽象”一词，所以，我很佩服作者的学术胆识。这篇论文连同邓福星的署名给我留下了深刻的印象。

尔后，在《文艺研究》《美术》《美术史论》《江苏画刊》《光明日报》《文艺报》等报刊上，常有福星先生的文章出现，所涉内容很广，有美术原理、史前艺术、当代美术、民间艺术，以及创建美术学的构想等。凡所见到的，我都仔细地阅读，每读必有收益。渐渐地，我对邓先生的学术思想有了更多的了解。先生的博士论文《艺术前的艺术》出版后，印数将近六万，很快就脱销了。这是一部在学术界引起反响的著作。书中提出的“艺术起源与人类起源同步”假说，被一些学者认为是迄今关于艺术发生学的各种理论中最合理的一种（可参见《艺术起源于宗教吗？》一文，载《文艺报》1990年4月7日）。有的大学已把该书作为讲授原始艺术的重要参考书。由此，我对邓先生的学识和睿智产生了由衷的敬佩。我赞同先生所谓“理论之树长青”的主张，这句话成了我从事艺术理论研究的铭语。在我的心目中，邓先生是一位治学严谨，思想深刻的学者，一位在学术上颇有建树并享有声誉的艺术史论家。同时，也是吸引、诱导我迈向艺术理论研究之路的师长。但我在进艺术研究院学习以前，并未见过福星先生。

考取研究生后，我得以和先生见面并聆听教诲。但福星先生只是偶尔来授课，接触仍然有限。先生平时很忙，除美术研究所的工作外，还有社会上的许多学术活动，不久又赴美国讲学。直到1992年我参加《中国美术史》的撰写工作以后，与先生的接触才多起来。

《中国美术史》是国家“六五”“七五”跨“八五”期间的重点科研项目，全书十五卷，约六百万字，五千多幅图版，集中了全国近百名专家学者参加编写，其规模之大是前所未有的。这部书由王朝闻先生担任总主编，福星先生任副总主编。从组建写作班子，制定编写体例、提纲到组织研讨活动，直到审阅定稿，福星先生都耗费了大量心血和时间。我曾参加过几次由福星先生主持的编撰研讨会，每次会都开得认真热烈，活跃紧凑，显示出先生作为学术带头人的组织能力和将帅风度。邓先生知我喜好书法，常加以鼓励，逢有学术会议，同道聚在一起，总要搞搞笔会，或书或画，交流技艺。这时，先生便命我上阵挥毫，给我以锻炼的机会。但邓先生自己并不动笔。我虽然知道先生以前从事过绘画，而对于他在书法上的造诣，竟毫无所知。

去年初冬的一天，我因事去先生家里，一走进门，不禁大吃一惊，先生正挥毫作书，大张小幅，长条短方，摆满书案、地毯，挂满墙壁。我这时才知道，原来福星先生对书法竟如此用功，并已有了相当的成就！先生练习书法已有多年，只是不愿为人所知。在恭王府院的中国艺术研究院里，专家荟萃，学者云集，有不少中年学者也关注于书法，但据我所知，能够操笔挥毫的却不多，这主要因为忙于著述而无暇染翰。邓先生能在繁忙中挤时间观帖临池，惊叹之余也令我感动。

邓先生的书法有真草隶篆各种书体，从中可以看出他广取博收、多向探索的创作态度和艺术风貌。他的真书以魏碑为宗，隶书以汉碑为本，行草书取法二王系统，篆书则多师法鼎盘石鼓。先生的真书庄重而一丝不苟，行书写得率意天真，草书迅疾潇洒，隶书呈开张气势，篆书则有金石气韵，这反映了书者较为全面的素养和功力。中国书法历经数千年，各种书体已臻完备，自有成法，自有系统。这既是当代书法创新的丰厚基础，同时也成为某种沉重的负担。福星先生不为成法所囿，从审美需要出发，试将多种书体融合，许多作品以隶为主，杂糅篆楷以及行草的结体和笔意，形成独有的特色和魅力，从而，丰富了表现形式，加强了审美意蕴。先生在继承传统的基础上，于用笔、结体和章法都有创意。用笔方圆结合，变化多端；结体糅合篆隶，出奇造险；在章法上，既注重行距之间的呼应关系，更讲究通篇布局的疏密变化和总体基调。大幅重其势，小幅重其趣。在用墨上，其浓淡干湿苍润的变化都与用笔相辅相成，达到整体统一的效果。福星先生的书艺，对于当前书法创新是富有启示性的。

读先生的书法与读先生的论文是两种不同的感受。其论文重推理，重思辨，逻辑严密，环环相扣，使读者随着逻辑的递进被引人彀中。其书法则重抒情，重感觉，松弛散淡，神游八荒，字里行间散发出“清风出袖，明月入怀”的洒脱之气。收入本集中的少数作品左规右矩，法度森严，如其中隶书或有《张迁碑》方正劲挺、斩钉截铁之势，或有《泰山经石峪》雍容安详、敦厚圆浑之态，显示了书者的传统功力。本集中更大量的是作者随意挥抹的即兴之作，它们构成福星先生书艺的基本风格。这类作品清新明快，婉丽流畅，以至神采飞动，但不失遒劲凝重之感。其洒脱自由、无拘无束甚至漫不经意却又合乎目的的把握，表现了这位学者内心追求的境界。先生严谨的文风与其飘逸的书风形成鲜明对比，恰为互补。可能是先生在严肃的思考间隙，有意借以放松自己；也可能缘于创作冲动，用书法形式来抒发对生活的感受和情绪。总之，我觉得在先生的笔墨情趣中更直接地反映了这位学者的内在气质和性格。福星先生的书法像他的为人，心境自由散淡，胸怀爽直坦荡，对人诚恳热情。

邓先生并不以书家自居，自谦是客串书坛。他总是不满意自己的作品，包括收入这个集子中的书作。要不是出版社盛情难却，他还是不肯拿出来面世。的确，福星先生的主要精力投入于学术攻关课题，书法毕竟是他学术研究的余事。但唯其如此，他的书法乃是学者的书法，它既体现了一个学者对书法的兴趣和关注，也是一个艺术理论家的创作实践。学者书法如“文人画”一样，它的特点在于更多地表现出作者的学识、修养、性情，即见出书外的意趣来。如同近代一些学者虽不以书家名世却留下不愧为法书的墨迹一样，福星先生作书和其书法本身，有着不同于一般书家的意义。

我不禁联想起本世纪以来，随着中西文化的激烈碰撞，在弘扬本民族文化的潮流中，涌现出一批学贯中西、造诣高深的学者书法家，仅“五四”以来就有鲁迅、李叔同、谢无量、叶恭绰、丰子恺、郭沫若等。他们一方面如饥似渴地汲取外来文化，一方面又陶醉于中国传统文化特别是书法艺术之中，藉挥毫抒发对人生、社会与自然的感受，用以慰藉自己的心灵，振奋民族精神。这是一种十分有趣的现象。改革开放以来，西方文化又涌进国门，书法这门国粹再度引起一代学者的关注，他们或呐喊，或参与，为“书法热潮”推波助澜。我想这大概因为，书法艺术比较集中地反映了中华民族的审美精神和趣味，体现了中国艺术和中国传统美学的精髓。从某种意义上说，书法是中国艺术的灵魂，是浓缩的东方美学。越是学贯中西的学者，就越清醒地认识到这一点。处于当代学术前沿思考问题并深涉中西文化的福星先生，自然对此也会有深切的感受和体察。他有时感叹道：“书法真是一种绝妙的艺术！”我理解这话是有特定含义的。

总之，从大胆探索、自由挥洒所造成的盎然新意中，见出一位学者的修养、学识、性情、品格，即从中体现出某种高品位的文化性，是我对邓先生书法的突出印象。当书法界在讨论书法家学者化的问题时，这位学者却默默地投入了书法创作，岂不耐人寻味吗？

因肩负学术研究的重担，福星先生的确很难专一于书法，如同他在一本文集的自序中所说，他正在匆匆地赶路，这本书法集可以算是他行程中留下的一串脚印。

我庆幸受先生教诲良多，但自愧对先生的书道、文道及品行所悟浅微，至于对先生的全面评介，非我所能。福星先生正值中年，根基深厚，才思敏捷，饱学多艺，我相信，其书其文日后必达更高的境界。

癸酉仲春于北京什刹海恭王府

《邓福星书法集》，山东美术出版社 1993 年出版

家父《偶成集》编后记

父亲作诗，确如他所说：“随手拈来，不拘一格，以抒情为主。”虽然某些诗在格律上有欠讲究，但能够做到有感而发，即时以诗的形式写出所思所感。父亲写诗很投入，他平时生活很有规律，起居都很按时，但一有了诗兴，就废寝忘食。有时半夜突然披衣而坐，写下梦中得来的句子。我和妻子一方面抱怨他不注意身体，一方面又佩服他的写诗的态度。

父亲与诗歌结下了不解之缘，童年、少年、青年、中年、晚年都以诗相伴。父亲说喜欢诗是受祖母的影响，说祖母爱吟诗，我没有见过祖母，但可以想象出祖母年轻时在大树下教子的情景。有了这一爱好，诗歌伴随着父亲度过了艰苦岁月，无论是抗日战争的流亡学生生活，还是“文革”中的悲惨遭遇，因为有诗相伴，父亲才不觉得痛苦和寂寞。在艰难的中青年时期，对父亲来说，有诗不觉人生寒。诗歌又伴随父亲安度晚年，自离休后，无论是在曲阜、在济宁、在定陶、在庆云，还是在北京，父亲都以写诗为乐。在较为平静的晚年，对父亲来说，有诗才觉人生乐。父亲今年八十六岁高龄，仍然作诗不辍。他的朋友中谁寄来了诗，他就马上唱和，并亲自到邮局寄出，从不让我代寄，说是借此锻炼身体。这让我悟出了赋诗能使人长寿的道理，父亲晚年身体康健，可能与写诗有关。

父亲的诗，浅显易懂，晓畅明快，他自称打油体。父亲年轻时就喜欢民歌，大学毕业论文研究的就是民歌，他很欣赏白居易的诗，不喜欢“掉书袋”，从《偶成集》中，可以看到父亲的诗风。

父亲写诗，并没有借诗扬名的想法，从未想出版发表，用他的话来说，写诗是为了自娱，是自得其乐。看到父亲积累了那么多的诗，我和妻子原想找出版社正式出版一本诗集，但父亲不同意，只同意打印一下，赠送亲朋好友。

父亲是一个普通的知识分子，勤勤恳恳教书数十年，为国家培养了大批人才；父亲是一个正直、本分、善良、老实的知识分子，爱自己的国家，爱自己的民族，爱自己的学生，爱自己的家庭；父亲又是一个善写诗的知识分子，以诗为乐，以诗言志，以诗言情，表达喜怒哀乐。从《偶成集》里，可以看到一个中国普通知识分子的身影。

我为有这样的父亲而骄傲，祝愿父亲长寿百岁。

2001年元月于北京恭王府

李金锐著:《偶成集》，2001年

莫言诗书跋

此莫言兄为《开元室章草题跋》一书所作诗也。兄出管氏，稽讨谱牒，为吾国古贤管子八十一世孙。家本齐鲁潍坊高密县河涯乡平安庄，所谓高密东北乡者是也。当兄少时，辍学放牧，复入厂务工，后投身行伍，转而从事笔耕，入解放军艺术学院修习，以说部驰名海内外。兄素心折拉美魔幻现实主义，摹写乡间旧俗，时掺以神话传说，为诙诡之辞，独辟一径，久而开一境界，蔚为大观，或叙抗战沧桑，或讽执政偏失，或记人性隘陋，旧习俗中出新意境，一以改革旧日弊端、使华夏趋于文明为职志。及兄之《红高粱》出，张艺谋取以制成影片，获柏林影展金熊奖。兄亦随之闻名世界，一纸风行，万众竞读。

初，中国作协与鲁迅文学院合办研究生作家班，余本科同学刘亚伟兄亦列名其中，余时正负笈恭邸，闻讯往访之，与莫言兄遇于亚伟兄所，盖亦是班成员之一。是为余识兄之始。后数年，兄入检察日报影视中心，后供职于我院。由是课余会后，觌面既频，往还遂密。

兄初事新文学，壬辰年得获诺奖，事业已登峰造极。然平居仍有精进之态，益不满于己之修为。每与余畅谈书法诗词，妙得其趣。余久习章草，自感不足，未敢高自标置，而兄每为称道，勖以激励之辞。丙申年余列展中国美术馆，展品中一砚身须倩名家题字，余浼薛永年先生及莫言兄为之，均一诺无辞，龙腾虎踯，各擅胜场，列展得之而满室生色。殆余《变鲁集》成书，亦劳兄辛勤赐序。兄谓余为居于都市之乡村人，用毛笔书写之当代人，可谓识者之言，而亦知音之论也。余每见兄，闻其议论警策，辄觉神清气爽，一扫阴霾。兄之见固大有过于余，兄之明敏聪慧及勤奋谨严余尤不敢望其项背。今兄之诗书皆一日千里，新文学家而精于旧学，则吾知中国文化之复兴有日矣。

甲辰溽暑李一草于北戴河

李勇藏段七丁画跋

癸卯春孟与郑雷兄再至渝州老君洞，与信德道长、李勇无忌久违重会，饮茶相叙。见有泉山居悬此画，近观则画坛名家段七丁手笔。上有秦效侃先生题王维句，来德兄跋于其后，一时旧雨新知生死契阔集此一纸，感而书此，以志因缘。

鲁人李一

题冯远乐府画意图后

壮心不已啸长天，拔剑扬眉气浩然。
爽爽建安风骨韵，激昂慷慨唱千年。

乐府精神纸上存，含情笔墨意苍浑。
画师竭虑修图谱，天付劲毫画魄魂。

汉建安之际诗歌多谈生死，长言永叹，悲从中来，颇致慨于天道悠长而人命危浅，究其实与当日战乱交作、大疫横流相关。曹孟德乐府诗独不落斯道，能以雄健之笔畅思奋发，慷慨激昂，卓荦惊人。以老骥伏枥四句最为动人，千百年间文人咏叹不已。

检点箧笥，偶见冯远先生二十二年前所赠《乐府画意图》斗方。图中以意笔勾摹人物，衣袖临风飘举，仰天长啸，长剑后横，有不能已于言之状。寥寥数笔，神态活现。左以行书题写孟德《龟虽寿》中语，适与画意契合。

冯远先生，当代画坛执牛耳者，擅作巨幅史诗性作品，曾筹划系列国家重大历史题材美术创作工程，率画家为中华历史造像，展现民族风范，为后世传留精神图谱，功莫大焉。先生亦善古典诗词画意小品，玩味传统文人画玄思及笔情墨趣，《乐府画意图》盖以小品寓其大焉者矣，或兼小大之精也。

癸卯立秋后五日鲁人李一于京华开元室

吕品田山水画跋

幽径斜穿树色秋，风生绝壑野烟浮。
世间几许清凉境，翠霭连空一笔收。

昏昏案牍苦劳形，何似云山眼底青。
残照半林秋欲暮，流泉同向静中听。

己巳秋月余负笈恭邸旧院，与品田兄一见莫逆，遂定交焉。后编刊论学，声应气求，共事既久，相知益深。君为人诚笃温文，思精识锐，任事之勤，人所莫及。而性近绘事，终难去怀，所至每以笔墨自随，对景恒挥写不辍。斯卷状拟秋山气象，神清境邃，令人有出尘之想。因题二绝句于右，非敢置评也，聊志吾两人半世交谊云尔。

时光荏苒，作跋兄画已历五年，偶检箧椟，复见兄之赠画，与五年前所作气韵相近，因追忆原跋语句题之，以为尘缘之一念耳。

癸卯初夏鲁人李一记于京华开元室

自作诗并跋

一、重游西湖绝句二首并跋

西湖又荡雨中舟，廿载夫妻携手游。
对品新茗温旧梦，秋光潋滟水悠悠。

甲申八月，因公至武林，适继兰亦以事莅杭。偷得半日，偕游西湖，回思新婚之日，曾携手三竺六桥间，秋阳似酒，花靥迎人，转瞬已二十二年矣。

西湖盛景属清秋，菡萏香微青舸浮。
白首偕行屏画里，烟霞云影自悠悠。

壬寅秋八月与内子再至钱塘，于西子湖畔柳浪闻莺处小住数日，晨起环湖散步，岸边繁花似锦，翠柳依旧，而时光似箭，日月如梭，距甲申偕游又十八载矣。

二、南游绝句二首并跋

西洋行遍又南洋，寒雨热风本故常。
沧海白云何限意，高天默默地玄黄。

千枝万叶一根生，隔海尚存翰墨情。
先祖风神华夏韵，心魂相守梦长萦。

丙戌秋日，与靳尚谊先生等至菲律宾，参加中国书画展活动。其间由使馆文化参赞戴星元先生居间联络，数共华侨联谊。庄长江先生款以家宴并出示董其昌、郑板桥诸家墨迹藏品，复应马尼拉杨氏博物馆之邀讲授书画。由是，始知侨胞眷念中华文化之深切，虽去国远迁而终难移易。书画虽小道，而牵情如斯，其功用亦大矣哉！

甲辰秋日重录于北京开元室鲁人李一

题澍雨兄墨竹卷后

余友阴君澍雨妙擅花鸟，冠于侪辈，复从名师受业，精研覃思，挥写不辍，骎骎有出蓝之势。其作笔墨高华，驱今入古，或雄以放，或雅以妍，生气沸沸，流溢满纸。丙申冬月，君与余列展中州，并陈书画，相得益彰。先是，君写卉木、翎毛、草树若干，以扇，以轴，以卷，不一其制。余取归案头，披图拟意，而出之以章书、行楷，步趋君后，附骥以为荣。今岁偶检箧笥，得墨竹一卷，清光照眼，逸态横空，实出君手笔，盖当日列展所遗。卷端题以“误听风声是雨声”七字，唐鹿门句也。因借以起兴，成绝句四章，聊奉澍雨我兄一粲，兼志同道相知之乐。

句曰：

误听风声是雨声，潇潇飒飒乱幽情。
而今长向尘寰住，那得龙吟绕耳清。

碧窗凉透梦初惊，误听风声是雨声。
心上合添秋瑟瑟，更堪蟋蟀隔篱鸣。

罥烟凝露万竿绿，直节拂云无屈束。
误听风声是雨声，声声洗尽人间俗。

若许平生誓愿成，修篁闲傍小楼明。
几回搦翰敲诗罢，误听风声是雨声。

己亥中秋前五日鲁人李一记于开元居

张少龙山水图卷跋

林老山深不计年，棹舟一客卧江边。
阿谁解我秋凉味，孤管纵横染冷烟。

梦中未觉此生寒，写到青崖梦亦残。
放眼溪山情不尽，徐徐轻雾入层峦。

是岁中秋后薄游崇川，重遘张君少龙，欢然道故，欣喜莫名。茗饮之际，见君近作山水，喜其清逸，题以两绝，非的评也，聊识人海相知之感云尔。

戊戌季秋鲁人李一

方壶楼墨跋

癸卯上元重访方壶楼主人锡以一墨敬赋二截句为报

劫后重登君子堂，相逢一笑了沧桑。
春风无事拂枝叶，桃李依然盛门墙。

邢夷松炭韵流美，坡老烧烟得秘方。
天上人间传此物，书成简册历星霜。

薛永年先生和诗

癸卯上元李一先生来舍小坐余以特制方壶楼墨一锭赠之乃有绝句记雅试以一绝步韵和之

忧乐江湖与庙堂，故人劫后话麻桑。
笔耕共勉传文脉，翰墨香穿夫子墙。

余得方壶先生赐墨绝句以纪乃蒙俯和叠韵为报

攻书入室未登堂，来往东西看海桑。
道在隃麋含至味，春风不觉透垣墙。

甲辰秋日鲁人李一重录于京华开元室

跋范正红篆刻

红妍白涩蛟螭走，雄逸苍浑气度宏。
微意高情谁可语，深宵几许奏刀声。

谁将铁笔见精神，典奥清真古意淳。
我有诗心无处著，临风遥寄品高人。

尼山同饮智源水，濡笔疾挥太白楼。
曾记运河明月夜，几回相见踏歌游。

钤印未知刻印艰，锥刀铁笔见痴顽。
我无一物堪相赠，写尽心声鬓发斑。

余平生所用印信，多出故交范兄手。检点计三十余方，铁笔点染，具见苍浑，真情厚意透出笔画间。范兄名正红，与余同生孔孟之乡，幼同笔砚，雅好艺文，切磋琢磨间，弥增情谊。尝共登尼山，饮智源溪水至于饱腹。又尝共醉太白楼，风日畅怀，锥毫并挥。又尝偕观铁塔寺汉碑，徘徊于运河两岸，往复辩难术业良久，真假是非，今俱不记，惟少年好奇，求真用世之心綦切。别后兄执教鞭于齐州，余则北上京华，负笈恭邸，研求美术、书法诸学。与兄往还频密，尝共编撰《共和国书法大系》，兄勠力为用，献替良多。兄少治篆刻，蜚声海内，又长山东印社，群推为斯道巨擘。然念故交，每以佳作相赐，为余书作增色不少。

林下长闲，试书数纸，聊述吾两人交谊。伏望范兄艺思转精，更进一境，长留经典以为艺坛极则。

鲁人李一癸卯中天节后五日书于京华开元室

附录

步李一兄韵感怀二首

范正红

其一

思接旧梦意如流，最忆尼山裸赤游。

访古冈山碑共卧，青春皓发鉴清秋。

其二

我印由来岂九千，一兄卅钮最情关。

挥将寸铁刀如笔，结得金石济鲁间。

王赫赫《李一先生写山图》跋

归来白发与苍颜，纵笔青崖认故山。
回首孤云啣落照，绝怜春雨洗烟寰。

雨霁林柯雀往还，新花满目水潺湲。
华年心事浑如梦，共仰危峰绝陟攀。

丁酉春三月书摩崖字于石门山壁间，骤逢山雨须臾而止，纪以小诗二首。壬寅初秋王赫赫先生以神来之笔画写山之境，遂录六年前写山绝句奉赫赫先生一笑。

癸卯端午观画，鲁人李一于京华开元室

第三编

自序自跋

《李一诗草》自序

丁亥春夜，雨暗灯窗，余寒侵袂，废书久坐，若有所思，倏焉已渺。于是叹曰：此中有真意，欲辨已忘言。岂是之谓邪？适案有古鲁桑皮残纸数叶，乃乘兴染翰，书近作二十余首。掷笔彷徨，不知东方之既白。子曰：诗，可以兴，可以观，可以群，可以怨，迩之事父，远之事君，多识于鸟兽草木之名。噫嘻，诗之为用亦大矣哉。从事吟咏，于兹数载，口不绝诵，笔不辍书，已而始知不学诗固无以言，而既学诗乃更难言，九转回肠，一字句眼，半世苦心，满腔热血，个中甘苦，可为知己道，不可为俗子轻传也。细味浪仙"两句三年得"数语，为黯然久之。嗟乎！诗道书道俱不可言，言之已失其道，是不如无言。

李一著:《李一诗草》，中国青年出版社 2007 年出版

《变鲁集》自序

余家曲阜，髫龀之日，世易时移，而儒风未尽凌替，乡邦文献具存，而往圣先哲之语固昭昭在人耳目也。尝闻诸耆旧，谓子有言：诗可以兴，可以观，可以群，可以怨，迩之事父，远之事君，多识于鸟兽草木之名。默而识之，虽未解其义谛，已知诗之为用至巨，颇滋向慕之心。先父业儒，雅好辞章，身经目击，咸发为吟咏，录写以示。余临池之余，亦以唐诗为日课，时对先母诵之，恒以为乐。长而客居京华，从学治艺，随事兴感，辄以短章自遣。久而患其不中绳墨，因取传世诸集咿唔揣摩，仿拟句样，推敲声律，浸淫沾溉，居然成章。平居少暇日，公务多端，非北走秦晋，即南走闽粤，瀛海内外，经行殆遍。所至万象峥嵘，悉供取材，诗思之速与夫篇什之富，前所未见，江山之助，有如是乎？年逾知命，怀亲念往，每增感怆，悉以寓之赋咏，藉存吾思。十年所作，箧积渐多，披阅增删，都为一集，而冠以变鲁之名。子曰：齐一变，至于鲁；鲁一变，至于道。以是称集，非敢自矜近道，聊识先人庐墓所在，兼明自强进取之志而已。

时癸巳中秋，鲁人李一

李一著:《变鲁集》，中国青年出版社 2013 年出版

《开元集》自序

《世说新语》记谢太傅语王右军曰："中年伤于哀乐，与亲友别，辄作数日恶。"王曰："年在桑榆，自然至此。正赖丝竹陶写，恒恐儿辈觉，损欣乐之趣。"余知命以还，念远思故，伤事感时，每悒戚于中，所赖以陶写者，惟诗书两端。盖余幼识之无，性喜韵语，临池有暇，讽诵不辍。及长游学京兆，居然自信成章，晨夕吟啸，友朋赠答，或以悃诚立言，或以调谑为乐。既未窥门径，掉臂擅行，乃鲁莽灭裂，荒率鄙俚，胡钉铰、张打油初不如是之伧陋也。后稍进于道，以董遇三余之罅，究沈约八病之说，摧心钳口，搅肺搜肠，造语始归平正。噫！我手写我口，非口之难，而手之难也。初刻成后，簏簏所积复满，是岁重加缮写，勒为定本，以俟海内贤达绳削。因感崦嵫易暮，德业未成，甲子重周，一元更始，遂以开元名集。非敢扬藻，聊当献芹耳。

己亥秋杪鲁人李一自记于京华开元室

李一著：《开元集》，中国青年出版社 2019 年出版

学书自叙

余生阙里，垂髫把笔，总角受书，未达四始之义，已窥八法之门。时泰岱云黯，洙泗风微，而城阓殿阁仍其旧观，徘徊瞻眺其间，敻乎意远。所至多柱对匾书、石铭碑记，见而窃好之，心摹手追，终难遽工。长而益笃于书，偶睹秋明翁遗墨，喜其渊雅清深，遂尽弃所学以从。寝馈既久，形貌略似，由是上溯晋唐，备揽玄风，浸假得帖学大旨。薄技初成，奖挹继至，而心有未惬，每以独学无友、识见寡陋为恨。迨负笈京华，所接多名师巨匠，时以要言妙道相授，知闻渐广，疑滞顿销，创获丛集，艺业大进。既入学林，愈惭褊狭，编刊著论，曾无已时。倏忽廿载，年逾知命，慨尘氛之扰梦，倚翰墨以养心，早作晏休，未尝稍怠，方操觚之际，心注乎手，手注乎笔，铺毫焕采，循性垂文，劲拔绵邈，苍浑郁勃，来而难遏，去亦无踪。嗣又究声律，耽吟咏，感物骋怀，放言遣兴。暮云春树，念逝波以触绪；水驿山程，裁藻思而成章。自顾庸愚，惟事染翰，究难语于会通，而胜义当前，心实向往。包慎伯序《艺舟双楫》曰：“工文者史入文苑，以工书托体小学，乃入儒林。”夫学，觉也，竹帛五车，万事筑基；艺，意也，灵犀一点，千古不灭。非学无以广其艺，非艺无以尽其学。二者并行不悖，犹舟之双楫，鸟之两翼，因应相从，交互为用。历览法书名迹，皆前贤往圣有托而为，有感而发，非徒恃印泥画沙炫世取宠也。《兰亭》以死生兴怀，《祭侄》以忠义励节，《寒食》以途穷寄意，《松风》以适然为心。休明《急就》，详举世务之要；虔礼《书谱》，深体墨法之精。凡兹嘉品，咸足昭典坟，澄志虑，正人伦，敦风俗，远绍神明之德，近承江山之助，意与笔会，情因墨宣，银钩铁画，玉振金声。嗟乎！书固系于六艺，侧勒努趯，圣人不废；《诗》亦冠乎《五经》，兴观群怨，至道斯通。诚若刘伯简《书概》所云："书，如也，如其学，如其才，如其志。"知白守黑，寸衷所执；含英咀华，尺璧其伸。非有涵养蓄聚之素，无以致摅吐纵逸之功。噫！世之剽袭为能、行同钞胥者亦夥矣，乌足与语此哉。

子曰："齐一变，至于鲁；鲁一变，至于道。"余所为书诗，尚苦拘墟，未脱繁缛，殆鲁之未能尽变者欤？呜呼！四海之外，复见四极，千纪而后，更有千秋。以吾生之须臾，随艺道之无涯，亦事之不得已者。谨述隅曲，聊博识者一粲，非敢借浮言奥说以自文其舛杂鄙近也。

甲午夏撰于京华开元室 李一

李一著：《学书自叙》，山西人民出版社 2024 年出版

《一画心源》自序

早年在中国艺术研究院读研究生时，院址还在恭王府。不知是否因此而感染了懒散和古淡的气息，对外面的世界没有多少兴趣，一心打算着毕业后钻进书堆，读读写写，百事不问。天不从人愿，博士一毕业，就奉派编起了《美术观察》，从栏目主持做到主编，从 1996 年编到现在。这是一份国家核心期刊，在学术界颇有分量，编辑部向有勤谨精进的传统，工作人员无论老少，都不敢怠慢，身处其中，我就是想偷懒也办不到。编辑工作说到底无非是为他人作嫁衣裳，大部分时间、精力都花费在来稿上。说来好笑，我这个中国艺术研究院的资深研究员和博士生导师，研究、教学竟只能当做编辑工作的余事来做了。

虽为余事，却丝毫不敢有等闲视之的意思。20 世纪末到本世纪初，我先后参加过不止一个大项目，如为王朝闻先生领衔的《中国美术史》和《中国历代书画理论评注》的撰稿，在李希凡先生领衔的《中华艺术通史》中担任元代卷主编，受聘出任国家“十一五”重点出版项目《共和国书法大系》总主编，完成国家社科基金课题，等等。人在京城，身处美术领域的最前沿，仰观俯察，不能无感，于是便随手写下一些浮光掠影的藻鉴文字。现在看来，或许有些已经过时，但不可否认的是，其中不少的篇章记录了时代的发展印痕，也显示了我个人在学术之路上留下的探索辙迹。

其实我最大的业余爱好是书法创作，童年就开始临池习字，几十年来从未间断，在中国美术馆举办的两次个展正是我不同阶段书法实践的总结。以此为基础，我在艺术创作和书法理论上积累了不少经验，指导硕士生和博士生时也有了明确的方向。目前我带的博士生，有侧重于书法理论的，也有专力于书法实践的。

研究、教学、创作之外，我还有一项业余的娱乐，那就是写诗。原先只是为了配合书法创作，同时在理性的学术文字之外为自己留存些生活片段和心灵轨迹的记录。但写进去以后，我发现诗其实并不那么简单。如前人所言，“诗具史笔”“史蕴诗心”，在这个世界里，诗和史、史和论、感性和理性、艺术和人生、现代和过往……都可以彻底打通，融合无间。我沉醉于这一发现，并且努力尝试，将诗与书法创作及艺术史论研究彼此打通，以《论书绝句》为题，完成了一组史、论、诗、文、书结合的作品。这个实验还在继续，或许它能成为我以往工作的另一种总结。

编辑工作和学术探索同步，理论研究、教学与创作实践结合，这是我近二十年来的常态。编辑工作和书法创作固然会占去大部分精力，但从另一方面看，编杂志必须及时观察学术动态，创作实践往往启发和促进理论思考，这都对研究工作大有帮助。几个方面相互渗透，共同提高，使我在创作、研究、编辑、教学过程中不断克服原有的狭隘与固陋，不断走向成熟，以“持艺舟双楫，求学艺相成”为目标，为自己找到了合适的定位。

三百多年前，著名画僧石涛在《画语录》中提出了著名的“一画”理论，他说:“一画者，众有之本，万象之根，见用于神，藏用于人，而世人不知。所以一画之法，乃自我立。立一画之法者，盖以无法生有法，以有法贯众法也。”石涛所谓的“一画”，其实是一种高屋建瓴的美学概括，指的是艺术创作的根本法则和艺术造型的基本因素。他特别强调指出:“夫画者，从于心者也。”艺术创作离不开内心的感悟，书画史论研究同样如此。朱熹《观书有感》诗之一云:“半亩方塘一鉴开，天光云影共徘徊。问渠那得清如许？为有源头活水来。”多彩的生活和创作实践永远是艺术理论研究的源头活水，“一画”的“心源”所在。

李一著:《一画心源》，中国文联出版社 2015 年出版

《法境三摩：李一写山作品集》自序

中国古代书家和工匠在峰岭间开辟榛莽，留下了摩崖书法这一特殊的艺术品种，成为传统书法极其重要的历史遗存。在强调创造性转换和创新性发展的今天，如何传承摩崖书法的文化传统，并根据时代的需要创造出适应现代审美的摩崖作品，成为摆在当代书法家和研究者面前的问题。笔者三十年前曾对北朝摩崖刻经做过专题研究①，近年来在理论研究的基础上开始尝试摩崖书法的创作。现结合创作实践体会，简略谈谈对摩崖书法的传承和创造等相关问题的认识。

一

在中国人的观念中，“就山而凿之曰摩崖”②，或者说“刻石

---

① 拙文《书法与环境艺术》，刊于《装饰》杂志 1990 年第 4 期；《论北朝摩崖刻经》刊于《美术史论》杂志 1992 年第 2 期。

② 冯云鹏著：《金石索》，西泠印社出版社 2006 年版。

之特立者谓之碣，天然者谓之摩崖”[①]。广义的“摩崖石刻”是指在天然石壁上摩刻的岩画、造像和文字等所有内容；狭义的“摩崖石刻”则专指文字石刻，即利用天然石壁刻文纪事。本文专论后者，主要探讨天然石壁刻文纪事的历史与现实状况。

作为石刻艺术的重要类别，摩崖有着悠久的历史文化传统。它原是远古时代的一种记事方式，经夏商周一路传袭下来，秦汉日渐增多，北朝时达于兴盛，隋唐至明清长期延绵不绝。历代留存的摩崖石刻不仅记载了许多重要的史实，而且显现了文化和艺术发展的脉络，成为重要的历史文化景观，其中有些更成为国家重点保护文物。[②] 与纸、帛、木、竹等材质上的书写相比，崇山峻岭间的摩崖书法是嵌刻在天地间的大书，更是永久性留存。诚如前人所言：“缣竹易销，金石难灭，托以高山，永留不绝。”[③]

在历代摩崖书法中，艺术性最高的当属陕西汉中褒斜道汉魏摩崖石刻、山东云峰山北朝摩崖石刻和山东泰峄山区北朝佛教摩崖刻经。汉魏至北朝时期的摩崖书法称得起是书法史上的瑰宝，这些作品体量巨大，气势恢宏，与大自然融为一体，是充满天然意趣的环境艺术，以突出的个性面貌彪炳于世。陕西汉中褒斜道摩崖中的《石门颂》《西狭颂》《郙阁颂》刻于湍流碧潭之侧的幽谷峭壁上，史称“汉三颂”，为东汉隶书的极品。《石门颂》代表了汉隶中奇纵恣肆一路的风格，放纵舒展，参差错落，纵横开阖，

---

① 马衡著：《中国金石学概要》，艺文印书馆1978年版。

② 古代摩崖被列入全国重点文物保护单位的有八处，分布在山东、陕西、湖南、湖北、四川、云南、福建。

③ 语出山东邹城铁山摩崖《石颂》。

意态飘扬，素有“隶中草书”之称;《西狭颂》结字高古，用笔朴厚，方整雄伟，庄严浑穆;《郙阁颂》则书法茂密，古质自然，沉郁稳重，大气磅礴。[①]山东云峰摩崖刻石曾被清人奉为书法三大宝库之一，主持书刻云峰摩崖的郑道昭也因此而成为清人眼中的“北方书圣”，与王羲之并驾齐驱。云峰刻石分布于莱州的云峰山、大基山，平度的天柱山和青州的玲珑山，共有题名、游记、铭告、诗文等四十八件。[②]摩崖与自然环境相得益彰，呈现出清森浑茫的山林气象。从书法史的角度看，云峰刻石总结了篆隶书以来尤其是北朝初期书法创作的经验，在吸纳各种笔法有益成分的基础上，开创了魏碑创作的新领域。如《郑文公碑》吸收篆书笔画浑圆、骨力内含的特点，追求凝练有力的风骨神韵;《白驹谷题名》字径约一尺，气势博大，沉着端庄，既重视笔道的力度与厚度，又有着笔道静与动的和谐相处，成为方笔榜书的典范，堪称魏碑榜书之最。山东泰峄山区的北朝佛教摩崖石刻群更是艺术史上的奇迹，它始于北齐，终于北周，分布于平阴、东平、宁阳、汶上、泰安、新泰、邹城、滕州境内诸山，所书不外佛经、佛名、佛号等。书写者僧安道一以坚忍不拔的毅力攀登泰峄诸山，以石传经，留下了气壮山河的皇皇巨作，如黄钟大吕般久久回荡于峰岭之间。其

---

① 褒斜道刻石有著名的十三品：汉《鄐君开通褒斜道》摩崖、汉《故司隶校尉楗为杨君颂》摩崖、汉《右扶风丞李君通阁道》摩崖、汉《杨淮、杨弼表记》摩崖、汉隶“石门”榜书摩崖、汉隶“玉盆”榜书摩崖、汉隶“石虎”榜书摩崖、汉隶“衮雪”榜书摩崖、曹魏《李苞通阁道题名》、北魏《石门铭》、南宋《晏袤释鄐君开通褒斜道》摩崖、南宋《山河堰落成记》摩崖、南宋《晏袤释潘宗伯、韩仲元、李苞通阁道》摩崖。

② 四十八件作品的分布为：云峰山二十二件，天柱山六件，大基山十四件，玲珑山六件。

中泰山经石峪的《金刚经》、邹城铁山的《大集经》等摩崖字大如斗，书风亦隶亦楷，素有“大字鼻祖”“榜书之宗”的美誉。微妙圆通，气韵雍穆的大字在寂静山林和流水钟声的衬托下益见卓荦不群，佛教义理与大自然互相映发，堪称奇景。[①]

面对丰富的历史遗存，当代书家首先应该思考的是如何传承和发扬。无论是传承还是发扬，都应以正确认识本民族历史文化的特性为前提。只有着眼于刻文纪事述德传经的文脉、环境艺术创造的意识、传统摩崖书写和镌刻方法，深入体会其中蕴含的美学精神，才能领会吸收古代摩崖书法的精髓，为当代摩崖书法的创作奠定基础。

二

在传承的基础上实现摩崖书法的创造性突破是历史赋予当代书家的使命。摩崖当随时代，一个时代有一个时代的摩崖艺术。今天的中国已进入建设生态文明的新时代，以大书法观念书写新时代，创造与大自然相和谐的摩崖艺术，已成为新时代的课题。摩崖书法将人文精神与生态文明融于一体，使自然空间充满文化气息。换言之，在生态文明的建设中，摩崖书法应该发挥美化环境的重要作用。

---

① 泰岱山区的北朝佛教摩崖刻经分布在平阴县洪范东山、天池山、二鼓山、云翠山、大寨山，东平县司里山、洪顶山、银山，宁阳县凤凰山，汶上水牛山，泰山经石峪，新泰市徂莱山，邹城市峄山、尖山、铁山、冈山、阳山、葛山，滕州市陶山、罗汉山。

中国书法本是一门综合性的大艺术，含文、史、哲诸要素，与绘画同源，具有多维度呈现，多种材质运用，多种展陈方式和多种表现方法。呈现上既有二维的平面书写，又有三维的立体凿刻；材质使用上既有纸、绢、帛、丝，又有金、石、玉、骨；展陈上既有室内的手卷、中堂、条幅、屏风，又有室外的碑刻摩崖。但当下的书法多局限在二维的平面纸质书法和室内的展览，疏远了原本的大书法传统，书法的创作和欣赏维度变得越来越窄，越来越小，越来越单一。为了书法的发展，我们应该不忘初心，恢复原本的大书法传统，使书法艺术多种维度呈现，多种材质运用，多种空间展陈，多种方法表现，以满足多种多样的审美需求。从这个意义上讲，摩崖书法创作是对大书法传统的发扬光大。

从当前书法创作的现状看，摩崖书法创作有利于大字榜书水平的提高。当下书坛，小字书法水平提高较快，而成功的大字作品不易见到，在中国书协举办的展览作品评审中，许多评委都提出过类似的看法。在新建成的各美术馆、博物馆中，展示环境得到巨大改善，展陈空间不断扩大，足以容纳各种形态的大字巨幅作品，但擘窠大字仍少有优秀作品出现。究其原因，此类作品书写难度极大，即使是前人，也大多望而生畏。康有为曾论述过书写擘窠大字之难："一曰执笔不同，二曰运管不习，三曰立身骤变，四曰临仿难周，五曰笔毫难精。"[①]大字书写在执笔、运管、临仿诸方面都有难度，尤其是书写大字摩崖，属于野外作战，书写状态和环境大大不同于书斋案头，需要腰系长绳，手捉巨笔，攀登岩

① 康有为著：《广艺舟双楫》，上海书画出版社 2006 年版。

峦，上下爬动，可谓怀抱通于管锥，勾画系乎天地。书写摩崖是大字书法创作的别样形态，是书法走向自然，创造大美的尝试。

近年来，书法界对于“代表作”的呼声越来越高，精品意识越来越强。如何推出精品，形成自己的“代表作”，成为书家无法回避的问题。其实“代表作”和精品完全可以有多种创造方式，书刻摩崖也不失为可行之策。与一般书法相比，摩崖书法体量更大，创作意识更强，要求也更高。可以说，复兴传统的摩崖书法，表现出雄健苍茫的大美，是书法创作由高原向高峰攀登的一条有效路径。

应该指出的是，书刻摩崖与个体的案头创作迥然不同，它是集体智慧的结晶，众人劳动的结果。摩崖书法是集书丹、凿刻、传拓于一体的系统工程，各环节、各要素缺一不可。摩崖书法创作至少应该考虑以下三点：

一是合理选址。作为环境艺术，摩崖书法具有影响周边环境的作用，也能赋予环境以视觉秩序。无论是摩崖书刻者还是山林管理者，都应将之提到有助于生态和谐、有利于人文与自然有机融合的高度来认识，树立尊重自然、保护自然、顺应自然、美化自然的生态文明和艺术创作观念。择定摩崖地点时需要进行细致考察，拣选便于观摩的崖壁来书刻，同时注意岩壁等书法载体的自然状态及其与周边环境的关系。

二是精心设计。从某种意义上说，摩崖书法是自然山川间长年累月展示的公共艺术。除书法形式外，书写内容的设计也十分重要，应该精心设计书写的文本，用于摩崖书刻的文本应与当地的历史文化、自然生态、民俗风情等相关联，要有地域特色，同时又体现出时代精神，内涵深刻，语言隽永，处处体现文学的美感。以此为基础，结合用于书刻的岩壁具体情况，可进一步确定合宜的书体和书写规模。书丹前还须反复推敲，考虑好整体的书法布局，力求历史与现实的完美统一，内容与行式的相互生发，摩崖书法与自然环境的有机结合。

三是力求天然。摩崖置于大自然中，应与环境相协调，追求天然之美。实际操作过程中常会遇到困难，如用于书刻的崖壁石质粗粝，凹凸不平，呈不规则状等，此时书写者与凿刻者应随形就势，以天然为旨归，刀笔相师，写刻出书法与自然山峦融合一体的大美，共造超越凡俗的高妙意境。

李一著:《法境三摩：李一写山作品集》，文化艺术出版社 2019 年出版

《嵩云拓境：齐鲁嵩山摩崖》序

摩崖石刻是我书法创作的一个侧面，几年前写了曲阜石门山、重庆南山老君洞、青州南驼山三山摩崖。最近写的齐鲁嵩山摩崖刚刚竣工，是我写的第四座山。齐鲁嵩山位于海岱之间的沂蒙山区北部，是山东临朐境内第二大山，主峰海拔 760 米，总面积 180 平方公里。山峦峻拔崔嵬，深谷清幽，清泉湍碧，整体上呈现秀幽险奇的境象。临朐文旅集团为旅游开发，增添嵩山的人文内涵和艺术景观，特邀我前往创作齐鲁嵩山摩崖景观。自 2021 年 10 月起，我与诸友在临朐文旅集团领导陪同下十上嵩山，实地考察，选定摩崖方位，构思诗文文本，然后攀岩书丹，经匠师精心镌刻椎拓，至 2023 年 9 月终告完成。

一、选址与立意

选址和立意是摩崖书法的首要问题。与一般书法创作不同，摩崖书法的载体是不可移动的山石崖壁，因而选址非常重要，必须慎重考虑。摩崖书法镌刻于天地之间，是山水中的书法，一经镌刻，留传千年百世，跨时代而长存，具有永久性，摩崖既是当代的书法创作，更是为后人所写，下笔当作千秋之想，比一般书法更强调立意和意境的表现。能否有效表达主题思想，拓展自然山水的意境，关乎摩崖书法的成败。关于立意，几年前创作的曲阜石门山摩崖、重庆南山老君洞摩崖和青州南驼山摩崖都有相应的主题，曲阜石门山为儒家之山，重庆南山老君洞道家香火旺盛，青州南驼山则倾向于佛教文化，分别以儒、道、释为之立意，自然应理顺手，可谓贪天之功。而齐鲁嵩山是尚待开发的原生态自然山水，山势险峻，梯级森然，历来少人登攀，须从景观艺术的角度考虑主题思想和意境的表达。欲求人文景观与自然景观融合，用摩崖书法拓展嵩山的审美意境，这对我来说是崭新的尝试，或者说更是一种挑战。

嵩山摩崖的选址，就地取材，因地制宜。立足于景观，着眼于山水，品崖观景，往往妙在会心。大自然的鬼斧神工，造就了嵩山翠峰闼列、黛岫卓异的美景秀色。满山奇石嵯峨，层累翠叠，主峰九龙顶碧霄凌翠，四壁险绝，艰险难登，周匝松柏苍郁，景物天成。整个山体南北穹起青峰，中部巅如垒卵，奇石遍布，大多直立，为花岗岩。嵩山石质及形状分布，颇似鲁南邹城岗山。反复比较，沿登山台阶由山脊至山顶选取便于观赏崖壁二十余处，大小错落，依次排列，宜列为摩崖景观。

选址的同时琢磨立意，酝酿文本内容和艺术表现。二十余处摩崖，根据自然山光特点，总体上以野逸峥嵘、清旷幽籁为主题，以临朐丰厚的历史文化为背景，以嵩山特有的景色为表现对象，草拟文本内容，考虑表现手法。

二、文本创作

文本创作也因地制宜，或诗或文，或以少字指认、命名、点出景色，或以多字抒写风土人情，皆须一语破的，见其神韵。山脊入口旁有万顷桃林，下方与之对应者为龙泉寺。故以“桃海闻钟”点题，作百余字短文以详说：

临朐处古齐鲁分界，沂山为五镇之一，帝王将相拜祭者纷至沓来，端然海内名岳。嵩山高略逊之，而有七宝之名。俨若处士怀璧，昂头天外，野逸峥嵘，不邀声名，免与流俗等量齐观。此入山第一境也，回首万顷桃林绚烂如海，而下方又有龙泉寺，日长无人，钟磬在耳。桃海闻钟，艳中寓寂也。

嵩山果木繁多。不仅有万顷桃林，更盛产苹果、山楂、佛手瓜，尤其是到了秋天，满山遍野的柿子如红灯照遍山野。我第一次去嵩山时就被这景色感染，于是写道：

嵩山多柿，每秋成熟时枝头累累，若明星焕烂，霜重而色愈浓艳，若红霞万朵，喷薄枝柯间。撷而品之，其味甘美醇厚。邑人更取以酿酒，一醉秋色。安得余年多暇日，长与此一山酡颜相伴耶？

与满山红柿相伴，实所愿耳。柿子之外，嵩山还飨我以满耳松风和新鲜的空气，谓之“呼吸空翠”，正得其宜。眺望海岱山光之际，俯瞰山下天镜般的嵩山湖水，触景生情，诗兴大发，一连写了几首诗：

其一

海岱山光独醉人，披荆攀引历艰辛。

当风窘步频回望，窈窈微香送早春。

其二

山间分曲径，小道绕羊肠。

步步攀危石，恐撄星宿凉。

其三

窄径暂徘徊，晴霄豁荡开。

幽思纷络绎，吹落九天来。

其四

青山一洗旧颓唐，破吝天公泄锦囊。

万壑松风声历落，两班泉乐韵铿锵。

横前磴道艰途径，入眼湖波照鬓光。

且待攀援峰千尺，闲寻物外胸襟飏。

其五

酒榼吟筇移，啸歌对短篱。

离尘松作伴，举世莫知之。

飘落云中雁，发残花外枝。

昨宵春暗度，草树露潜滋。

其六

山泉幽籁永，扶梦入湖波。

天镜当风阔，万山沉碧螺。

第二、三两首是路过山中一景“一线天”所作，巍巍山间蓦然生出两崖相对的小缝隙，夹着一条石径，极窄，幽幽通向下方，谓之“一线天”，真是形象的名字。第六首写的是山间碧泉潜通湖水，一水荡漾、万山壁立的整体境界。这时已经将近春回大地、草绿花发的季节了，“昨宵春暗度，草树露潜滋”暗中传送着春消息。

登崖旷观，别有意会，另作《嵩山赋》一篇，觅半山一巨壁书之，赞美嵩山特有之大美景象和神韵。《嵩山赋》曰：

东镇左辅，嵩峰云迷。秀出海岱，地分鲁齐。鬼斧神工，巉岩增险；晨钟暮鼓，古寺蕴禔。桃林夹道，新花与云霞竞灿；泉水绕峦，溪浪过草木成蹊。层阿幽邃，俯瞰田园阡陌；峻壑森严，觇见丛棘醯鸡。名公留迹，惟愿帆举而风顺；造化出奇，别生石坚与松青。芙蓉馆静，霹雳崖惊。峰高望月，峪结成冰。长城扼岭，苍龙连云而卧；崔木闻莺，彩凤叠霞而轻。暖亭宴坐，霜柿酒倾。平湖展镜，掩映山光；翠鸟弄喉，迭施晚籁。感天道之无亲，伤逝者之逐濑。嗟我华夏其同心，会看气运之渐骎。藉兹峰壑之荫养，敢教世界其日新。

书丹至九龙顶，心旷神逸，诗兴忽来，得绝句二首：

心似云间野鹤闲，手提斗笔上嵩山。
一登峰顶回头望，身在千峰万壑间。

缕缕斜阳照翠峦，脚登危石手书丹。

苍崖走笔多艰涩，壁上游龙铁篆盘。

远在澳大利亚的老友斯舜威兄在微信中看到我崖壁书丹的照片，即写绝句《观李一兄题壁照片有寄》：

岩石崚嶒立雾端，鲁人题壁不言难。
名山踏遍留书迹，一以贯之成大观。

斯兄旁观留题，以“岩石崚嶒立雾端”为奇境。身历其事，始知摩崖之不易，古今书史特立此一类，开书法之一途为有见也。

三、攀岩书丹

书丹是摩崖工程的重要环节。书丹前先考虑书体。作为景观艺术的齐鲁嵩山摩崖，从某种意义上说，是一座露天的接山林之气的书法艺术馆。从景观艺术的丰富性考虑，书体应该丰富，以满足多种审美需求。孙过庭曾说过诸种书体功用多变，篆尚婉而通，隶欲精而密，草贵流而变，章务检而便。而楷书之庄重，行书之自如，更在行布中见其特点。嵩山的二十余处摩崖，分别用楷、行、草、篆、隶五种书体书丹。涉及点题、命名的摩崖，一般字数精简，如“清境”“呼吸空翠”“嵩高遗峰”“澄漾”“天境”“齐鲁嵩山”，用楷、行、隶书写，以便指认。而《嵩山赋》之篇名，为求与正文有所变化，用篆书书丹。前人所写摩崖之书体，楷、隶居多，亦有篆书，行草罕见。而章草摩崖，古未有之，我根据自己的书法特点率先加以了尝试，以几年前所写的曲阜石门山《追和孔东塘诗》、重庆南山老君洞《道铭》为开端。嵩山摩崖更扩而展之，共写章草摩崖八处，使之成为此山摩崖的特色。

书体大致确定后开始书丹。摩崖书丹与纸上书写以及写碑写匾的不同之处是，书丹者攀岩而写，游走于山林，手提椽笔，身系长绳，走笔而书。摩崖的天然石壁高低不平，凹凸起伏，书丹者要随山势而行，左手牵安全绳，右手提斗笔，两脚前后左右挪动。头或低或举，臂或弯或直，腰或躬或挺，身体或随石壁陡转，或随山体蜿蜒。人悬半空中，书在云气里。上为蓝天白云，下为涧户深渊。攀岩书丹状态姿势与室内案头纸上书写大不一样，颇有难度。

摩崖书法，前人怎样书丹，语焉不详，缺乏具体描述。北齐僧安道一曾写邹城四山摩崖、泰安经石峪，没有记载说他是怎样书丹的，是直接写还是用碳笔等工具双钩，至今仍是个谜。经过实践，我采用红色丙烯颜料书丹。我的切身体会是，攀崖书写的走笔运笔、结体安排和章法布局大大不同于一般书写。天然山崖壁面粗糙，凹凸不平且落差较大，因而行笔阻力大，用行笔艰涩形容毫不夸张，甚至可以说比锥画沙遇到的阻力还要大。因崖壁行笔艰涩，写摩崖行笔颇慢，直白地说，是想快也快不了。这时我最深的感受是对涩笔的理解，笔锋与壁面的摩擦声，声声入耳入心。笔的作用力与石壁的反作用力一直在互相较量，感觉笔锋写成不是入木三分而是入石三分了。而笔画之间的联系，上下字的行气呼应关系，特别是左右行之间的空间安排节奏变化，是在凹凸起伏、高低不平的崖壁上表现的，受着特定的制约。必须随山就势，随机调整。从另一方面来说，高大的、凹凸起伏的崖壁则提供了近似三维的、巨大的表现空间，为展现艺术构思提供了广阔的天地。攀岩书丹，锻炼之机遇也。对我来说，能再次在山林中野战，用书法创造景观艺术，可谓机会难得，是锤炼自身、强骨健体的绝好机会。野战虽苦，但所得颇多，因而很有成就感，深感快乐。攀爬于山间羊肠小道，走笔于悬崖峭壁，与天地对话，与山水融为一体，创造景观艺术，其中有真乐焉！

四、镌刻传拓

作为景观艺术的摩崖书法是一工程，需要整体设计，由书丹、镌刻、传拓诸工序组接而成，更非一人之力可行。与个体创作的案头书法相比，摩崖书法是集体创作，是众人心血智慧的结晶。书丹仅仅是开始，镌刻和传拓则是摩崖之所以成为摩崖，乃至成为另一种艺术形态的关键。

镌刻使平面的书丹变为立体的效果，使书法与大山融为一体，成为与山同在的永久性艺术。从某种意义上讲，镌刻是书法艺术的二度创造，其好坏关系到石刻艺术的成败。正如一些学者所指出的那样，好的刻手不仅能使书丹锦上添花，还能弥补写手的不足。而拙劣的刻手，则把好好的书丹刻成劣品。摩崖镌刻挑选好刻工非常重要。我所书丹的几座山，都是就地选择好刻工。曲阜石门山摩崖，请的是富有经验的嘉祥石刻能手；重庆老君洞摩崖，请的是大足石刻巧匠；青州南驼山摩崖，请的是青州石刻高手。

而嵩山摩崖的镌刻，聘请的是临朐当地镌刻匠师李纪勇、李银父子。李家父子刻石是家传，承祖辈传统凿石刻字。李家父子手艺好又颇敬业，为镌刻嵩山摩崖，在山林里安营扎寨，吃住工作数月。镌刻过程中，李家父子在艺术总监韦良成先生指导下，精心研究嵩山摩崖凿刻技法。在多种刻法中，嵩山摩崖主要采用圆底（U字形）和尖底（V字形）两种刻法。根据景观视觉的需要和书体的不同，以圆底表现圆浑厚重之笔道，以尖底表现爽利雄强之点画。

对摩崖镌刻，我曾做过研究。三十多年前，曾考察北朝摩崖石刻，发表研究论文《环境艺术的创造——论北朝摩崖石刻》。近年来又多次与韦良成先生一起，到各地考察古代摩崖书刻。通过考察一千五百年历史的邹城铁山摩崖、泰山经石峪摩崖，我发现当时限于条件，字口刻得较浅，经多年风吹雨淋，许多字已漫漶不清。鉴于古人的教训，我所创作的摩崖书法，字口刻得都较深。嵩山摩崖笔道的深度大致是宽度的二分之一。将至峰顶的“澄漾”两大字，字口纵深近二十厘米，可以探进人首。我想这样的深度，风吹雨淋千年甚至万年，都不会漫漶不清。

传拓是摩崖书法的最后一道工序，对宣传景观、扩大影响、展现书法艺术魅力有着重要的作用。嵩山摩崖的传拓，特请传拓名手王修、李凯伦、丁玉虎、孙东几位匠师，他们曾传拓邹城北朝四山摩崖及我书丹的三山摩崖，技术高超，在业内颇有名气。几位传拓名手不辞辛苦，连续奋战三十余日，传拓出嵩山摩崖的首拓本。

传拓的拓片虽有化一成百的复制作用，但不等于西方学者所说的机械复制。实际上，传拓本身就是一种创造。通过传拓，将三维立体的摩崖石刻变为二维平面的黑白（墨拓）或红白（朱拓）效果，即是另一艺术形态的创造。正如一些学者所指出的那样，传拓又有“即时即地性”，亦即原真性，每一张拓片都只记录了摩崖在某一历史时刻的样貌。而从展陈的角度看，拓本通过展陈，特别是现代场馆的展陈，金石生辉，景观以艺术形式再现，又有以金石学塑造新的名胜景观的意义。

今天的临朐嵩山，摩崖书法已成为景观的重要组成部分，或者说山水与金石共同构成了嵩山景观，山水从金石中见，金石自山水中来。摩崖嵌入山林之中，书法的赏读和推求使游观风景转换为品读风景。嵩山不仅可游可观，更可读可吟。经过众人的努力，所创造的二十余处齐鲁嵩山摩崖，成为景观的一部分，增添历史文化内涵的同时，拓展了风景的意境。文旅融合，不亦乐乎？

2023 年 9 月 9 日于北京开元室

李一著:《嵩云拓境：齐鲁嵩山摩崖》

《绘事后素》序

内子江继兰旧尝习画于鲁，既遍习吾国之山水、花鸟、人物三科，西人之素描、水粉、水彩，亦颇具心得。后转攻史学，复供职报刊，写生彩笔转用于勾绘世相，增删文稿。为人作嫁之余，又奉亲将雏，持家守业，无复画缋之思。寒暑互替，逝波相催，役满而闲居焉。遂重启初心，聊试长技。庚子辛丑之交，与余同栖琼岛。每见海气弥天，春风拂浪，草木勃发，万花竞艳，辄情动于衷，不能或已。因对景描摹，尽得其状，或默识于心，归写其趣。及还京，兴益难遏，转至圆明园诸处玩其花木，挥毫泼彩，所得积筐盈箧。一作之成，往往数经改易，每与余指点谈笑，以当赌书泼茶之乐。子曰：“绘事后素。”内子可谓深得其意焉。盖尼圣所谓素者，缣帛也，人之所由着笔落墨者也。内子天性纯一，至朴无华，亦素之至者，握管横施，其得道或可期乎？噫嘻！丹青不知老将至，富贵于我如浮云。亦岂有他哉！遂择近作若干，各系绝句其上，敬呈师友哂正，兼颂新岁大吉。

辛丑岁末鲁人李一书于京华开元室

“一以贯之：李一书法展”前言

奔流千载的大运河将北京和杭州连在一起，北驾南航，一线贯穿，成为南北沟通的大动脉。我生有幸，自幼生长于运河中段的山东济宁地区，后来又到运河尽头的北京学习工作。此次应邀南下浙江，来到大运河的起点，向同道和各方求教，深感荣幸。我虽久居杭州先贤龚自珍所谓“水深土厚词气重”的北方，艺术生命却与浙江有着密不可分的联系。我早年的书法实践深受沈尹默先生影响，其后转习章草，由王蘧常上溯沈曾植，一路写来，处处感受到浙江文化清峻灵奇的气息。毫不夸张地说，浙江是我书法的重要源头。

持艺舟双楫，求学艺相成，这是我多年艺术实践中贯彻始终的思想。近现代以来，艺术领域出现了创作实践与理论研究的区分。生也有涯，知也无涯，艺苑多门径，术业有专攻，时势使然。但虽有区分，却难截然割断。理想的状态应当是理论研究和创作实践彼此融通，相辅相成。我虽不能至，心向往之，一直在为实现这种融通而不懈努力。

随着时代的进展，书法日渐远离了大众的生活，我们似乎忘记了艺术与生活原应是连贯一体的。生活是艺术的源头活水，艺术是生活的精致呈现。明窗净几，挥毫作书，既是艺术的生活，也是生活的艺术。我至今仍保持着用毛笔写信、记日记、批改稿件的习惯，所谓书法，一直是我个人生活一个不可或缺的组成部分，同时也成为我艺术创作的坚实基础。

文墨俱美、诗书贯通是中国书法的优秀传统，由于种种原因，这一传统在现当代出现了断裂。在民族文化复兴的当下，重拾并发扬这一优秀传统，是每个艺术家无可推卸的责任。近年来，我积极探索传统诗文创作，以我诗写我心、我书写我诗为目标，尝试着向诗书合一的境界迈进。唐代著名书家孙过庭有云："情动形言，取会风骚之意；阳舒阴惨，本乎天地之心。"诗是书法的灵魂，是抄书匠与艺术家的分水岭，更是将书法从技提升为道的关键。

两千五百年前，先圣孔子说过："吾道一以贯之。"强调的正是一种坚持的勇气与贯通的智慧。三百多年前，著名画僧石涛在《画语录》中提出："立一画之法者，盖以无法生有法，以有法贯众法也。"这里所谓的"一画"，强调的仍是贯通，体现了一种高屋建瓴的东方艺术眼光。中国传统文化博大精深，我从艺半生，所得不过沧海一粟。愿以"吾道一以贯之"的精神和"有法贯众法"的目标与同道共勉，为弘扬中国书法艺术而竭尽绵薄。

2015 年 10 月

“一元复始：李一书法展”前言

光阴荏苒，屈指算来，我离开齐鲁家乡，在北京生活已近三十年了。从降生于曲阜的那一刻起，我便注定与艺术结缘。成长岁月中，曲阜浓厚的文化氛围为我的生命打下了最初的底色。后来我离开故土，负笈远游，艺海学林，苦苦求索，万卷书，万里路，人生百态，艺舟双楫，在催我奋发，带给我无数可喜的收获。

渐渐地，我越走越远，但无论沿途风景何等明丽，都从未忘却家乡山水，对齐鲁热土始终保有一份亲切的怀想。我在一首诗里表达过这种恋慕和思忆：“鲁酒一杯气纵横，敢凭秃笔走京城。牵肠几许丘山意，细写家书到五更。”是家乡的酒点燃了我远游的激情，家乡的饭滋养了我登攀的体魄，家乡的父老抚慰了我在前行中摔打磕碰得伤痕累累的心灵，家乡的文化源源不绝地为我提供了求道悟真的智慧、底气和力量。山东是我的起点，我的根脉所在，离家越远越久，思念便越深越长越不可遏止。我思念曲阜的古柏：“拔地向空起，郁郁罥苍烟。霜皮溜雨痕漏，遒劲铁枝繁。黛色参天匝地，碧水秋池掩映，岁易志难迁。”我思念济宁的运河：“北驾南航通万里，新姿古韵溯千年。高槐老柳春风路，野火平畴丽日天。”我更思念久违的故园、远去的亲人：“风雨十年路，乡园一点灯。萦怀千万绪，老屋旧青藤。”“何尝寸草报春晖，又见秋风秋雨霏。欲奉高堂无处觅，古槐深碧乱云飞。”同曲阜古柏一样，我的根脉同样也深深地扎在家乡的泥土之中；同大运河一样，我也从济宁北上，走向更寥廓的世界，但生命的一端始终系恋着出发的码头。故园永远是我魂牵梦萦的家，父老乡亲也永远是我难以割舍的骨肉亲人。多少欢笑，洒落在昨日；多少忧伤，沉淀在心间。念一回家乡，总是热血沸腾；叫一声爹娘，不禁泪流满面。

一元复始，万象更新，不知不觉间我已近耳顺之年。六十一甲子，生命进入了一个新阶段。六十年轮转，从起点走到了新的起点。六十年的风雨兼程，让我稍稍体会到一点人生况味，解开了不少心灵困惑，对情与理、技与道、生活与艺术、理论与实践等种种复杂的关系也有了不同以往的解读。值此新春之际，在家乡举办个人书法展，既是对整体创作的总结，也是对过往人生的回顾，更是对家乡文化的礼拜。愿父老乡亲仍如往时般肝胆相见，鞭策指导，助我在新的艺术征程上走得更远更好。

2016 年 4 月

《中国书法家全集·八大山人》后记

我既是这套丛书的编委，又是其中的一个作者。去年夏天，当出版社的朋友找我谈这套丛书的策划时，我觉得这是一个很好的选题，当前的确需要这样的普及性读物。除直白地谈了一些建议外，还推荐了一部分作者，之后又审阅了其中的几部书稿。出版社的朋友希望我写八大山人，我也爽快地答应了，因为我喜欢八大山人，从学生时代就喜欢，常被这个三百多年前的和尚搞得神魂颠倒。前年江西美术出版社赠送了一套《八大山人全集》，已不年轻的我，抱在怀中竟像儿童得到了企盼已久的生日礼物一样亢奋。

原以为对八大山人较为熟悉，但真正写起来，并不容易。八大山人如同一条神龙，神龙见首不见尾，很难抓住其哭笑无常的神采。郑板桥谈其画竹的体会时说胸中之竹不是手中之竹，的确如此，要把心中的八大山人用文字写出来，表述出来的八大山人是否还原八大山人，都很难讲。况且，八大山人毕竟是三百年前的人物，他的身世、经历和艺术风貌还有一些未知的秘密，比如他的婚姻爱情，他的某些诗的真实含义，他的书法特有的韵味，仍有许多说不清和理解不透的地方。如同“红学”永远有说不尽的话题，“八大山人学”仍有许多难题待解决。这本小册子只是希望引起对八大山人书法的进一步关注。

这本书的写作是断断续续的，除了另有《中国书画理论评注》《中华艺术通史》的编撰任务缠身，一个重要的原因是被八大山人感染了创作书画的热情。常常是在欣赏八大山人作品时，自己也不知不觉挥舞起毛笔，与八大山人在宣纸上同游起来。仅此一点也要感谢前辈八大山人，使我又感受到了挥毫的快乐。

2002 年 11 月于中国艺术研究院

李一著:《中国书法家全集·八大山人》，河北教育出版社 2003 年出版

《走向何处：后现代主义与当代绘画》后记

这本小册子在主编和出版社的再三催促下，总算是草草收笔了。

尽管目前国内还没有关于后现代主义与当代绘画的专著，但这本小书也无法填补这个空白，它算不上学术专著，大概只能算是通俗性读物罢了。此时，我既没有填补空白的雄心壮志，也不具备填补空白的水平。后现代主义我虽然关注过，也听过弗·杰姆逊等人的讲座，但并没有深入研究。何况我是学中国美术史的，而且是古代美术，几年来一直沉潜在恭王府，读一些与后现代十分遥远的书，说起来是没有资格写此书的。幸运的是得到了主编刘纳、冯奇、姜静楠三位先生的信任和鼓励，他们曾亲自冒着酷暑来恭王府“督阵”，出版社的同志也给予了大力的支持，我感激之余，便摸着石头过河走了一遭。

这条河过得并不顺利，它时深时浅，心里没底。写作又是在暑假中完成的，今年的夏天出奇的热，在恭王府的简易楼里，几乎脱光了衣服，仍感到热流涌进胸中，于是跑回山东家中，热气也跟随而去，再回到北京，还是大汗淋漓。读有关后现代主义文章，看到“裸游人”一词，再看看自己，不免会心一笑，过“后现代”这条河，大概就应该裸游吧。

“文章千古事，得失寸心知”，我深知这个小册子不是千古文章，也就无所谓得失了，读者会很快不屑一顾的。

然而，我本人对此书多多少少还有点敝帚自珍的感觉，因为它毕竟和我共同生活了一段时间，一起分享了写作时的困惑、矛盾、犹豫、兴奋和喜悦。现在要分手了，真有点舍不得。

本来是说好趁暑假偕妻子、女儿外出旅游的，因这本书，旅游计划便“泡汤”了。妻子虽无怨言，女儿却颇不满，无可奈何，以后再将功赎罪吧。

再三感谢主编和出版社的热情帮助和关心。

李一　甲戌酷暑于北京恭王府

李一著:《走向何处：后现代主义与当代绘画》，中国社会出版社 1994 年出版

《中西美术批评比较》后记

此稿完成之时，正值香港回归之日。晚饭后，与妻子一起爬上文化部办公楼顶端，观赏天安门广场庆香港回归的烟火。烟火是壮观的，这些天来，中国人的心胸也如同这烟火一样，一片光明。在壮观场面的仪式中，漂流了155年的香港终于回到了祖国的怀抱，的确令人兴奋。虽说中国人有爱看热闹的习惯，时常被一些冷静的学者所指责，但香港回归的热闹还是应该看的，因为这确实是百年才有的喜事。

香港是被别国占领一百多年，无论租也好，借也罢，反正丧失了主权，现在既然期满，就应该归还，这是常理。可是人们仍把它作为非常的事来看待。为什么？因为自鸦片战争以来，中国人饱受凌辱，被不正常的世界格局所左右，割让土地是“正常”之事，国土回归反成奇事，真有点“奇为正时正亦奇”。

由是想到近百余年来的中西文化交流，多是在不正常的世界文化格局中进行的。按说，文化交流是双方的、相互尊重的、平等的，但实际上，中国多是在被动中与西方交流。所幸自改革开放以来，随着国势增强，中外文化交流开始向正常化发展。

百余年的时间不算短，使得几代学者在焦虑中度过。百余年的时间又不算长，在五千年中华文明中，毕竟是短短的瞬间。

大道如常。只有在正常的气氛中，才能心平气和地交流，才能对等地进行文化比较。

这部书稿，是力求心平气和地对中西美术批评进行比较。但是否做到了这一点，还要由读者检验。去年从中国艺术研究院研究生部来到美术研究所，参与创办《美术观察》杂志，琐事缠身，失去了原来单纯读书研究的环境。整个书稿，是见缝插针完成的，谈不上精心推敲，只是草草写出。导师邓福星先生在百忙中审阅了此稿，曹宝泉、孙金韬等先生也提出了中肯的意见，在此谨表感谢。

1997 年夏于北京恭王府

李一著:《中西美术批评比较》，河北美术出版社 2000 年出版

《开元清吉》年历书后

余由鲁入京近三十载，居所屡更。初客前海之恭王府，后栖沙滩之易简楼，复迁元大都城北之千鹤家园，自是十载，汔可小休，因私庆浮生之得地。久以翰墨为生，聊辟书斋一椽，逼仄湫隘，仅足容身。丙申初春新置一室，梁溪冯宽堂先生为题“开元室”匾，桌榻井然，窗几明净，夏以邀风，冬以望雪，春秋以迎燕雁、侣云霞，缥缃静对，丹青深研，笔运飞白，茶品祁红，信可乐也。年尾点检所获，得器铭若干，悉以选入新历，以报知交之爱我厚我者。新岁开元，用颂清吉。

2017 年岁首

《隃麋四记》出版随记

天凉好个秋。拙著《隃麋四记》作为“至元述林”丛书中的一本在凉爽的秋天出版了。

“至元述林”是至元社精心策划的人文社科类学者丛书，依编辑体例收录当代学者的短文随笔，以适于读者短时间内阅读。首批出版的几本，都是短文的汇编。每本书由作者自己起名并手书。按编撰体例要求，我将平时所写短文筛选后稍加分类，取名《隃麋四记》，并用章草写出。“隃麋”是古代产墨之地，后世因借指墨或墨迹，引申指文墨；“四记”则指书中的“案头随笔”“短论时评”“杂记叙跋”“论书绝句”四个单元。

文墨是古代文人寄志言情的尤物，在中国传统文化中分量很重。我虽生在当代，却有好古情怀。我与文墨也可以说是朝夕相守，形影不离。大概我命里就注定和文墨有缘，几十年来不是舞文就是弄墨，除了舞文弄墨，别的还真不会。搞研究写文章、编刊物选文章是我的专业或称职业，天天和文章打交道，而动笔墨练书法则是我的爱好或称特长，可谓无一日不弄墨，大半辈子行游在墨海中。日积月累，不知不觉留下了一些文字笔墨，堆在一起还真不少，称“废纸三千”并不夸张。平时研究书画，写过长篇大论，出版过专著，也写过一些“豆腐块”文章。“豆腐块”文章千字上下，或随笔，或序跋，有文言，有语体，多随性而写，有感而发。如“案头随笔”单元中的《叶叶秋心》《一画心源》《纵笔青崖认故山》《柏香字生情》，写的是创作感受；“杂记叙跋”单元中的《金寿门砚跋》《紫云愁玉砚跋》《唐开元砚跋》，写的赏砚之心得体会。写这些短文时可谓不吐不快、不写不乐，而得到快乐后也就随手丢下不管不问了，任凭它们自己像树叶一样散落于各处。“至元述林”丛书的编撰，使散落各处的短文有了聚集的机会。再次见到它们，如故友重逢，备感亲切。

《隃麋四记》中最短的文字是“论书绝句”。一首绝句区区二十八字，加上几行阐述的文字，每篇不过三百字左右，可以说是真正的短文。论书绝句是我近年以诗论书的尝试。写诗，是我一项业余的娱乐活动，这项娱乐活动已坚持多年。开始只是为了配合书法创作，同时在理性的学术文字之外为自己留存些生活片段和心灵轨迹的记录。但写进去以后，我发现诗其实并不那么简单。所前人所言，“诗具史笔”“史蕴诗心”，在这个世界里，诗和史，史和论，感性与理性，艺术与人生，现代和过往……都可以彻底打通，融合无间。我沉醉于这一发现，并且努力尝试，将诗与书法创作及艺术史论研究彼此打通，以“论书绝句”为题，完成一组史、论、诗、文、书结合的作品。这尝试还在进行中，打算写一百首，把已写的六十首收录在书中。

或许是过去读长篇大论太多，或许是年岁已大，我越来越不想看长篇大论，尤其厌恶下笔千言、离题万里的空话废话。很想读的，是一针见血、生动鲜活的短小趣文。短文谈何容易，文愈短愈难。难在言简意赅，深入浅出；难在一超直入，点重穴位；难在以一当十，以短胜长；难在生动有趣，诗意隽永。今后的我，想知难而进，多写短文。因不再评职称，长文可不写，但短文是要进一步练习的，因为短文还没有写好。

二〇一八年八月二十二日于京华开元室

李一著：《陪麋四记》，北京联合出版公司 2018 年出版

《开元集》后记

右诗八十九首、长短句十三首，始于甲午，讫于是岁，类皆遣兴写怀之作，有所感而发者。浮生偷隙，异域栖居，日常无事，遂取旧作重加删订，录而存之。欧阳永叔尝称引苏子美之言，以为明窗净几，笔砚纸墨皆极精良亦自是人生一乐。玩其旨趣，颇通于孙过庭五合之说。而欧公复谓晚知此趣，恨字体不工，不能到古人佳处，若以为乐，则自是有余。

余学书半生，以视昔贤，夐乎不逮，岂仅字体不工也哉。差堪自慰者，惟得其乐与古人同。神怡务闲之际，时和气润，纸墨从心，锥毫应手，乘兴书此，足破客中岑寂。录写既竟，略识数语，以备他日复检。

戊戌岁尾鲁人李一记于美利坚西海岸晴窗

李一著:《开元集》，中国青年出版社 2019 年出版

《章草三字经》跋

《三字经》，吾国旧日童蒙书也。初出于宋，元明因之，至清推布愈广，入塾童稚人手一编，以为发蒙之用。清王相谓宋儒王伯厚先生作《三字经》以课家塾，言简意长，词明理晰，淹贯三才，出入经史，诚蒙求之津逮，《大学》之滥觞也。或以为伯厚巨儒，不当为此浅近之作，系其名下，于史无证，且举数事力证其言与伯厚思致不类。又有谓宋末粤中区正叔所撰者，两造争讼，迄无定论。

余观是书，入手即简括孟子性善说，以为全篇根底，进则以学问、孝义之道勖勉幼童，更藉三才、四时、五行诸理及四书五经、诸子百家、历代世系、朝政兴替为言，以广见闻。而以学业有成，身登仕途，上致君，下泽民，扬名声，显父母为劝，具见科举时代世俗思想之一斑。近世章太炎所谓诸所举人事部类，其切者犹有未具，明清人所增尤鄙，适足洞见其弊。然其书冶文史哲于一炉，化深思为浅语，声和韵谐，便于循诵，学童得之，无不为其所化。王相言简意长云云，洵非虚语。故知即童蒙之书，亦堪深研，求其言外之理焉。余习章草有年，早岁尝赏摹史游《急就篇》，亦汉世蒙书也。今更以其法草录宋人蒙书，其字其文皆上追史游，不亦乐乎。

辛丑阳月鲁人李一戏题于京华开元室

李一著:《章草三字经》，辽宁美术出版社 2023 年出版

《中国古代美术批评史纲》三版后记

这部早年的书稿又一次再版，感谢业师邓福星先生和黑龙江美术出版社。

时间过得真快，一晃，写作此书已是上个世纪的往事。1994年，我在邓福星先生指导下开始写作此书，距今已30年，真是30年弹指一挥间！30年前，中国的美术学建设还在起步阶段，当时着眼于美术学建设的需要，我选择了中国古代美术批评史研究这一学科课题，力求运用历史与逻辑相统一和史论结合的方法，通过对先秦至明清主要美术批评著述的梳理剖析，将其发生、发展、嬗变、兴替的历史进程作纲要性的勾勒和评述，分析各个历史阶段的美术思潮、审美崇尚和批评方式，揭櫫美术批评的发展规律。

此书初稿将中国古代美术批评分为萌芽期、确立期、成熟期、转捩期、鼎盛期五个阶段，对每个阶段的特点和各阶段之间的相互联系做了分析，并对美术各门类批评发展的不平衡性、历史演进的包容性，以及批评主体的文人化、批评方法的点悟与品评、思维方式的直觉意象和实践性等中国美术批评的基本特点做了阐述和系统总结。这部书稿初由黑龙江美术出版社出版，第一版出版的时间是 2000 年，距今也已 24 年。出版后不久，即获文化部艺术科学优秀科研成果奖。更为荣幸的是，此书得到王朝闻先生的首肯。当时收到黑龙江美术出版社寄来的样书，我第一时间呈送王朝闻先生。年过九十岁的王老，看到样书，手拿放大镜读了二百多页后，亲自写信给我，字里行间给予鼓励。王老当时正主编《中国历代书画理论评注》，他还建议《中国历代书画理论评注》课题组的成员阅读此书。

还值得一提的是，这部书稿在多年的美术学研究生教学中也起到了一定作用。记得 1997 年，得时任中央美术学院美术史系主任薛永年先生信任，我为中央美术学院美术史系研究生开设学分课程“中国书画论”，讲稿就是以此书初稿为依据的。我本人身为中国艺术研究院研究员和研究生导师，多年承担研究生院的教学工作，为中国艺术研究院美术学系的硕士生、博士生讲授中国古代美术典籍必修课程，讲义也是参考此书写成的。这次再版，考虑到保持初版原貌，考虑到当年所思考的美术学建设问题依然是今天应该重视的问题，所以只是校改了一些错别字，内容未做改动。纲要性的著述，重在美术批评史史脉的发展，属于粗线条叙述，以便读者了解中国美术批评发展之大概。若做专题研究，还要仔细阅读原始文献和众多学者的专著。

这次再版，作为作者，与第一版出版时的态度一样，诚请读者批评指正。

2024 年 3 月于京华开元室

《开元室序跋集》后记

我自幼习书，及长学文习画研究美术史论，又长期编辑《美术观察》杂志，并多年兼职中国美术家协会理论委员会和中国书法家协会学术委员会。近30年来，有缘写了不少序文和跋文。序文大多是应邀而写，有学术著作序、书画作品集序，也有展览序言和主编《美术观察》的卷首语；而跋文则多是为自己收藏的古代金石碑刻拓本和当代书画作品而写。序跋有长有短，有文言也有语体，评述的对象，有古亦有今，有先贤，有师长，有朋友，有学生。所写序跋水平虽有限，但均用心而为。文中所发表的意见，涉及前贤、同辈及学生的为人治学与艺术，绘画、书法、雕刻、建筑、工艺美术的传统和发展，美术史论的研究与方法，书画收藏鉴赏，等等。这些序跋文字，既是对当代艺术现象的点滴记录和思考，也是我个人学术研究、艺术探索的一个侧面。

近日中国艺术研究院拟举办教学观摩展，将我所写的题跋书法纳入教学观摩展系列，我于是翻阅旧稿，找出昔日所写序跋，又请做过多年编辑工作的王谦学棣做了篇目的排列和文字的初校，并对不妥之处进行了修正。遂成此书。

感谢王谦学棣拨冗为本书作序，感谢江西美术出版社的大力支持，尤其感谢本书责任编辑朱丽平女士及责任校对彭地强先生对原序跋文的不当之处所作的修改。

2024年9月于京华开元室